Drei Buchstaben zum Erfolg: MUT!

ULTIMATUM E

Als Doktor Martin Hauser, Professor für physikalische Chemie und anerkannter Experte für Brennstoffzellentechnologie, die Schlagzeile „E-RMAGEDDON – China-Akku macht UNS arm!“ auf dem Titelblatt des München Echos liest, ist ihm klar: Wenn die Nachricht stimmt, dann ist Deutschland am Ende!

Und tatsächlich: China hat ein E-Auto mit 1.000 Kilometern Reichweite entwickelt und schließt seinen Markt. Die deutsche Autoindustrie verliert ihren größten Kunden. Die Wirtschaft gerät ins Trudeln. Radikale politische Kräfte gewinnen die Oberhand. Unruhen breiten sich aus.

Die Bundeskanzlerin setzt eine Taskforce ein. Der Job: Entwickelt das beste E-Auto der Welt. Hauser, Entdecker wichtiger Grundlagen des heutigen Lithium-Ionen-Akkus, wird um Hilfe gebeten. Ob er und sein Team gewinnen können? Die physikalisch-chemischen Hürden sind extrem. Die Risiken sind unkalkulierbar. Und: Es gibt Kräfte, die den Erfolg verhindern wollen. Der Wettlauf gegen die Zeit und vielfältige Feinde beginnt!

Max Gro

... ist ein in München lebender Autor, Manager und Berater. Seine Themenschwerpunkte sind Disruption, Transformation, Innovation, Agilität, Internationalisierung, IT und Start-ups. Immer wieder arbeitete er für die Autoindustrie.

Hintergründe und mehr: www.ultimatum-e.de

Instagram: @ultimatume.maxgro

MAX GRO

ULTIMATUM E

Thriller

neobooks

Die Handlung und alle handelnden Personen sind frei erfunden.
Jegliche Ähnlichkeit mit lebenden oder realen Personen
wäre rein zufällig.

Buchcover-Bildnachweis: www.stock.adobe.com, Nr.: 237576959-kaptn,
281901867-kran77, 132979398-Daniel Berkmann;
Designed by www.freepik.com, Freepik

Kontakt: gro-max@web.de

MAX GRO ist unter folgender Adresse postalisch erreichbar:
MAX GRO
c/o Elke Singler
Schmidschneiderstraße 4
82211 Herrsching am Ammersee

Tel. +49 151 5 1967 577
E-Mail: gro-max@web.de

Druck: epubli, ein Service der
neopubli GmbH, Berlin

Printed in Germany

V202007

24. Juni, München

Hauser schaute auf den Wecker. 4 Uhr.

Ne, dachte er sich. So früh und schon hellwach. Habe ich überhaupt geschlafen, ging es ihm durch den schmerzenden Kopf. Warum musste ich auch soviel trinken, machte er sich Vorwürfe. Da hast du wieder gegen all deine Vorsätze verstoßen. Eine ganze Flasche Amarone – alleine, ich bin so bescheuert, kasteite er sich selbst. Aber manchmal ist das halt so!

Hauser schleppte sich ins Bad und knipste die kleine Spiegellampe an. Zuviel Licht vertrugen seine Sehorgane noch nicht.

Ach du Scheiße, dachte er sich beim Blick in den Spiegel. Wie sehe ich denn aus? Und meine Augen! Briefkastenschlitze sind dagegen ja riesig.

Obwohl Hauser sonst versuchte, so wenig Medikamente wie möglich zu konsumieren, beschloss er, sich aufgrund der Spiegelanalyse nicht an seinen Vorsatz zu halten. Er holte eine 400-ter Ibuprofen aus dem Badezimmerschrank, stellte das kalte Wasser an und spülte sie herunter.

Er schlich ins Wohnzimmer und ließ sich aufs Sofa fallen. Regungslos saß er da. Den Kopf in Schonhaltung. Traurig. Niedergeschlagen. Apathisch vor sich hinblickend. Müde. Leer!

Hauser schaltete den Fernseher ein. Er erschrak.

»Looos, LAUF«, schrie es aus den Lautsprechern seiner Heimkino-Anlage.

Oh, Mirella, warum musst du immer so laut fern sehen, dachte er vorwurfsvoll. Aber egal. Was rege ich mich auf? Alles nicht so wichtig.

»Los, los, looooos, Laauuuf«, tönte es erneut aus den Boxen. Hauser stellte den Ton leiser. Gelangweilt schaute er dem Treiben auf dem Schirm zu.

»John, Alex, nein, bleibt stehen«, rief eine kleine, aufrecht gehende Ameise namens Pablo, die Superkräfte hatte.

»Warum?«, fragte Alex.

»Weil der Ameisenbär direkt vor unserem Eingang wartet und euch fressen will«, entgegnete Pablo.

»Ach was«, lallte der sichtlich angetrunkene John. »Da ist niemand. Pablo, du siehst Gespenster. Auf, Alex, lass uns gehen.«

Kaum waren John und Alex aus ihrem Versteck in der Wand herausgetreten, hatte der Ameisenbär wie erwartet John mit seiner langen Zunge ins Maul geschlabbert. Pablo wurde sichtlich wütend, sprang ebenfalls aus dem Loch und hüpfte so lange auf dem Kopf des Ameisenbären herum, bis dieser John wieder ausspuckte.

Wenn ich doch auch Superkräfte hätte, dachte sich Hauser. Dann könnte ich vieles rückgängig machen. Oder noch besser: Ich hätte schon vorher angefangen, meine Superkräfte einzusetzen, und es wäre gar nicht so weit gekommen.

Der Gedanke ließ seine Augen feucht werden. Er starrte in die Luft. Selbstmitleid machte sich in ihm breit.

Hauser fing sich und schaltete um. Beim Nachrichtenkanal blieb er hängen.

»Berlin«, sagte der Nachrichtensprecher in der gewohnt neutralen Art. »Am gestrigen Abend gab es wieder heftige Straßenschlachten zwischen der Polizei und aufgebrachten Bürgern. Bis tief in die Nacht hinein flogen Steine und Brandsätze. Erst gegen 3 Uhr am Morgen gelang es den Einsatzkräften, die Menge auseinanderzutreiben. Die Bilanz der nächtlichen Krawalle: Sieben verletzte Polizisten, einer davon schwer. Das Bürgerforum *UZE – Unsere Zukunft ist elektrisch*, sprach von 40 verletzten Demonstranten. Ein Sprecher des Forums kritisierte die Polizei. Laut einer noch in der Nacht verbreiteten Presseerklärung sei es aus Sicht des UZE komplett unverständlich, dass die Beamten gegen friedlich demonstrierende Bürger aus der Mitte der Gesellschaft gewalttätig vorgegangen waren.«

Oh Mann, dachte sich Hauser, es wird von Tag zu Tag schlimmer.

Der Nachrichtensprecher fuhr fort.

»München: Auch in München weiteten sich die Unruhen aus. Während die Polizei die Proteste bisher auf bestimmte Viertel eingrenzen konnten, war diesmal auch der als Villenviertel bekannte Stadtteil Bogenhausen betroffen. Vermummte Jugendliche steckten dabei rund um die Ismaninger Straße Oberklasse-Wagen in Brand. Und nun ins Ausland.«

Hauser schaltete den Fernseher aus.

Ich muss helfen, dachte er sich. Wenn nicht für mich, dann wenigstens für Mirella. Das bin ich ihr schuldig. Ihr und ihrer Zukunft. Sollte das hier alles den Bach runtergehen, was wird dann aus den Kindern, grübelte er weiter? Und wenn es nicht klappen sollte? Ok, dann habe ich es zumindest versucht.

Er spürte, wie der Gedanke ans Loslegen ihm Energie gab. Da die Tablette zu wirken anfing, wich auch das Kopfweh einer geschäftigen Anspannung.

Hauser stand auf, ging zum Sideboard im Wohnzimmer und nahm sein Handy.

»Doktor Anna Gidion anrufen«, befahl er seinem Telefon.

»Welche Nummer von Doktor Anna Gidion möchten Sie anrufen«, fragte die Stimme des Sprachassistenten.

Die Handystimme konnte den Namen Gidion nicht richtig aussprechen. Während er sich ansonsten darüber minutenlang lustig machen konnte, drückte er jetzt emotionslos auf die im Display angezeigte Mobilnummer.

Hoffentlich ist sie schon wach, ging es ihm durch den Kopf. Es ist ja erst 5 Uhr. Aber egal, dachte er weiter. Wenn sie noch schläft, wird ohnehin die Sprachbox drangehen.

»Anna Gidion«, meldete sich eine Stimme.

»Hallo Frau Gidion, hier Martin Hauser.«

»Herr Professor Hauser, Sie?«, fragte Gidion mit hörbarer Freude. »Ihren Anruf hatte ich heute Morgen noch nicht erwartet. Was kann ich für Sie tun?«

Hauser zögerte kurz.

»Ich habe es mir überlegt. Ich werde Sie unterstützen!«

Hauser hatte damit gerechnet, dass Gidion einen Schrei ausstoßen würde. So einen Freudenausbruch, wie man ihn aus dem Radio kannte, wenn ein Hörer wieder eine bedruckte Werbetasse gewonnen hatte. Doch stattdessen: Schweigen.

»Hallo«, sagte Hauser. »Sind Sie noch da?«

»Äh, ja natürlich«, erwiderte Gidion mit erregter Stimme. »Sorry, ich musste kurz überlegen, ob ich richtig gehört habe. Ich kann es kaum glauben. Sie wollen mitmachen?«

»Ja«, entgegnete Hauser.

»Ich frage jetzt nicht warum«, sagte Gidion. »Nicht, dass Sie Ihre Meinung nochmals ändern. Das freut mich – nein, es freut mich sogar sehr oder anders gesagt: Es ist super, dass wir Sie endlich an Bord haben.«

Hauser hätte schon gerne gesagt, warum er bereit war, das Projekt zu unterstützen. Andererseits hatte sie Recht. Für ausführliche Erläuterungen würde sicher in den nächsten Tagen noch Zeit sein. Jetzt war es wichtig, loszulegen, dachte er.

»Herr Professor Hauser«, fuhr Gidion fort. »Packen Sie Ihre Sachen. Sie werden ein paar Wochen weg sein. Ich werde alles Organisatorische in die Wege leiten.«

»Ok«, erwiderte Hauser.

»Können Sie um 6 Uhr fertig sein?«, fragte Gidion.

Ohne die Antwort abzuwarten, fuhr sie fort. »Ich schicke einen Fahrer. Wenn er bei Ihnen ist, wird er Sie anrufen und Sie dann zum Flughafen bringen.«

»Ich kann auch ein Taxi rufen«, schlug Hauser vor.

»Nein!«, sagte Gidion. »Das ist viel zu gefährlich. Außerdem kommen Sie damit nicht in den Sicherheitsbereich des Flughafens, in dem eine Maschine der Flugbereitschaft auf Sie warten wird.«

»Wo geht es denn hin?«, wollte Hauser wissen.

»Das kann ich Ihnen nicht verraten«, entgegnete Gidion. »Es wäre fahrlässig hier am Telefon über weitere Details zu sprechen. Die Leitung ist nicht abhörsicher. 6 Uhr. Ich freue mich. Wir treffen uns am Ankunftsort.«

Gidion legte auf.

Hauser starrte auf sein Handy. Nach einem kurzen Augenblick des erneuten Zweifels legte er es weg und fing an zu packen.

5.50 Uhr. Es klingelte an der Tür.

Der ist aber mehr als pünktlich, dachte sich Hauser. Ich bin noch gar nicht mit Packen fertig.

Hauser ging zur Türsprechanlage, drückte den Übertragungsknopf und sagte.

»Hallo?«

Keine Reaktion von der Gegenseite. Hauser schaltete die Kamera an und sagte erneut.

»Hallo?«

Hauser sah auf dem Bildschirm der Sprechanlage einen Mann im schwarzen Anzug mit Chauffeursmütze. Er war schon wieder auf dem Weg zum Auto. Als der Mann Hausers Stimme hörte, drehte er um.

»Cherr Chauser, ich soll Sie abholen«, sagte der Mann mit hörbar osteuropäischem Akzent. »Machen Sie schnell, wir sind spät dran.«

»Äh, ja, ich beeile mich«, stammelte Hauser. »Es war 6 Uhr ausgemacht. Daher sind eher Sie zu früh.«

Der Mann interessierte sich nicht für seinen Einwand. Wie Hauser auf dem Bildschirm beobachten konnte, ging er wortlos zu seinem Auto und stieg ein. Hauser legte auf und packte weiter.

Kaum war Hauser mit seiner gepackten Reisetasche in Richtung Wohnungstür gegangen, da klingelte sein Handy. Unbekannt stand auf dem Display.

»Ja?«, sagte Hauser.

»Herr Professor Hauser?«, fragte eine männliche Stimme. »Ich bin Ihr Fahrer. Ich soll Sie abholen und zum Flughafen bringen.«

Genervt erwiderte Hauser.

»Ich hatte Ihnen doch schon gesagt, dass ich gleich runterkomme. Eine Minute!«

»Mit mir hatten Sie noch nicht gesprochen«, antwortete der Fahrer.

Hauser wurde stutzig, ging zur Türsprechanlage und schaltete die Kamera ein.

»Wo sind Sie?«, fragte Hauser.

»Hier vor der Tür.«, sagte der Fahrer.

»Kommen Sie bitte vor die Kamera, damit ich Sie sehen kann.«

Hauser sah wie ein Mann, in Jeans und brauner Lederjacke gekleidet und einem Handy in der Hand, vor die Kamera trat.

»Haben Sie sich umgezogen?«, fragte Hauser ungläubig.

»Nein, warum?«, fragte der Fahrer.

»Weil Sie vorhin einen schwarzen Anzug anhatten.«

»Ich?«, fragte der Fahrer überrascht. »Nicht, dass ich wüsste.«

Komisch, dachte sich Hauser. Irgendetwas ist da faul. Einer der beiden ist nicht der richtige Fahrer. Nur welcher? Ich muss ihn prüfen.

»Ah, sorry«, versuchte Hauser gegenüber dem Mann an der Sprechanlage den Vorgang runterzuspielen. »Ich habe Sie verwechselt. Es ist noch früh. Da arbeiten meine grauen Zellen nicht so richtig. Wer hat Sie denn geschickt?«

»Frau Doktor Gidion hat mich angerufen und gesagt, ich soll Sie um 6 Uhr abholen und zum Flughafen bringen.«

Hauser fragte weiter.

»Woher weiß ich, dass Sie der bestellte Fahrer sind?«

»In dem Sie auf Ihr Mobiltelefon schauen!? Sie müssten eine SMS erhalten haben, in der steht, dass ich nicht klingeln, sondern Sie anrufen werde. In der SMS ist eine Codekombination genannt, die ich Ihnen jetzt nennen werde.«

»Warten Sie kurz!«, sagte Hauser.

Er nahm sein Handy vom Ohr und rief seine SMSen auf. Tatsächlich. Da war eine SMS mit erwähntem Inhalt.

Dann scheint das ja der richtige Fahrer zu sein, dachte sich Hauser. Wer war dann der Typ im Anzug vorhin? Seltsam!

»Hallo, Herr Professor Hauser?«, rief der Fahrer und riss Hauser aus seinen Gedanken. »Kann ich Ihnen das Code-Wort aus der SMS sagen?«

»Klar«, entgegnete Hauser.

»2jTZ8$«, sagte der Fahrer.

»Stimmt«, bestätigte Hauser.

»Dann warte ich hier auf Sie. Wie lange brauchen Sie noch? Wir sollten bald los«, sagte der Fahrer.

»Bin gleich unten.«

Hauser legte auf, nahm den Müll, seine Reisetasche und zog die Tür hinter sich zu.

So, dachte er, als er einen kurzen Augenblick auf der Schwelle verharrte. Jetzt geht es los!

»Hallo, Herr Professor Hauser, schön Sie kennenzulernen«, begrüßte ihn der Fahrer. »Ich heiße Leopold Lauber. Sie können gerne Leo zu mir sagen. Ich werde Sie ins Forschungs-Camp begleiten. Direkte Anweisung von Frau Doktor Gidion!«

»Geh weg du Mistvieh!«, schrie Hauser plötzlich. Eine Kanalratte huschte ihm über den Weg, just als er seine Tüte auf den Müllberg vor dem Haus legen wollte. Seit Wochen stapelte sich der Müll vor den Häusern. Die sich am Boden des Müllberges angesammelte Flüssigkeit war eine Mischung aus Resten von Milch, Fleischsaft, gequetschtem Obst und Gemüse. Es stank erbärmlich.

Bringt eh nichts, den Müll hier abzulegen, dachte sich Hauser. So schnell kommt hier eh keiner und holt ihn ab. Und die Ratten freuen sich, dass sie Nachschub bekommen. Aber gut, besser ich lege ihn hier ab, als dass er in der Wohnung vor sich hin stinkt.

»Sorry«, sagte Hauser zu Leo. »Was haben Sie gesagt?«

»Ich begleite Sie direkt bis ins Camp«, wiederholte Leo.

»Ah«, sagte Hauser und fügte mit einem Schmunzeln hinzu. »Sicher hat Gidion Angst, dass ich einen Rückzieher mache.«

»Sie wird sich eher um Ihre Sicherheit gesorgt haben«, sagte Leo, als beide im Auto saßen. »Denn nachts und früh morgens sollte man lieber nicht aus dem Haus gehen. Zu gefährlich!«

»War auch mehr als Scherz gemeint«, sagte Hauser. - »Sorry, ich habe noch gar nicht offiziell vorgestellt. Ich bin Martin Hauser. Gerne können wir gleich du sagen.«

»Gerne«, sagte Leo.

»Wie kommt es, dass Gidion gerade dich geschickt hat«, fragte Hauser.

»Ich arbeite beim BKA im Personenschutz«, sagte Leo. »Auch für Frau Doktor Gidion.«

»Spannend«, sagte Hauser. »Dann habe ich gleich einen Auftrag für dich. Zehn Minuten bevor du mich angerufen hast, hat jemand geklingelt und sich als mein Fahrer ausgegeben.«

»Echt?«, sagte Leo erstaunt. »Wer könnte noch gewußt haben, dass ich dich abholen soll?«

»Die Frage habe ich mir auch gestellt«, sagte Hauser. »Kannst du das rausfinden?«

»Klar! Ich notiere mir nachher im Flieger ein paar Details und gehen dem nach!«

Sie fuhren eine Weile durchs frühmorgendliche München. Immer wieder war ein ausgebrannter Stromverteiler zu sehen. Gewalttätige Demonstranten hatten sie in den letzten Wochen als neues Ziel entdeckt, um dann im Schutze der Dunkelheit zu randalieren und zu plündern. Die Stadtwerke kamen mit dem Reparieren kaum nach. So kam es immer wieder vor, dass ganze Straßenzüge über Nacht ohne Strom waren.

»Tolles Auto«, sagte Hauser. »Ich habe auch eine G-Klasse. Mit Wasserstoff-Antrieb. Habe ich vor Jahren umgerüstet.«

»Ich habe ihn aus dem Fuhrpark des BKA«, sagte Leo. »Ich dachte, etwas Robustes kann heute nicht schaden. Er hat eine leichte Panzerung. Sicher ist sicher!«

Was Hauser während der Fahrt sah, machte ihn nachdenklich. Um 6.15 Uhr war eigentlich Rushhour. Doch es waren kaum Autos unterwegs. Wohin sollten die Leute auch fahren. Viele waren arbeitslos. Massenentlassungen waren vor den Berichten über Demos und Straßengewalt das Top Thema in den Nachrichten. Viele Geschäfte standen leer. Bei einigen waren die Scheiben eingeschlagen. Andere waren mit Holzbrettern vernagelt, um Plünderungen zu vermeiden. Da die Feuerwehr, aufgrund der schwierigen Sicherheitslage nur noch bei größeren Bränden und dann auch nur mit Polizeischutz ausrückte, stiegen immer wieder Rauchschwaden aus angezündeten Müllcontainern auf. Die Anwohner wussten sich nicht besser zu helfen. Statt den Müll vor sich hin rotten zu lassen, zündeten sie ihn an.

»Übel, oder?«, sagte Hauser.

»Ja, schlimm«, entgegnete Leo. »Solche Zustände hätte sich vor ein paar Monaten noch niemand vorstellen können. Wo anders - vielleicht. Aber hier in München!«

»Da sieht man, wie auch in Bayern der Wohlstand an der Autoindustrie und den Zulieferern hängt«, sagte Hauser. »Das wollte ja keiner wahrhaben. Alle dachten, dass es eh nie so weit kommt. Ich habe oft in Gesprächen mit Politikern gesagt: Wenn wir uns technologisch weiterhin auf unseren Lorbeeren ausruhen und nicht massiv und mutig in alternative Antriebe beim Auto investieren, wird sich das bitter rächen.«

Hauser fuhr erregt fort.

»Leo, schau dir an wie viele Menschen auf der Straße schlafen. Das hat massiv zugenommen. Sogar Kinder sind darunter. Schrecklich! Zum Glück ist es nicht kalt!«

Leo schwieg. Er musste sich auf's Fahren konzentrieren. Die meisten Ampeln waren entweder außer Betrieb, oder Leo ignorierte sie und fuhr auch bei Rot über die Kreuzung.

»Anhalten ist zu gefährlich«, kommentierte Leo das erneute Überfahren einer roten Ampel. »Wenn nur Scheibenputzer kommen würden, wäre das ok. Aber inzwischen sind das aggressive Bettler, die sich vor deine Motorhaube stellen und nicht weggehen, bis du ihnen was gegeben hast. Wenn du hartnäckig bleibst, dann verkratzen sie dir den Lack.«

»Einen ähnlichen Fall hatte ich vor einiger Zeit auch«, bestätigte Hauser. »Sogar am helllichten Tag. Weit und breit war keine Polizei zu sehen.«

»Polizei?«, lachte Leo. »Die ist total überfordert. Die Kollegen wissen nicht, was sie zuerst und zuletzt machen sollen. Wir sind mit dem Schutz von Behörden und Institutionen schon voll ausgelastet. Da bleibt keine Zeit, auch noch nachts für allgemeine Sicherheit zu sorgen.«

Kurz nachdem Leo an einer Kreuzung nach links abgebogen war, schrie er.

»Achtung, festhalten!«

Reflexartig spreizte sich Hauser in den Sitz und hielt den Türgriff fest. Der Geländewagen machte bei unverändertem Tempo zwei deutliche Hüpfer.

»Was war das?«, fragte Hauser erschrocken. »Es hat sich angefühlt als hätten wir jemanden überrollt.«

»Beruhig dich, Martin«, sagte Leo. »Wir haben niemanden überfahren! Ich vermute, es war ein größeres Tier. Vielleicht ein Hund. Das ist einer der neuesten Tricks. Müssen die im Internet gesehen haben. Weil sie wissen, dass an den roten Ampeln keiner mehr anhält, töten sie einen herrenlosen Hund und werfen ihn vor dein Auto. Viele, die den Trick nicht kennen, halten reflexartig an und steigen aus, um nachzusehen. Und dann sitzt du in der Falle. Sie rauben dich aus. Wenn du Glück hast, sind sie mit der Beute zufrieden und lassen dich selbst unversehrt.«

Hauser war sprachlos. Spätestens jetzt war er sich sicher, dass sein Entschluss, das Projekt zu unterstützen der Richtige war.

Die restliche Fahrt verlief ohne Zwischenfälle. Am Flughafen angekommen, zeigte Leo am Einfahrtstor zum Rollfeld seinen Dienstausweis und wurde durchgelassen. Auf einem abgelegenen Teil des Airports hielt er den Wagen vor einem Düsenjet an und sie stiegen aus.

»Die hat uns die Flugbereitschaft zur Verfügung gestellt«, schrie Leo gegen den Lärm der Triebwerke an. »Wir können damit direkt auf dem Camp-Gelände landen. Somit kommst du noch vor der täglichen Lagebesprechung an.«

Hauser ging zum Flugzeug, stieg ein und setze sich. Leo machte die Kabinentür zu und platzierte sich ihm gegenüber.

Als sie zur Startbahn rollten, stellte sich bei Hauser eine gewisse Müdigkeit ein. Er schloss die Augen, doch zum Schlafen war er zu aufgekratzt.

Unzählige Gedanken schossen ihm durch den Kopf: Ob ich substanziell etwas ausrichten kann? Wie wird die Zusammenarbeit mit Fach ablaufen? Ich bin gespannt wie Gidion als Chefin ist? Was hätte Yvonne zu dem Ganzen gesagt?

Es ging ja alles so schnell in den letzten Tagen, setzte er seine Denkreise fort. Es sind ja nur noch etwas mehr als vier Monate bis zum Stichtag des Ultimatums. Ob die ausreichen? Was wir hier vorhaben braucht eigentlich Jahre.

Das Brummen des Flugzeugantriebs machte seine Augen schwer ...

15. März, München

»Komm jetzt«, rief Hauser genervt, während er sich die Autoschlüssel von der Ablage nahm. »Wir müssen los! Sonst kommst du zu spät in die Schule und ich zu spät zur Vorlesung. Ich habe heute die Auftaktveranstaltung für die Erstsemester.«

»Bin ja da«, warf ihm Mirella patzig an den Kopf, als sie in den Aufzug Richtung Tiefgarage huschte. »Ich kann nicht immer so schnell machen.«

»Doch!«, sagte Hauser. »Steh halt früher auf. Dann hast du keine Hektik!«

Kurze Zeit später, als Hauser sich in den morgendlichen Münchner Berufsverkehr eingereiht hatte, fragte er.

»Hast du dich auf deine Schulaufgabe heute vorbereitet?«

»Ja, klar«, erwiderte Mirella genervt wobei sie weiterhin auf dem Handy herumtippte. »Du weißt, dass du mindestens eine Drei brauchst, um nicht versetzungsgefährdet zu sein.«

»Jahaa, das weiß ich. Und ich habe diesmal wirklich gelernt.«

»Ach, das heißt, dass du sonst nicht gelernt hast?«, fragte Hauser.

»Doch, ich lerne immer!«, sagte Mirella schnippisch. »Nur manchmal ist die Schulaufgabe halt zu schwer für eine gute Note.«

»Dann streng dich wenigstens an«, sagte Hauser.

»Was unterstellst du mir?«, sagte Mirella. »Ich strenge mich immer an! Und jetzt möchte ich nicht mehr über die Schule reden. Ich muss noch ein paar wichtige Dinge klären.«

»Du, und wichtige Dinge klären?«, fragte Hauser genervt.

So ein Teenager ist echt anstrengend, dachte er sich.

»Eine Insta-Story von der Autofahrt in die Schule soll wichtig sein? Schau lieber nochmals die Mathe-Aufgaben an. Das ist wichtig! Ich erzähle eh schon keinem von deinen Mathe-Noten. Wenn jemand herausbekommen würde, dass die Tochter eines Uni-Professors für physikalische Chemie maximal eine Drei in der Mathe-Schulaufgabe schreibt, dann wäre das mehr als peinlich.«

»Tja Dad«, sagte Mirella schnippisch. »Es ist halt nicht jeder ein Mathe-Genie wie du! Und du brauchst nicht immer so perfekt tun! Ich wette, du bist heute auch nicht vorbereitet für deine Vorlesung! Wann hast du dir denn den Stoff, den du heute deinen Studenten beibringst, das letzte Mal angeschaut?«

»Das ist was anderes«, erwiderte Hauser. »Ich kann meinen Stoff! Ich muss mir das nicht mehr anschauen!«

»Ach ja«, sagte Mirella. »Dann erzähl!«

Auch wenn Hauser annahm, dass Mirella kein ernsthaftes Interesse am Thema hatte, fühlte er sich geschmeichelt.

Desinteresse heuchelnd sagte er.

»Du willst nur, dass ich erzähle und du in Ruhe ins Handy schauen kannst. In Wirklichkeit interessiert es dich gar nicht.«

Mirella nahm die Herausforderung mit sportlichem Ehrgeiz an und sagte.

»Siehst du Dad. Wieder liegst du falsch. Schau ich lege mein Handy umgedreht hin und du erzählst mir, was heute in deiner Vorlesung drankommt.«

»Also gut«, sage er in lehrerhaftem Ton. »Pass gut auf. Ich frage dich morgen dazu ab! Was interessiert dich genau?«

»Wie lautet das Thema der heutigen Vorlesung?«, sagte Mirella in ebenfalls schulmeisterhaftem Ton.

»Grundlagen und Technik der Brennstoffzelle«, sagte Hauser. »Häh, das klingt ja nicht sehr anspruchsvoll«, warf Mirella gleich ein.

»Es ist ja auch die erste Vorlesung für neue Studenten und Studentinnen!«

»Ah, ok, na dann: Wie funktioniert die Brennstoffzelle?«, sagte Mirella hörbar stolz darauf, dass ihr gleich eine gute Frage eingefallen war.

»Interessieren dich Details?«, fragte Hauser ungläubig. »Ne, nur die wichtigsten Punkte«, bestätigte Mirella Hausers Vorahnung.

»Ok«, begann Hauser seine Ausführungen. »Mit der Brennstoffzelle meint man umgangssprachlich meist eine Wasserstoff-Sauerstoff-Brennstoffzelle. Denn eigentlich können statt des Wasserstoffs auch andere Brennstoffe, zum Beispiel Methanol, also Alkohol, genutzt werden.«

Mirella unterbrach Hauser mit ironischem Unterton.

»Ach deshalb forschst du daran. Weil du billig an Alkohol kommst.«

»Ja, sicher werde ich das deswegen machen.«

Hauser fuhr mit seinen Erläuterungen fort.

»Bei der Brennstoffzelle handelt es sich um eine galvanische Zelle, die die chemische Reaktionsenergie eines permanent zugeführten Brennstoffs und eines Oxidationsmittels in elektrische Energie umwandelt. Im Unterschied zur Batterie oder zum Akku ist die Brennstoffzelle kein Energiespeicher, sondern ein Wandler.«

»Wow«, sagte Mirella erstaunt und anerkennend. »Das hast du gut auswendig gelernt.«

»Willst du noch mehr wissen?«, fragte Hauser.

»Ne, danke, danke. Das reicht!«, wiegelte Mirella schnell ab.

Nach einer kurzen Pause und mit fragend hochgezogenen Mundwinkeln sagte Mirella.

»Und sowas interessiert dich? Damit beschäftigst du dich den ganzen Tag? Das muss doch voll langweilig sein?«

Hauser schaute sie an.

»Das ist total spannend. Es gibt viele Dinge, die man zur Brennstoffzelle noch nicht weiß. Außerdem ist es unser Ziel, die Zelle so zu schrumpfen, dass sie die Größe eines Schuhkartons hat und ein Auto trotzdem hunderte von Kilometern antreiben kann. Ich finde das spannend!«

Immer noch nicht überzeugt erwiderte Mirella.

»Echt jetzt? Ich weiß nicht. Das interessiert doch keinen. Und beim Auto hat unser Physiklehrer erst kürzlich gesagt, dass die eh alle bald mit Akkus fahren. Wie beim Handy, da ist ja auch kein Brennstoffdingsbums drin. Warum forschst du nicht was mit Akkus? Dann kannst du berühmt werden. Und mit einem berühmten Vater wäre ich dann auch berühmt. Ich hätte mehr Follower. Vor allem die Jungs würden es toll finden, wenn ich immer wieder Geschichten von dir posten würde!«

Hauser stutzte. Nicht nur, weil Mirella bei jedem Thema am Ende wieder auf die sie aktuell alleine beschäftigende Frage *Wie kann ich berühmt werden?* stieß. Vielmehr hatte sie ohne es zu wissen einen wunden Punkt bei ihm getroffen. Auch er hatte sich die Frage, ob er nicht wieder in die Forschung zur Akku-Technologie einsteigen sollte, in letzter Zeit immer öfter gestellt. Mit seinem Doppelstudium der Chemie und Physik hatte Hauser die besten Voraussetzungen. Das wusste er. Er wusste aber auch, warum er sich vor Jahren gegen dieses Themenfeld entschieden hatte. Nur mit Mirella hatte er sein Motiv für seine Abstinenz im Bereich Batteriespeicher nie angesprochen. Zuerst war sie noch zu jung. Dann gab es nicht die richtige Gelegenheit. Und jetzt, eine Minute vor der Ankunft an der Schule, war auch nicht der richtige Zeitpunkt. Doch lange wollte er auch nicht mehr warten. Sie war in einem Alter, wo sie es sicher verstehen würde, wenn er es ihr erklärt.

Vielleicht ergibt sich ja heute Abend eine Gelegenheit, darüber zu sprechen, dachte er. Mal sehen wie Mirella dann drauf ist.

Inzwischen war Hauser vor der Schule angekommen.

»So, meine Vorlesung muss ich wohl ein anderes Mal fortsetzen!«, sagte Hauser. »Viel Erfolg bei Mathe! Konzentriere dich!«

Mit einem Genervten, »Ja, das mache ich immer. Tschau, Dad«, stieg Mirella aus dem Auto.

Mirella zuliebe hatte Hauser einen Popsender eingestellt. Nachdem er wieder alleine im Auto saß, schaltete er auf einen Nachrichtenkanal um. Vor dem Uni-Start aktuelle Infos zu erfahren – das gefiel ihm.

»Peking«, begann der Radiosprecher die Meldung. »Der auf Elektroautos und Batteriesysteme spezialisierte chinesische Hersteller Create the future (CTF) gab heute bekannt, dass ihm nach jahrelanger und fokussierter Forschungsarbeit der Durchbruch bei der Akku-Technologie für Fahrzeugakkus gelungen ist. Mit der von CTF zur Marktreife entwickelten neuen Generation von Akkus konnten die zwei Hauptherausforderungen der Elektromobilität, lange Ladezeiten und geringe Reichweite, gelöst werden. CTF verspricht, dass mit den neuen Akkus ausgestattete Fahrzeuge in fünfzehn Minuten an speziellen Ladestationen komplett geladen werden können. Da gleichzeitig die neue Batterie eine deutlich höhere Energiedichte besitzt, vergrößert sich die Reichweite auch in kälteren Regionen auf echte 600 Kilometer mit einer Ladung. CTF geht davon aus, dass damit endgültig der Durchbruch bei der Elektromobilität geschafft wurde, da nun ein alltagstaugliches und dem Verbrennungsmotor vergleichbares Antriebskonzept verfügbar ist. Das Ministerium für Außenhandel und Wirtschaftliche Zusammenarbeit der Volksrepublik China, kurz MOFCOM, welches die dazu notwendige Forschung maßgeblich unterstützt hatte, beglückwünschte CTF zu dieser für das ganze chinesische Volk wichtigen Innovation.

Man könne den Siegeszug der chinesischen Automobilwirtschaft weiter forcieren und die weltweite Expansion beschleunigen.«

Hauser hörte mit einer gewissen Gleichgültigkeit zu. Denn seit die Themen Elektromobilität und alternative Antriebe von den Medien so gehypt wurden, kamen im Wochenrhythmus Meldungen über den technischen Durchbruch in der Akkutechologie. Mal waren es die Israelis, die in ihren Hightechlaboren etwas ganz Tolles herausgefunden hatten. Mal waren es die US-Amerikaner. Wobei dort meist irgendwelche vorher unbekannten Start-ups medienwirksam den Durchbruch verkündeten. Oft mit der kleinen Randbemerkung, dass es bis zur Marktreife mehrere Millionen Dollar an neuer Finanzierung benötigen würde. Nach ein paar Monaten waren die Unternehmen dann vom Markt verschwunden und man hörte nie wieder von ihnen.

Einzig der vor einiger Zeit verbreiteten Meldung, dass ein ebenfalls chinesischer Hersteller eine neue Art der bestehenden Akku-Technologie vermarkten wollte, schenkte Hauser Beachtung. Denn vorgestellt wurde eine andere Variante der Lithium-Ionen-Technik: Lithium-Eisenphosphat-Zellen, bei denen die positive Elektrode aus Lithium und Eisenphosphat bestand. Dagegen wurden bei den dominierenden Lithium-NCM-Zellen Mischoxide von Lithium, Nickel, Kobalt und Mangan eingesetzt. Die mechanische Belastbarkeit der neuen Variation war größer. Außerdem waren Li-Eisenphosphat-Akkus aufgrund der verwendeten Materialien widerstandsfähiger und können besser mit hohen und niedrigen Temperaturen oder Überladung umgehen. Günstige Produktion und hohe Betriebssicherheit – ein Durchbruch war das damals nicht. Und bei näherer Betrachtung entpuppte sich die Entwicklung dann eher als normale Evolution denn als Revolution.

Hauser bog auf den Uniparkplatz ein und stellte das Auto ab. Ein Blick auf die Uhr zeigte ihm, dass es noch zu einem Kaffee reichte, bevor die Erstsemestervorlesung begann.

Hauser betrat den großen Hörsaal der TU München. Wie immer zum Semesterauftakt war das Audimax bis zum Rand gefüllt. Manche Studenten mussten auf dem Boden sitzen.

Das Interesse an Chemie und Physik ist nicht so gering, wie es in den Medien oft suggeriert wird, dachte sich Hauser.

Er wusste, dass nur ein Teil der Anwesenden das anspruchsvolle Studium bis zum Ende durchhalten würde. Hauser stellte sich ans Rednerpult, fuhr seinen Laptop hoch, blendete die erste Folie seiner Präsentation mit dem Titel »Grundlagen und Technik der Brennstoffzelle« ein und betrachtete schweigend die Erstsemester. Als niemand mehr redete, begann Hauser seine Vorlesung.

»Sehen Sie, das ist Schwarmintelligenz. Ein paar Leute fangen an, andere folgen dem Beispiel und plötzlich machen alle das, womit eine kleine Gruppe angefangen hat. Nämlich: Leise sein. Unterschätzen Sie nicht die Wirkung von Schwarmintelligenz!«

Nach einer kurzen rhetorischen Pause fuhr er fort.

»Hallo zusammen, mein Name ist Martin Hauser, mit ganzem Titel eigentlich Professor Doktor Martin Hauser. Aber da ich auf die Ansprache mit Titel keinen Wert lege, bin ich für Sie einfach Herr Hauser, oder für euch, die Ihr dann mal in meinem Praktikum seid, der Martin. Hier an der TU in München bin ich an der Fakultät für Chemie der Inhaber des Lehrstuhls für physikalische Chemie. Mein Spezialgebiet ist die Brennstoffzellentechnologie. Ich begrüße Sie zum Semesterauftakt und zur Erstsemestervorlesung *Grundlagen und Technik der Brennstoffzelle.* Wenn jetzt einige von Ihnen denken: Ja sauber! Seit wann ist das denn Stoff des BWL-Studiums. Spätestens jetzt sollte Ihnen klar sein, dass Sie hier falsch sind.«

Das anerkennend grummelnde Gelächter der Studentenschaft gefiel ihm!

Hauser klickte, und die nächste Folie seiner Präsentation mit dem Wort *Erwartungen* erschien.

»Was haben Sie für Erwartungen an diese Vorlesung?«, fragte er in die Menge.

»Dass Sie mir kurzweilig erklären wie eine Brennstoffzelle funktioniert«, erwiderte ein Student im grünen T-Shirt in einer der hinteren Reihen.

»Ok, danke!«, sagte Hauser. »Andere Stimmen?«

»Mich würde interessieren, warum die Brennstoffzelle immer noch ein Schattendasein führt und ob es sich für mich lohnt, hier tiefer einzusteigen«, sagte eine Studentin mit Baseball-Cap.

Mit Kampfgeist in der Stimme sagte Hauser.

»Um es vorwegzunehmen: Klar lohnt es sich, sich mit der Brennstoffzelle zu beschäftigen. Angesichts der Klima-Herausforderungen hat sie eine große Zukunft. Ich komme später nochmals darauf zurück. Und: Klar will ich Ihnen Wissen und Inhalte vermitteln. Doch die Verfügbarkeit von Wissen ist in Zukunft nicht mehr der Engpass. Es ist durch das Internet überall verfügbar. Universitätsdatenbanken, Forschungsergebnisse, Lexikoneinträge. Alles jederzeit an jedem Ort nachlesbar!«

Hauser machte eine dramaturgische Pause und schloss eine rhetorische Frage an.

»Doch wenn der Wissenszugang nicht mehr der Engpass für Erfolg in der Wissenschaft und Forschung ist. Was begründet dann den Erfolg?«

Hauser tippte auf den Presenter, um zur nächsten Folie zu gelangen.

»Ich sage es Ihnen: Es gibt sechs wesentliche Punkte für Erfolg. Wenn Sie sich aus dem ganzen Studium nichts anderes längerfristig merken können – diese sechs Punkte sollten Sie verinnerlichen und leben, wenn Sie Ihre Chance auf Erfolg erhöhen wollen.«

Hauser musterte die Zuhörer und fuhr fort.

»Punkt eins ist: Testen – Messen – Lernen. Niemand hat auf Anhieb Erfolg! Fehler und Scheitern gehören zum Erfolg dazu. Natürlich ist Ihr Ziel immer Fehlerfreiheit. Aber Sie müssen Fehlschläge mit einplanen. Schon immer wurden in der Wissenschaftsgeschichte große Durchbrüche auch durch Zufälle und Fehler erzielt. Es wurden Versuche gemacht, die bezogen auf das eigentliche Ziel, schief gingen. Das Penicillin zum Beispiel, also der Ursprung der heutigen Antibiotika wurde von Alexander Fleming entdeckt. Ursache war ein missglücktes Experiment. Als er aus dem Urlaub zurückkam, war ein Teil seiner Bakterienkulturen durch einen Schimmelpilz abgetötet worden. Er ging der Ursache auf den Grund und fand heraus, dass der Pilz im menschlichen Körper Bakterien bekämpfen kann.«

Hauser, inzwischen gut in den Redefluss gekommen, tigerte während seiner Ausführungen im Hörsaal auf und ab.

»Auch die Röntgenstrahlen wurden durch Zufall entdeckt. Besser gesagt durch Unordnung im Labor von Wilhelm Conrad Röntgen. Wenn sich also Ihr WG Bewohner wieder über die nicht aufgeräumte Küche beschwert, dann können Sie jetzt behaupten, das Chaos dient der Forschung.«

Das Gelächter der Studenten zeigte, dass Hausers Gag, auch wenn er ihn inzwischen schon oft gebracht hatte, immer noch gut funktionierte. Die Genugtuung darüber war ihm anzusehen.

»Die Liste ließe sich beliebig fortsetzen. Von daher gilt. So wie man bei den ersten Gehversuchen immer wieder hinfällt, bis man als Kind laufen kann, so gibt es auch in der Wissenschaft keinen Erfolg ohne Fehler!«

»Der zweite Punkt, den Sie sich merken sollten«, setzte Hauser seine Ausführungen nach kurzem Atemholen fort. »Es ist

Zusammenarbeit, interdisziplinäre Zusammenarbeit. Sie können heute nicht mehr alleine erfolgreich sein. Wer gegenüber Ihnen einmal behaupten sollte, dass *Er* oder *Sie* alleine einen wissenschaftlichen Erfolg erzielt hat, der entlarvt sich als Lügner. Oder er ist ein Selbstdarsteller. Erfolge entstehen in Teams. Das ist wie im Fußball. Da gewinnt nicht ein einzelner Spieler. Und eine Ansammlung von einzelnen genialen Spielern garantiert keinen Erfolg. Das kann man immer wieder beobachten. Ein Team ist mehr als die bloße Summe der Einzelspieler. Die Fähigkeit zur Kooperation ist im Übrigen einer der wesentlichen Unterschiede des Menschen zu den allermeisten Tierarten. Kooperation und die damit verbundene Arbeitsteilung waren und sind eine der Schlüsselqualifikationen zur Entwicklung der menschlichen Zivilisation. Sie ist der Grund dafür, dass sich die Menschen evolutionär deutlich von den Tieren abheben konnten.«

Hauser, der nun in der Mitte des Hörsaals stand und in die Studentenschaft blickte, drehte sich um und ging wieder vor zum Rednerpult. Dann senkte der den Kopf, um ihn zusammen mit der Körperdrehung in Richtung Zuhörer wieder zu heben.

»Erfolgsfaktor drei: Kommunikation! Jetzt werden einige von Ihnen denken: Na ja, bisher war das ja spannend und die ersten beiden Punkte waren mir nicht bewusst. Aber jetzt wird es abgedroschen. Ja, ich gebe zu, auf Kommunikation als Erfolgsfaktor hinzuweisen, klingt wenig innovativ. Ich sage dazu nur eines: Aufgrund fehlender Kommunikation und Missverständnissen durch Fehlinterpretation werden Kriege geführt. Besonders neue Kommunikationsformen wie E-Mail und Chats sind eine Herausforderung. Sie als die Generation, die mit diesen Medien aufgewachsen ist, wissen wie niedrig die Hemmschwelle, zum Beispiel für Pöbeleien, hier ist. Konflikte und Meinungsverschiedenheiten lösen Sie nicht per Text-Message.«

Nachdem Hauser einen Schluck Wasser getrunken hatte, setze er seinen Vortrag fort.

»Kreatives Zutrauen oder wie es im englischen heißt *Creative Confidence* ist das vierte Erfolgskriterium. Haben Sie Zutrauen in Ihre eigene Kreativität. Vertrauen Sie darauf, dass Sie bei der Anwendung der richtigen Methoden kreativ sein können und zu Lösungen kommen, an die Sie vorher nicht gedacht haben. Während früher die Sicht vorherrschte, dass es kreative und weniger kreative Menschen gibt, hat sich, ausgehend von der Design Thinking School an der Stanford University, die Meinung durchgesetzt, dass jeder Mensch kreativ sein kann. Mit der Anwendung der richtigen Methoden kann bei jedem das kreative Potenzial entfacht werden.«

Da Hauser merkte, dass er schon deutlich über der Zeit war, ging er sofort zu Punkt fünf über.

»Nutzen Sie die Möglichkeiten der IT!«, sagte Hauser. »Damit meine ich richtige IT. Nicht nur Ihr Smartphone. Die Technik schreitet so schnell voran, dass künstliche Intelligenz oder Hochleistungsrechner schon jetzt die Geschwindigkeit in der Forschung vervielfachen können. Schauen Sie daher immer, wie Ihnen die IT helfen kann, Ihre Projekte zu unterstützen.«

»Und, last but not least, der letzte, mitunter entscheidende Erfolgsfaktor«, setzte Hauser zum Finale seines Eingangsvortrages an. »Das sind *SIE*. Mein Erfolgsfaktor Nummer sechs. Glauben Sie an sich und Ihre Fähigkeiten! Und weil es dazu nicht mehr zu sagen gibt, wiederhole ich es noch einmal: Glauben Sie an sich und Ihre Fähigkeiten! Und weil die Werbeforschung herausgefunden hat, dass sich der Mensch Dinge oft erst nach der dritten Wiederholung und zusammen mit einer starken emotionalen Verknüpfung merken kann hier zum dritten Mal.«

Hauser holte tief Luft und schrie in die Menge.

»*GLAUBEN SIE AN SICH!*«

Viele der anwesenden Studenten und Studentinnen zuckten zusammen. Andere schaute ungläubig. Hauser war zufrieden. Der Auftakt war gelungen. Er kostete das anerkennende Klopfen der

Studentenschaft voll aus. Dann lief er zum Rednerpult, trank einen Schluck Wasser und drückte erneut auf den Presenter, um seinen Vortrag mit den Grundlagen der Brennstoffzelle fortzusetzen.

Als Hauser sich nach der Vorlesung in seinem Büro an den Schreibtisch setzte, begann er zu recherchieren. Die Batterie-Ankündigung ging ihm nicht aus dem Kopf.

Es dauerte nicht lange, bis er die ausführliche Meldung der Chinesen gefunden hatte.

Interessant, dachte er sich, als der Teil der offiziellen Nachricht kam, über den nicht im Radio berichtet wurde.

Intensive Forschungen mit unterschiedlichen Materialien für die Elektroden und den Elektrolyten wurden zu einem neuen, leistungsfähigen Akku zusammengefügt. Die Batterie von CTF enthält Silizium statt des sonst eingesetzten Graphits. Damit konnte die Ladekapazität um 40% gesteigert werden. Der sonst flüssige Elektrolyt wurde durch festen Polymer ersetzt. Somit kann der Akku auch bei niedrigen Temperaturen vollumfänglich arbeiten. CTF freut sich darauf, bald weitere Details zur Markteinführung bekannt geben zu können.

Aha, da war das Hintertürchen, dachte Hauser.

Die Chinesen hatten die Methode der Start-ups aus den USA und Europa übernommen und keine Details zur Markteinführung verkündet. Dies ließ darauf schließen, dass der chinesische Feststoff-Akku mit Silizium nur im Labor funktionierte.

Bis zur Serienproduktion ist es sicher noch ein weiter Weg, ging es Hauser durch den Kopf. Silizium an der negativ geladenen Elektrode einzusetzen ist ja nicht neu. Daran habe ich bis zum Umstieg auf die Brennstoffzellentechnologie intensiv geforscht. Ja, ja – die glücklichen Jahre als junger Privatdozent. Eine unbeschwerte Zeit, sinnierte er wehmütig. Bis zu dem Zeitpunkt, als mich das Glück verließ.

Bevor Hausers Stimmung komplett in Wehmut umschlug, riss ihn die Frage seiner Assistentin »Kaffee?« aus den Tagträumen.

»Ja, gerne!«, erwiderte er.

Zur gleichen Zeit kam in Bonn unter der Leitung von Doktor Anna Gidion das Projektteam *Elektromobilität Jetzt! (EJ!)* zum wöchentlich einstündigen Statusmeeting zusammen. Die EJ! war eine Unterabteilung des Bundeswirtschaftsministeriums und für alle Aufgaben im Bereich der Elektromobilität zuständig.

»Meine Damen, meine Herren«, begrüßte Gidion die Anwesenden mit energiegeladener Stimme. »Danke dass Sie heute den Weg nach Bonn gefunden haben.«

Nach einem kurzen Blick in ihre Notizen fragte sie.

»Wer ist mit dem E-Auto angereist?«

Die Anwesenden schauten verdutzt von ihren Laptops und Smartphones auf. Gidion fand die Frage berechtigt. Zum einen war es ihr wichtig, nach der Logik *Drink your own Champagne* mit gutem Beispiel voranzugehen. Zum anderen war es ein Leichtes, bei den normalerweise in Berlin stattfindenden Sitzungen, wo die meisten Mitglieder des Gremiums beheimatet waren, den E-Roller oder das E-Auto für die Kurzstrecke zu nehmen. Nach Bonn zu kommen – vermutete sie – war dann doch eine Herausforderung.

»Nun«, durchbrach als Erster der aus Frankfurt angereiste Vertreter der Automobilindustrie das betretene Schweigen. »Ich habe im Anschluss einen Termin bei einem Zulieferer. Hier auf dem Land. Daher bin ich mit dem Hybrid aus unserem Fuhrpark da.«

Mit einem süffisanten Lächeln fügte er hinzu.

»Ich hoffe, das zählt!?«

»Ok, das wollen wir gelten lassen«, erwiderte Gidion generös. »Und was ist mit den Anderen?«

»Ich habe ohnehin mehrere Tage hier in Bonn zu tun«, traute sich nun auch ihr Ministeriumskollege aus der Deckung. »Bin daher mit dem Zug da.«

Der Teilprojektleiter für die Ladeinfrastruktur fügte nach dem Augen-zu-und-durch-Prinzip an.

»Ich musste den Flieger nehmen. Sonst hätte ich das terminlich nicht geschafft. Wobei ich ohnehin hier in dem Kreis die Frage aufwerfen wollte, ob wir die Wochenmeetings nur einmal im Monat persönlich machen und die restlichen drei Mal ein Online-Meeting einstellen?«

»Guter Punkt«, antwortete Gidion. »Ich werde das nochmals prüfen. Beim letzten Mal hat uns das Referat IT-Sicherheit aufgrund der Abhörgefahr davon abgeraten. Ich nehme das nochmals als To-do für mich mit.«

Gidion fuhr fort.

»Entschuldigen Sie, dass ich gleich zu Beginn diese von manchen als peinlich empfundene Frage nach der Anreise aufgebracht habe. Ich wollte damit deutlich machen, wo wir Jahre nach der Gründung der EJ! stehen. Immer noch am Anfang! Unsere Erfolgsbilanz ist bislang gelinde ausgedrückt sehr bescheiden.«

Gidion wechselte nun in einen eher staatstragenden, ernsten Ton, um weiter auszuführen.

»Wenn noch nicht einmal wir alle das E-Auto von Berlin nach Bonn nehmen, da es zu viele Einschränkungen hat, dann haben wir nicht wirklich etwas erreicht. Und es lag bei keinem daran, dass er nicht auf ein E-Auto hätte zurückgreifen können. Vielmehr konnten oder wollten wir die heute zur Verfügung stehenden Fahrzeuge mit ihren Einschränkungen nicht in unseren durchgetakteten Alltag einbinden.«

Gidion redete sich in Rage.

»Und genau vor dem Hintergrund möchte ich nochmals an unseren Auftrag erinnern.«

Sie nahm die vor ihr liegende Broschüre, schlug die erste Seite auf und las vor.

»Ziel der EJ! ist es, zeitnahe und pragmatische Lösungen zu erarbeiten und die Ressortzusammenarbeit bei dem wichtigen Zukunftsthema Elektromobilität effizient zu bündeln. Konkret: Die führende Wirtschaftsnation Deutschland soll Schrittmacher in der Elektromobilität werden.«

Um die Dramaturgie weiter zu steigern, las Gidion noch lauter und schneller.

»Die Bundesregierung sieht die Umstellung auf neue Antriebstechnologien als eine zentrale Herausforderung an die Mobilität des 21. Jahrhunderts. Das Thema ist für Bürger, verschiedene Branchen und den Wirtschaftsstandort Deutschland von hoher industrie- und beschäftigungspolitischer Bedeutung. Dafür müssen alle relevanten Akteure zusammenarbeiten. Für die zügige Markteinführung von leistungsfähigen und bezahlbaren Elektrofahrzeugen bereitet die Bundesregierung deshalb den Weg. Wir sollen Leitmarkt für Elektromobilität werden.«

Wieder herrschte betretenes Schweigen. Anspannung füllte den Raum. Gidion ließ ihr Eingangsplädoyer auf die Anwesenden wirken und schwieg. Denn schon lange hatte Gidion den Eindruck, dass das Gremium das Thema Elektromobilität nicht aktiv treibt, sondern nur verwaltet. Eine bloße Alibiveranstaltung zu organisieren war nicht ihr Ziel, als sie vor einem Jahr den Vorsitz und die Leitung übernommen hatte. Sie war gewillt, etwas zu bewegen. Sie glaubte an das Thema. Vor allem glaubte sie daran, dass Deutschland alle Ressourcen hatte, um beim Thema E-Mobilität eine führende Rolle einzunehmen. Nach Durchsicht der Pre-Readings für das Meeting heute hatte sie den Eindruck gewonnen, dass dem Großteil der Mitglieder nicht klar war, was auf dem Spiel stand. Sonst hätten sie kaum in ihren Statusberichten auf die vielen Hindernisse verwiesen, ohne gleichzeitig eine mögliche Lösung aufzuzeigen. So war Gidion zu dem Schluss gekommen, dass heute die Zeit gekommen war, nicht die üblichen Tagesordnungspunkte durchzugehen, sondern die Kollegen mit einer Ruck-Rede, wie sie einst Roman Herzog gehalten hatte, aus ihrer Lethargie zu holen.

Gidion wusste wohl, dass es vermessen war, sich mit dem Ex-Bundespräsidenten und seiner berühmten Rede Ende der 1990er-Jahre zu vergleichen.

Professor Doktor Ernst Fach, anerkannte Koryphäe auf dem Gebiet der Batterieforschung und Lehrstuhlinhaber an der Universität Aachen, fand als erster seine Sprache wieder.

»Bei allem Respekt für Ihren Ehrgeiz Frau Doktor Gidion!«, startete er seine Ausführungen. »Auch Sie können die Gesetze der Physik und die Grundlagen der Chemie nicht außer Kraft setzen. Wir haben aus meiner Sicht sehr wohl Fortschritte gemacht. Sie können das in meinem Bericht nachlesen. Doch die Dinge brauchen ihre Zeit. Und wie Sie am besten wissen mahlen auch die Mühlen der Bürokratie sehr langsam. Da kann es bis zu sechs Monate dauern, bis die notwendigen Forschungsgelder bewilligt wurden.«

Bevor Fach zu einem neuen Satz ansetzen konnte, fiel Gidion ihm ins Wort.

»Sehen Sie, Herr Professor Fach, genau das meine ich. Anstatt zu überlegen was wir tun müssen, damit die Gelder innerhalb von, sagen wir, zwei Monaten bereitstehen, finden Sie sich damit ab, dass es sechs Monate dauert. Wenn Sie das auf die Einzelinitiativen hochrechnen, können wir eben nicht in zwei bis drei Jahren bahnbrechende Erfolge vorweisen. Es dauert dann eher zehn Jahre. Und das ist zu lange!«

Wieder betretenes Schweigen in der Runde. Die anderen Anwesenden trauten sich nicht aus der Deckung. Fach hatte seinen *Arrogant-Beleidigt-Blick* aufgesetzt. Ohnehin konnte er mit seiner machohaften Art nicht damit umgehen, wenn ihn jemand anderes vor Publikum über den Mund fuhr. Wenn dieser jemand noch dazu eine Frau war, dann war das für ihn doppelt schlimm. Schließlich war er aus seiner Sicht der Einzige in dieser Runde, der aufgrund seiner langjährigen, von der Fachwelt anerkannten, Kompetenz, die Probleme des Elektroantriebes und der Akku-Technologie lösen konnte. Mit solchen Karrieristen wie Gidion arbeitet er nur zusammen, um leichter an Gelder für seine Forschungsthemen zu kommen.

Obwohl Gidion und Fach rein optisch gut zusammenpassten, war nach diesem Wortgefecht einmal mehr klar, dass sie in diesem Leben keine Freude mehr werden.

Gidion hatte lange braune Haare und ein Model-Gesicht. Ihre außergewöhnliche Begabung und Intelligenz hatte sie mit einem Abschluss *summa cum laude* in Mathematik unter Beweis gestellt. Internationale Forschungsprojekte an renommierten ausländischen Universitäten unterstrichen ihre Klasse. Es war nicht verwunderlich, dass zuerst das Bundesministerium für Forschung und Wissenschaft und mit dem Aufkommen des Themas Elektromobilität dann auch das Wirtschaftsministerium auf sie aufmerksam wurde. Nachdem das Thema E-Mobilität nach anfänglicher Euphorie vor sich hin dümpelte und greifbare Fortschritte ausblieben, wurde Gidion damit beauftragt, Ergebnisse zu liefern.

Fach war groß und schlank, ohne den alterstypischen Bierbauchansatz. Mit seinen zurückgegelten schwarzen Haaren, dem maßgeschneiderten dunkelblauen Zweireiher-Anzug und dem hellblauen Manschettenkopfhemd mit weißem Kragen wirkte er eher wie ein Wallstreet-Banker und nicht wie ein Wissenschaftler. Fehlende Eloquenz versuchte er mit Arroganz zu kompensieren. Viele seiner Wissenschaftskollegen empfanden eine Mischung aus Furcht und Bewunderung für ihn.

Nachdem Fach von Gideons Frontalangriff kurzzeitig überrascht war, setzte er nun zum Gegenangriff an.

»Für Bewilligungen bin ich nicht zuständig«, sagte er in arrogant scharfem Ton. »Das ist Ministeriumsangelegenheit. Also Ihre! Wenn Ihnen das zu langsam geht, müssen Sie, verehrte Frau Doktor Gidion, dies höchstpersönlich ändern.«

Der Treffer hatte gesessen. Fach schaute zufrieden in die Runde.

»Danke für die Anmerkung, Herr Professor Fach«, entgegnete Gidion. »Genau das meine ich. Hier wird nicht im Team zusammengearbeitet, sondern jeder bleibt in seinem Silo und wartet ab, bis der oder die andere liefert. Wenn wir so weitermachen, wird das nichts!«

In Anspielung auf die Batteriemeldung der Chinesen fügte sie hinzu.

»Die Chinesen lachen sich angesichts unserer Trägheit ins Fäustchen und entwickeln in einem Bruchteil der Zeit die Akkus der Zukunft.«

»Sie spielen auf die Akku-Meldung von heute an?«, meldete sich Professor Berger zu Wort.

Berger, zwei Jahre vor der Pensionierung, war äußerlich ein Professor, wie man ihn sich üblicherweise vorstellte. Runder Kopf, Nickelbrille und graue Haare, die am Hinterkopf lange und unsortiert abstanden. Er war ohnehin eher blass. Sein in die Jahre gekommener graumelierter Anzug unterstrich dies. Berger war Professor an der Universität Esslingen im Fachgebiet Fahrzeugtechnik. Genauer gesagt leitete er das Institut für mobile Verbrennungsmaschinen, IMV. Er war eine Koryphäe auf dem Gebiet. Zahlreiche Innovationen bei Benzin- und Dieselmotoren gingen auf seine Grundlagenforschung zurück. Etliche Patente wurden von ihm maßgeblich unterstützt. Was er mit seiner Expertise beim Thema Verbrennungsmotoren hier in der Arbeitsgruppe zu suchen hatte, wusste so recht niemand aus der Runde.

»Exakt, das meine ich«, sagte Gidion. »Wir tagen uns hier `nen Wolf und die Chinesen verkünden Ergebnisse.«

»Ah, ok, danke«, sagte Berger mit leiser Stimme. »Dann habe ich den Kontext.«

»Wie schätzen Sie die Meldung denn ein?«, fragte Gidion Fach und fügte an. »Ich bin beunruhigt!«

»War klar, dass Sie das Fragen werden«, sagte Fach triumphierenden. »Auch wenn die Meldung ja erst von heute Morgen ist, habe ich meine Assistentin gebeten einen Kurzcheck zu machen.«

Mit Blick in Richtung seiner Assistentin, Isabell Engel, die neben ihm saß, fuhr er fort.

»Isabell, sei so lieb, mach bitte die Präsentation auf. Dann können wir kurz unsere Einschätzung teilen.«

Engel war Fachs 28-jährige Assistentin, ohne die er eigentlich nirgends hinging. Mit ihrer zierlichen Figur, den rotblonden Haaren und ihrer pigmentierten Haut wirkte sie in Gegenwart von Fach wie eines seiner Statussymbole.

Nachdem Engel ihre Präsentation beendet hatte, sagte Gidion.

»Ok, danke! Das entspannt die Lage. Für's Protokoll würde ich dann vermerken, dass aus Sicht der EJ! den Chinesen kein Durchbruch gelungen ist.«

Gidion und die anderen Teilnehmer widmeten sich noch den üblichen Abstimmungen, bevor sie das Meeting nach drei Stunden mit den Worten beendete.

»Denken Sie über meinen Weckruf nach. Wir müssen handeln. Sonst überholen uns die Chinesen eines Tages wirklich.«

Am gleichen Tag kam in der Zentrale der Industriegewerkschaft Metall in Stuttgart die Bezirksleitung zu ihrer turnusmäßigen Sitzung zusammen. Karla Adler-Stein, die streitbare und einflussreiche Generalsekretärin und Bundestagsabgeordnete hatte das ihr wichtige Thema *Arbeitsplätze in der Produktion in Zeiten der E-Mobilität* auf die

Agenda gesetzt. Sie machte sich schon lange Sorgen um die Zukunft ihrer an den Produktionsstraßen arbeitenden Kollegen und Kolleginnen. Vor allem die Arbeitsplätze der Mitarbeiter und Mitarbeiterinnen in den Motorenwerken waren massiv gefährdet. Die Meldung vom Akku der Chinesen kam ihr gelegen.

Das gibt mir Rückenwind, dachte sie sich.

»Karla«, begann Alois Lohmayer, seines Zeichens Bezirksleiter und damit Sitzungsleiter. »Kommen wir zu deinem Tagesordnungspunkt. Bitte: Du hast das Wort.«

»Danke Alois«, entgegnete Adler-Stein höflich. »Ich möchte euch heute die Ergebnisse unserer Studie *Arbeitsplätze in der Produktion in Zeiten der E-Mobilität* kurz vorstellen. Die CC – Change Consulting aus München hat letzte Woche die Resultate, der von mir in Auftrag gegebenen Studie, übergeben. Um es vorwegzunehmen: Wir müssen handeln! Die Berater projizieren, dass in wenigen Jahren nur noch 30 Prozent aller Autos einen Verbrennungsmotor haben werden.«

Nach einer kurzen rhetorischen Pause fuhr Adler-Stein fort.

»Jeder zweite Arbeitsplatz wird wegfallen. Jeder dritte Arbeitsplatz wird für immer verschwinden! - Diese Aussage gilt nur für die Hersteller. Die betroffenen Zulieferer sind hier noch gar nicht mit eingerechnet. Dort wird es mindestens genauso desaströs. Positiv ist: Die Studie geht davon aus, dass wir auch zukünftig noch eine Rolle im weltweiten Automobilbau spielen. Doch wenn dem nicht so ist und wiedererwarten ALLES nach China oder sonst wo hingeht, dann wird es viel schlimmer als angenommen. So oder so: Wir laufen sehenden Auges ins Verderben, wenn wir jetzt nicht handeln!«

Sie merkte, wie sich bei dem ein oder anderen der Gesichtsausdruck von Betroffenheit in Wut änderte.

Ein gutes Zeichen, dachte sie sich. Dann ist es bis zur Kampfeslust der Kollegen nicht mehr weit.

»Karla«, meldete sich Michael Scheuerle, Ortsvorsitzender aus Neckarsulm mit leicht schwäbischem Akzent als erster zu Wort. »Danke für deine Ausführungen. Gibt es Zahlen für die einzelnen Hersteller?«

»Ja, die gibt es«, sagte Adler-Stein. »Ich schicke im Anschluss an die Sitzung die Studienergebnisse rum. Was ich schon sagen kann. In einigen Regionen gehen die Lichter aus. Da gibt es kaum alternative Arbeitgeber. Den großen Kahlschlag, den wir vor Jahren in den Kohle- und Stahlregionen hatten, werden wir bald in den Autoregionen bekommen – wenn wir nichts tun!«

»Wir sollten uns einen Aktionsplan überlegen«, erwiderte Scheuerle. »Ich habe in meinem Gewerkschaftsgebiet eine Motoren- und Achsproduktion. Beides braucht es im Elektrozeitalter nicht mehr!«

»Wir müssen jetzt umsteuern«, sagte Adler-Stein kämpferisch. »Denkt dran: Keine Werker, keine Mitglieder, keine Beiträge, keine Gewerkschaften. Wenn in euren Firmen die Bänder für immer still stehen, werden die Mitgliederzahlen weiter sinken. Und ihr alle, wie ihr hier sitzt, werdet nicht mehr gebraucht! Wir werden massiv an Einfluss verlieren. Das müssen wir verhindern!«

Auf den Tisch hauend fügte sie schreiend hinzu.

»Ich bin nicht Gewerkschafterin geworden um dem tatenlos zuzusehen und nur darauf zu warten bis die Betriebe zusperren!«

Adler-Stein hatte in schwierigen Phasen etliche Erfolge für die Metallarbeiter erkämpfen können. Ihre Durchsetzungsfähigkeit wurde früh erkannt. In den 80er Jahren bekam sie die Chance, die damalige Gewerkschaftsführung, beim Kampf um Arbeitszeitverkürzungen bei vollem Lohnausgleich, zu unterstützen. Als 1984 der Einstieg in die 35-Stunden-Woche als Regelarbeitszeit erkämpft wurde, hatte sie im Hintergrund maßgeblich die Streiktaktik mitgestaltet. Der mehrwöchige Streik hatte sie geprägt und ihr gezeigt, was mit Hartnäckigkeit möglich war.

»Und was heißt das jetzt?«, fuhr sie fort.

»Wir brauchen einen Aktionsplan E-Auto«, sagte Scheuerle.

»Wer kann den aufsetzen?«, fragte Adler-Stein.

»Ich übernehme das«, sagte Lohmayer.

»Super«, sagte Adler-Stein. »Dann fahren wir hier das volle Programm auf. Kundgebungen, Rundbriefe, Hintergrundgespräche mit Politikern. Und am 1. Mai machen wir allen klar, welche Schlagkraft wir haben.«

»Was haltet ihr davon wenn wir die Studienergebnisse in einer Pressemittelung veröffentlichen?«, fragte Scheuerle. »So können wir zum einen sofort öffentlichen Druck aufbauen und zum anderen den Kollegen an den Bändern zeigen, dass wir nicht tatenlos sind.«

»Gute Idee«, sagten Lohmayer und Adler-Stein synchron.

»Dann können wir gleich ankündigen, dass wir an einem Aktionsplan arbeiten«, fügte Adler-Stein hinzu.

Mit einhelligem Kopfnicken und zufriedenen Gesichtern wurde die Runde geschlossen.

Puh, war das ein anstrengender Tag, dachte sich Hauser, als er die Wohnungstür hinter sich zu fallen ließ. Jetzt erst mal ein Bierchen.

Hauser ging zum Kühlschrank, holte sich ein Pils und setze sich an die Küchentheke.

Schön, hier über die Dächer von München zu blicken, dachte er. Was für ein Privileg wir haben, hier in einer der schönsten Regionen Deutschlands zu wohnen.

Ein wohlig zufriedenes Gefühl stieg in ihm auf, während er durch die Panorama-Scheiben über die Dachterrasse ins Freie schaute.

Mirellas Frage, warum er nicht an Akkus forsche, hatte ihn tagsüber immer wieder beschäftigt. Er hatte Mirella die Hintergründe nie im Detail erklärt.

Vielleicht ist heute ein guter Zeitpunkt dies nachzuholen, dachte er sich. Eventuell beim Abendessen.

Hauser hatte zur Jahrtausendwende seinen Doktor gemacht und arbeitete als Privatdozent am Lehrstuhl für physikalische Chemie an der Universität in Aachen. Der Lithium-Ionen Akku, wie er bis heute eingesetzt wird, war damals neu auf dem Markt. Die Technische Universität München hatte in den 1970er Jahren die Grundlagen dafür entwickelt. Forschern in Oxford gelang dann in den 1980er Jahren entscheidende Weiterentwicklungen. Und schließlich war es der Verdienst japanischer Forscher, den Akku alltagstauglich zu machen. Hauser und seine Kollegen waren damals schon der Frage auf der Spur, mit welchen anderen Materialien für die Elektroden die Energiedichte und Schnellladefähigkeit erweitert werden könnte. Wenn die Chinesen heute verkündeten, dass sie statt Kobalt Silizium als Elektrodenmaterial für die Batterie einsetzten, dann war das für Hauser nichts Neues. Doch von einem Tag auf den anderen veränderte sich alles. Hauser merkte, wie seine Stimmung bei den Gedanken an damals in Traurigkeit umschlug.

Vielleicht habe ich es immer noch nicht ganz verarbeitet, dachte er sich. Reden hilft sicher. Es ist Zeit, Mirella die ganze Geschichte zu erzählen. Wann sie wohl nach Hause kommt? Ich schreibe sie an.

Wann kommst du?, schrieb Hauser per WhatsApp.

In 15 min. Um 7, textete Mirella zurück.

Ok, passt. Ich mach uns was zu essen, ok? Ich habe heute noch nix gegessen. Kann Carbonara kacken, schrieb er zurück.

Scheiß Autokorrektur, dachte sich Hauser und schrieb erneut.

**kochen*

Haha. Hab mich schon gewundert. Ja, super. Bin dabei. LG, textete Mirella.

Hauser hatte gerade die Spaghetti abgegossen, als Mirella zur Tür reinkam.

»Hallo«, rief sie ihm aus dem Flur zu.

»Hi, Essen ist fast fertig. Kannst du den Tisch decken?«, fragte Hauser.

»Ja gleich«, sagte Mirella während, sie ihren Schulrucksack an der Garderobe ablegte und auf das Handy schauend in die Richtung Küche ging.

»Kannst du nicht EINMAL das Handy weglegen?«, fragte Hauser genervt. »Du hast sicher heute eh den ganzen Tag gedaddelt.«

»Ne, hab ich nicht«, gab Mirella motzig zurück. »Hatte kein WLAN.«

»Ach«, sagte Hauser erstaunt, während er die Carbonara-Soße umrührte. »Ich dachte, du warst bei Elli und ihr habt Englischreferat gemacht. Haben die kein WLAN?«

»Doch, haben sie«, sagte Mirella noch mehr genervt, weil Hauser sie mit seinen Fragen vom parallelen Tippen einer Nachricht abhielt. »Aber die Eltern sind etwas komisch und geben Fremden keinen Zugang. Wegen Porno und so.«

Mit Aussprechen des Wortes Porno, wurde Mirella bewusst, dass die Begründung keine so gute Idee war. Denn nun hakte Hauser nach.

»Ach, schaut ihr denn sowas?«

»Nein, natürlich nicht«, sagte Mirella voll konzentriert, um glaubhaft zu wirken. »Nur die Jungs!«

Ihre Taktik ging auf.

»Ah, ok. Ich dachte schon. Deckst du bitte den Tisch!«

»Ja, mache ich«, sagte Mirella und fing gleich damit an, um das unangenehme Thema nicht wieder aufkommen zu lassen.

»Dann sollten wir auch keinem Fremden mehr unser WLAN-Passwort geben«, fügte Hauser nach einer Weile Nachdenken an.

Mirella entschied sich, das nicht zu kommentieren.

Als beide am Tisch saßen, und Hauser Mirella eine Portion Carbonara-Spaghetti auf den Teller schöpfte, fragte er.

»Und, wie war Mathe?«

»Ganz ok«, sagte Mirella.

»Was heißt *ganz ok*?«, fragte Hauser. »Wird es eine Zwei, Drei oder Vier?«

»Woher soll ich das wissen«, antwortete Mirella patzig. »Wahrscheinlich ne drei!«

»Du weißt, alles bis zu einer Drei ist ok. Danach gibt es Extra-Lerneinheiten. Gerade in Mathe!«

»Jaaaa«, sagte Mirella genervt. »Hast es mir ja oft genug gesagt.«

Hauser wollte das Thema Noten nicht weiter stressen. Schließlich war ihm an guter Stimmung gelegen, damit er nachher sein Thema anbringen konnte. Daher fuhr er fort.

»Und, was gab es sonst Neues in der Schule?«

»Der Reingard hatte Geburtstag und hat Inka-Schnitten mitgebracht«, sagte Mirella.

»Inka-Schnitten?«, fragte Hauser ungläubig. »Was ist das denn?«

»Das ist ´n Ökogebäck«, sagte Mirella abfällig. »Schmeckt wie ne Nussecke. Nur ist wohl ganz viel so besonderes Zeug drin. Dinkel, Amar-Dings und so. Du weißt doch. Die Eltern von Reingard haben den Bioladen. Da kommt er immer wieder mit Spezialsachen um die Ecke. Aber hat ganz gut geschmeckt.«

Obwohl Hauser aufgrund der Namen für Kind und Essen sich eher an eine Szene eines Stand-up-Comedians als an eine Geschichte aus der Schule erinnert fühlte, fügte er erzieherisch ernst an.

»Das ist ja nett von Reingard, dass er für euch etwas mitbringt. Und ist ja auch mal was anderes, als immer Gummibärchen oder Schokolade. Da lernt ihr was Neues kennen. Du weißt Mirella, man muss stets offen für neue Dinge sein und tolerant bleiben. Und die Zutat heißt übrigens Amarant!«

»Ja, ja, passt schon«, sagte Mirella. »Ich war ja offen.«

Eine Weile saßen sie schweigend da und aßen vor sich hin. Hauser wusste nicht, wie er ins Thema einsteigen sollte.

Ach, egal, dachte er. Ich fange einfach an.

»Ich muss dir was erzählen«, fasste sich Hauser ein Herz. »Es, es gibt etwas, das ich dir bisher nicht erzählt habe. Früher warst du zu klein dafür und in den letzten Jahren war nicht der richtige Zeitpunkt. Als wir heute Morgen über meine Vorlesung und Akkus gesprochen haben, ist mir wieder eingefallen, dass ich dir schon lange einmal sagen wollte, warum du keine Mutter mehr hast. – Woran Yvonne gestorben ist.«

Mirella überlegte einen Augenblick.

»Ja, stimmt, du hast immer gesagt, dass ihr Herz zu schwach war.«, sagte Mirella.

»Korrekt, das hat als Kind als Begründung ausgereicht. Aber wie es dazu kam, dass ihr Herz zu schwach war – das habe ich dir bisher nicht erzählt.«

»Na da bin ich aber jetzt gespannt«, sagte Mirella erwartungsvoll.

»Ok«, sagte Hauser, während er seine Gedanken sammelte.

»Deine Mutter und ich waren beide an der Uni in Aachen am Lehrstuhl für physikalische Chemie. Wir hatten uns ein paar Jahre vorher beim Studium kennengelernt. Yvonne war eine tolle Frau. Du erinnerst mich oft an sie. Sie hatte Chemie studiert und als wir zusammen am gleichen Lehrstuhl unseren Doktor machten, kamen wir uns näher und haben uns verliebt. Und aus unserer Liebe bist dann schnell du entstanden.«

»Oh, wie romantisch«, sagte Mirella. »Und dann?«

»Na ja, um ehrlich zu sein, war es nicht geplant, dass Yvonne schwanger wurde. Wir wollten unseren Doktor machen und im Anschluss eine Professur anstreben. Insofern war es etwas unpassend. Aber wir haben es als Zeichen aufgenommen. Yvonne hat dann ihre Doktorarbeit kurz unterbrochen. Mit Hilfe von Oma und Opa und einem Kinderbetreuungsplatz konnte sie ihre Forschungsarbeit recht schnell nach deiner Geburt wieder aufnehmen.«

»Und dann?«, fragte Mirella ungeduldig. »Erzähle schneller!«

»Nun«, fuhr Hauser fort. »Wir hatten beide unsere Doktortitel in der Tasche und überlegten, wie es weitergehen sollte. Wir blieben als Privatdozenten an der Uni. Denn zu der Zeit wurde gerade ein neues Forschungszentrum für Batterietechnologie eröffnet. Das fanden wir spannend. Das Thema Akku war total angesagt.«

»Ach, daher bist du bei unserer Akku-Diskussion heute Morgen draufgekommen«, folgerte Mirella.

»Genau«, bestätigte Hauser. »Yvonne, ein paar Kollegen und ich hatten sich zum Ziel gesetzt, neue Stoffe für die Elektroden zu finden. Materialien, mit denen ein Akku noch mehr Energie speichern kann. Wir waren ein junges ambitioniertes Team und träumten davon den Super-Akku zu entwickeln. Wir wollten damit die Energieprobleme der Welt lösen. Solarzelle mit Super-Akku kombiniert – damit könnten wir Afrika reich machen. Wir wollten in Afrika Strom erzeugen und ihn dann mit Hilfe des Akkus in Containerschiffen nach Europa bringen.«

Nach einem kurzen nostalgischen Seufzer sagte er.

»Visionen halt! - Wir waren mit unserer Materialforschung nicht schlecht unterwegs. Es schien, als ob Silizium gut geeignet war, um Kobalt zu ersetzen.«

»Sorry, Dad«, unterbrach Mirella Hausers Redefluss. »Die technischen Details finde ich nicht sooo spannend.«

»Aber die sind in dem Fall wichtig«, sagte Hauser. »Denn wir hatten einen großen Labor-Akku mit Silizium aufgebaut, um den neuen Stoff zu testen. Und als wir den Test durchführten, geschah das, was niemals hätte passieren dürfen.«

Hauser machte eine Pause. Es fiel im schwer, über die Situation zu sprechen. Nachdem er ein paar Mal tief durchgeatmet hatte, fuhr er mit zittriger Stimme fort.

»Die Batterie wurde zu heiß und fing Feuer. Flammen schlugen aus dem Akku. Deine Mutter und ein damaliger Kollege, der mit uns im gleichen Projekt forschte, holten die Feuerlöscher, um den Brand zu löschen. Ich war zu dem Zeitpunkt ein paar Räume weiter und hatte nichts mitbekommen. Wie mir später der Kollege erzählte, kamen deine Mutter und er gerade mit den Feuerlöschern in den Raum, und begannen mit dem Löschen, als es eine Explosion gab. Die Stichflamme traf Yvonne. Der Kollege, der auf der anderen Seite des Akkus stand wurde von der Flamme nicht getroffen. Er bekam nur ein paar Splitter ab. Yvonnes Kleidung fing sofort Feuer. Der Kollege begann zwar gleich zu löschen. Doch es war zu spät. Deine Mutter kam mit schwersten Brandverletzungen in die Klinik.«

Hauser rang um Worte.

»Die Verbrennungen waren sehr schwer. Die Ärzte konnten nichts mehr machen. Noch in der Nacht ist sie an den Folgen der Brandverletzungen gestorben!«

Auch Mirella kamen die Tränen.

Wie schrecklich und qualvoll, dachte sie. Dass meine Mutter unter so dramatischen Umständen umgekommen ist hätte ich nicht gedacht!

Beide saßen schweigend ein paar Minuten da und starrten in die Luft. Mirella hielt Hausers Hand.

»Hat sie arg gelitten«, fragte Mirella, die als erste wieder in der Lage war, zu sprechen.

»Ich weiß es nicht«, sagte Hauser. »Ich denke nicht. Sie lag im Koma und bekam starke Schmerzmittel. – Ach Mirella, seit dem überlege ich immer und immer wieder wie ich das Drama hätte verhindern können. Ich war der Versuchsleiter. Ich war für den Aufbau des Akku-Versuches verantwortlich. Yvonne und der Kollege haben ihn durchgeführt. So wie ich den Versuch aufgebaut hatte, hätte eigentlich nichts passieren dürfen. Doch es ist passiert. Ich mache mir solche Vorwürfe!«

»Du kannst nichts dafür«, sagte Mirella tröstend. Sie wusste, dass sie das überhaupt nicht beurteilen konnte. Aber ihr war es wichtig, dass sich Hauser nicht noch mehr Vorwürfe machte.

»Und du hast mich heute Morgen gefragt, warum ich nicht auch lieber an Akkus als an Brennstoffzellen forsche«, sagte Hauser. »Die Geschichte ist die Antwort. Ich habe mir damals geschworen, niemals wieder in der Batterieforschung zu arbeiten. Die Risiken sind zu groß und ich habe mir nach dem Tod deiner Mutter vorgenommen, dass ich auf dich aufpassen werde und keine großen Gefahren mehr eingehe.«

»Oh, du bist so lieb, Dad«, sagte Mirella traurig lächelnd. »Ich finde Brennstoffzellen eh besser!«

Nun lächelte auch Hauser wieder.

»Ich auch«, sagte Hauser.

Als beide aufstanden, fügte Hauser an.

»Ach, was noch zur Geschichte gehört: Die Lieblingsinsel deiner Mutter war immer Hawaii. Wir waren einmal als Studenten da. Es ist wunderschön dort. Wir hatten eine so tolle Zeit. Und ich habe mir schon lange überlegt, dass wir beide auch mal hinfliegen könnten.«

»Diesen Sommer?«, fragte Mirella ungläubig.

»Nein, das müssen wir planen«, sagte Hauser. »Ich würde mit dir nach dem Abi dort hinfahren.«

»Ah, ich wusste, dass es einen Haken gibt«, erwiderte Mirella ironisch lächelnd. »Ne, super. Das wäre klasse. Da freue ich mich megakrass.«

Auf dem Weg in ihr Zimmer rief sie.

»Danke, Dad, dass du mir das erzählt hast.«

Gut dass es raus ist, dachte Hauser.

Er fühlte eine gewisse Erleichterung, schwelgte in Erinnerungen an Hawaii und freute sich auf die mögliche Reise mit Mirella.

20. April, München

Hauser hatte gute Laune. Mirella war mit dem Fahrrad in die Schule gefahren. Damit blieb mehr Zeit für ihn zuhause noch einen Kaffee zu trinken. Beschwingt stieg er ins Auto und fuhr, die Musik seiner Lieblingsband laut aufgedreht, gechillt durch die Stadt. Als er zum wiederholten Male an einer Ampel wartete, fiel sein Blick auf den an der Ecke befindlichen Kiosk.

Schön, dass sich solche Läden heute trotz Internet halten können, dachte sich Hauser.

Er musterte die aktuelle Ausgabe der Boulevard-Zeitung München-Echo, die prominent an der Außenwand des Stands aufgehängt war. Hauser war zwar kein regelmäßiger Leser reißerischer Medien. Aber die auf den Punkt gebrachten Überschriften der Klatschpresse faszinierten ihn.

Was sie heute wohl als Aufmacher haben, dachte er, während er las:

E-rmageddon: China Akku macht UNS arm!

Uns war dabei in patriotische Schwarz-Rot-Gold-Farben getaucht. Das *E* war so gestaltet, dass es aussah wie ein Gerätestecker.

Was ist das denn, dachte sich Hauser.

Seine Lockerheit war mit einem Schlag weg. Er drehte das plötzlich nervende Radio leise und las nochmals. *E-rmageddon.*

Ah, dachte sich Hauser, die meinen *Armageddon*, und mit dem *E* soll das wohl auf die Katastrophe im Bereich Elektromobilität hinweisen.

China Akku macht UNS arm!? Was hat denn China jetzt wieder entwickelt, fragte er sich selbst.

Hauser versuchte, weiter zu lesen, was aber aus der Entfernung nicht möglich war.

Das sehe ich mir genauer an, dachte er.

Heftiges Hupen hinter ihm riss ihn aus seiner Schockstarre. Er fuhr auf den Gehweg, stieg aus und ging Richtung Kiosk.

»Ein München-Echo bitte«, sagte Hauser, während er sich ein Exemplar nahm, einen Euro hinlegte und wieder ging. Im Weglaufen nuschelte er.

»Stimmt so.«

Kaum draußen las Hauser den Artikel.

Beginnt heute der Untergang Deutschlands? Der 20. April, Hilters Geburtstag, war schon einmal der Anfang einer schlimmen Zeit. Haben sich die Chinesen extra den heutigen Tag ausgesucht, um einen Verkaufs- und Zulassungsstopp von Autos mit Verbrennungsmotoren zum 1. November zu verkünden? Wollen uns die Chinesen damit zeigen, dass sie uns im Automobilgeschäft besiegt haben? Zukünftig dürften im Reich der Mitte nur Autos mit dem chinesischen Wunder-Akku zugelassen werden.

Nachdem der chinesische E-Auto-Hersteller CTF vor ein paar Wochen den Durchbruch beim Akku für Autos verkündet hatte, setzt die chinesische Regierung heute noch einen drauf. In einer offiziellen Mitteilung des Wirtschaftsministeriums heißt es, dass ab dem 1. November KEINE Autos mit Verbrennungsmotor in China neu zugelassen werden dürfen. Nur Fahrzeuge mit vollelektrischem Antrieb sind ab dann erlaubt. In der Meldung heißt es weiter: China kann den Bedarf an Elektrofahrzeugen im eigenen Land auf der Basis der CTF Batterie zukünftig gut decken. Die Umrüstung bei den Autoherstel-

lern auf die Produktion von Elektroautos ist stark vorangeschritten und wird bis zum November abgeschlossen sein. China will damit einen wesentlichen Beitrag zum Klimaschutz leisten.

Noch ist unklar, was das für die deutschen Autohersteller bedeutet. Fest steht, dass die vollelektrischen Fahrzeuge aus deutscher Produktion damit weltweit nicht konkurrenzfähig sind. Keiner will überteuerte Karren mit geringer Reichweite, wenn er für einen Bruchteil des Preises ein voll alltagstaugliches China-Akku-Mobil bekommen kann. Was wird mit unseren Fabriken passieren, wenn niemand mehr deutsche Autos kauft? Werden unsere fleißigen Arbeiter bald arbeitslos? Sind ganze Regionen dem Untergang geweiht? Die Hersteller waren bisher zu keiner Stellungnahme bereit. Wir bleiben dran. VERSPROCHEN!

Neben dem Hauptartikel war dann ein Kasten, in dem die Meinung von normalen Leuten wiedergegeben wurde.

Kaum verwunderlich, dachte sich Hauser, dass sie angesichts des chinesischen Ultimatums und der reißerischen Aufmachung alle Angst um ihren Arbeitsplatz und die Zukunft ihrer Kinder haben, nachdem er die Statements gelesen hatte.

Hauser stand wie angewurzelt da. Er konnte nicht glauben, was er gerade gelesen hatte. War der Silizium-Akku von CTF so gut, dass sie sich trauten so radikal umzusteuern? Wenn das stimmte was in dem Artikel stand, hatte Hauser die Meldung vor ein paar Wochen völlig unterschätzt. Dann war der Akku ja wohl so weit entwickelt, dass er in Großserie hergestellt werden konnte. Die Begründung, es ginge um das Klima, war Hausers Ansicht nach lächerlich. Das Einfuhr- und Zulassungsverbot soll vom 1. November gelten? Die Chinesen meinen es ernst. Wow!

»Ist das Ihr Wagen?«, fragte Hauser eine Stimme hinter ihm.

Hauser drehte sich um und sah einen uniformierten Mann von der städtischen Verkehrsüberwachung.

»Äh, ja«, sagte Hauser verdutzt.

»Dann fahren Sie bitte sofort weg. Sonst muss ich Sie schriftlich verwarnen.«

»Ja, ok - ich fahr ja weg«.

Da fängt ein handfester Wirtschaftskrieg an, dachte sich Hauser, und das Wichtigste ist, das ich mein Auto wegfahre. Vielleicht stimmt die Meldung ja nicht. Im Kern ist ja meist etwas Wahres an den Boulevard-Geschichten dran. Aber das finde ich schnell raus, schloss er seine Gedanken ab, stieg ins Auto und fuhr weiter.

»Guten Morgen Lynn«, rief Hauser. Er stürmte an seiner Assistentin Lynn Lichte vorbei in sein Büro.

»Sagen Sie bitte einem der Doktoranden Bescheid. Er soll meine Vorlesung übernehmen. Die Chinesen haben einen neuen Akku erfunden. Wenn der das kann, wonach es aktuell aussieht, dann ändert das alles. Ich muss der Sache auf den Grund gehen.«

»Martin, stopp, ich habe noch was«, rief Lichte.

Hauser blieb im Türrahmen stehen.

»Wahrscheinlich geht es um das gleiche Thema. Ich hatte heute Morgen drei Anrufe von Journalisten, die ein Interview mit dir führen wollten.«

»Mit mir?«, fragte Hauser ungläubig. »Geht es denen sicher um Akkus und nicht um Brennstoffzellen.«

»Klar geht es um Akkus!«, sagte Lichte. »Auf meine Nachfrage sagten sie, dass sie von dir eine Einschätzung brauchen. Der eine wollte wissen, ob das der Tod der Brennstoffzelle sei. Und der andere wollte deine Meinung zum China-Akku. Er wusste, dass du früher auf dem Gebiet geforscht hast. Er hatte eine alte Publikation von dir gefunden.«

»Ah, ok, interessant!«, sagte Hauser. »Was hast du vereinbart?«

»Ich sagte, ich kläre das und rufe zurück.«

»Gut!«, lobte Hauser. »Dann sag ihnen, dass ich heute den ganzen Tag in einem Meeting bin und frühestens morgen Zeit habe. So verschaffen wir uns etwas Luft und ich kann mir ein Bild von der Lage machen.«

»Alles klar«, sagte Lichte. »Mache ich. Und um die Übernahme der Vorlesungen kümmere ich mich auch gleich.«

Hauser setzte sich an seinen Schreibtisch, fuhr sein Notebook hoch und stieg in die Recherche ein. Nachdem er einen Teil der einschlägigen Nachrichtenportale abgesurft hatte, war klar: Das München-Echo hatte nicht übertrieben. Es stimmte! Die Chinesen machten ernst und schotteten den Markt für Verbrennungsmotoren ab. CTF hatte mit Hilfe der Regierung nicht nur den Akku zur Serienreife entwickelt. Unbemerkt von der westlichen Öffentlichkeit hatten sie mit dem Bau von fünf riesigen Akkufabriken in der Provinz begonnen. Die chinesischen Giga-Factorys waren soweit gediehen, dass sie ab Herbst ihren Betrieb aufnehmen konnten. Sobald diese liefern konnten, sollten die bestehenden Batteriefabriken von CTF für die Produktion der neuen Akkugeneration umgerüstet werden. Parallel wurden alle heimischen Autohersteller angewiesen, innerhalb der kommenden Wochen auf Elektroantriebe umzustellen. CTF musste zusichern, entsprechende Antriebseinheiten den chinesischen Autounternehmen zur Verfügung zu stellen, oder ihnen die Lizenzfertigung zu erlauben. Die Lizenz-Kosten für Joint-Venture-Unternehmen, die chinesische Hersteller mit europäischen und US-amerikanischen Herstellern betrieben, waren hingegen so hoch, dass es schwer sein durfte, zu konkurrenzfähigen Kosten zu produzieren.

Schöner Scheiß, dachte sich Hauser, nachdem sich nach weiteren Querchecks auf europäischen Newsseiten kein anderes Bild ergab.

Er lehnte sich zurück und atmete tief durch.

Das ist dann jetzt wirklich der Supergau, ging es ihm durch den Kopf.

Die Brennstoffzelle war mit dem heutigen Tag, zumindest für die Anwendung im Auto, tot. Damit hatte die gesamte deutsche Autoindustrie plötzlich ein massives Problem.

Nur komisch, dachte Hauser weiter. Nicht einmal der Geheimdienst schien Hinweise gehabt zu haben. Sonst hätten die sicher über die Bundesregierung die Autohersteller gewarnt. Vielleicht hatten sie ja welche und keiner war interessiert, schloss Hauser seine Gedankenanalyse.

»Martin, komm mal rüber«, rief Lichte aus ihrem Vorzimmer und riss damit Hauser aus seinen Gedanken. »Auf allen TV-Kanälen gibt es Sondersendungen zum Thema. Gerade läuft ein Interview mit Fach.«

»Mit Fach?«, rief Hauser und sprang aus seinem Bürostuhl auf.

Bei Lichte angekommen sah er wie Fach einem Nachrichtensender erste Statements zum CTF-Akku gab.

»Er sieht gut aus«, sagte Lichte »Der ist dein Alter, oder?«

»Oh, Lynn, als ob das wichtig wäre«, erwiderte Hauser, der nicht gemerkt hatte, dass Lichte ihn mit dem Kommentar nur ärgern wollte. »Ich will hören, was er sagt.«

»Herr Fach, eine letzte Frage«, sagte der Reporter. »Warum haben wir trotz intensiver Forschung und vielfältiger Initiativen keine vergleichbare Technik entwickelt?«

»Nun«, sagte Fach in staatstragendem Ton ins Mikro. »Wir haben in den vergangenen Jahren ebenfalls große Fortschritte erzielt. Ich habe erst vorige Woche in einem internen Forschungsgremium dazu einen Bericht abgegeben. Ich denke wir werden bald in der Lage sein, einen ebenbürtigen Akku zu bauen.«

»Herr Fach«, bohrte der Reporter nach. »Die Chinesen produzieren bald in Großserie. Selbst wenn wir einen solchen Akku haben, dann ist er noch lange nicht serienreif!«

»Da haben Sie recht«, bestätigte Fach. »Aber für die Herstellung sind wir nicht zuständig. Das müssen die Autohersteller oder Zulieferer übernehmen. Die Frage müssen Sie denen stellen.«

Während Fach weitere Floskeln von sich gab, sagte Hauser mit ratlosem Gesichtsausdruck zu Lichte.

»Na das ist ja nicht gerade ermutigend. Klang nicht so, als ob die Kollegen einen Plan haben oder dem CTF-Akku auch nur im Entferntesten etwas entgegenzusetzen hätten.«

»Ja, das sieht düster aus«, pflichtete ihm Lichte bei, um mit verschmitztem Lächeln nachzuschieben.

»Da gehen ja dann bald die Lichte aus – ha, ha, Wortspiel.«

»Oh, Lynn, das war ein schlechter Witz«, sagte Hauser lächelnd.

»Aber schau, er wirkt«, sagte Lichte triumphierend.

Inzwischen hatte Lichte auf einen Börsenkanal umgeschaltet. Wie immer waren auch die Finanzmärkte ein guter Gradmesser für die Tragweite und Bewertung einer Nachricht. Da es vor 9 Uhr war und die europäischen Börsen noch geschlossen waren, kamen vor allem Berichte zur Entwicklung in Asien und über vorbörsliche Indikatoren in Europa. Dabei zeigte sich ein eindeutiges Bild. Der Kurs der CTF Aktie war durch die Decke gegangen. Nach Bekanntwerden der Meldung verdreifachte er sich innerhalb von Minuten. Und das, nachdem er in den letzten Wochen ohnehin immer neue Höchststände erklommen hatte. Auch die Kurse anderer chinesischer Elektroauto-Hersteller waren in die Höhe geschossen. Für die deutschen und europäischen Autoproduzenten deutete alles auf ein Börsenmassaker hin. Schon vorbörslich waren die Aktien der großen deutschen Premiumhersteller in freiem Fall. Die Börsenbeobachter gingen bei einzelnen Werten von einem Kurssturz um mehr als fünfzig Prozent aus. Auf breiter Front mitgerissen wurden die Automobilzulieferer. Hauser und Lichte hatten die Berichte staunende verfolgt.

»Wahnsinn, was so eine Meldung auslösen kann«, sagte Lichte.

»In der Tat!«, sagte Hauser. »Die Verwerfungen werden riesig sein. Hoffentlich wächst sich das nicht zu einer Krise aus. Gut dass wir hier an der Uni sichere Arbeitsplätze haben.«

»Ja, du schon«, sagte Lichte. »Du bist ja Beamter.«

»Du bist ja auch im öffentlichen Dienst«, beruhigte Hauser.

»Schau!«

Hauser zeigte auf den Fernseher.

»Eine Minute nach Eröffnung der Börse werden diese schon wieder geschlossen. Der Verkaufsdruck muss enorm sein. Na da bin ich gespannt, wo die Kurse am Abend stehen.«

Nachdem Hauser und Lichte weiter die Nachrichtenlage verfolgt hatten, sagte Hauser.

»Ich gehe wieder rüber. Ich will ein paar Telefonate mit Kollegen führen und vor allem mehr über die technische Umsetzung erfahren. Ich bin für niemand zu sprechen.«

»Zu Befehl - Chef!«, sagte Lichte während sie aufstand und wie beim militärischen Gruß ihre Hacken zusammenschlug und ihre flache Hand an die Stirn hielt. »Mach ich!«

»Oh, Lynn«, sagte Hauser amüsiert lächelnd.

Schön, dass es Menschen gibt, die ihren Humor auch in schwierigen Zeiten nicht verlieren, dachte er.

Hauser recherchierte den gesamten Vormittag. Was seine Nachforschungen zur Technik und Umsetzung zutage förderten, ließ ihn staunen. Es gab schon lange Anzeichen für die Aktivitäten der chinesischen Wissenschaftler. Immer wieder publizierten sie zu einzelnen Themengebieten in einschlägigen Zeitschriften. Ihre Ergebnisse zum Einsatz von Silizium statt Graphit an der negativen Elektrode setzten explizit auf den damaligen Forschungsergebnissen von Hauser und seinem Team auf. Die chinesischen Kollegen hatten hier gute Ideen zur Weiterentwicklung. Außerdem konnten sie in Experimenten beweisen, dass die Theorien umsetzbar waren. Bei der positiven Elektrode des Akkus hatten die Forscher aus China auf das bewährte Material Kobalt gesetzt. Nach weiteren Rechercherunden in universitären Netzwerken war klar, worin die große Innovation bestand. Der Akku von CTF hatte als Elektrolyt statt eines flüssigen Gels einen festen Kunststoff. Während die einschlägigen Experten einen Feststoff-Akku erst in 7 bis 10 Jahren für marktreif hielten, hatten es die Chinesen jetzt schon geschafft. Damit konnte nicht nur die Brennbarkeit des Akkus faktisch eliminiert werden. Auch die Kälteempfindlichkeit – ein wesentliches Kriterium zum Einsatz in Fahrzeugen auf der nördlichen Halbkugel – wurde reduziert.

Hätte es das schon damals gegeben, dachte Hauser wehmütig. Dann wäre es nicht zu dem Brand gekommen und Yvonne würde heute noch leben.

Den Formfaktor hatte CTF unverändert gelassen. Sie verwendeten 18650er Zellen von denen sie immer sechsundvierzig Stück zu einem Brick zusammenfügten.

Eine gängige Variante, dachte sich Hauser.

Die Chinesen hatten Pionierarbeit geleistet und alle Komponenten der Batteriechemie ideal aufeinander abgestimmt. Doch nur das alleine reichte nicht. Bei der Batteriesteuerung hatten sie gleichermaßen Fortschritte erzielt. Hierüber konnte Hauser auch nach weiteren Online-Recherchen nichts finden. Entweder wurden diese in wissenschaftlichen Communities veröffentlicht, auf die er keinen Zugriff hatte. Oder dies war genau der Teil, den CTF nicht öffentlich machte. Gut möglich, dass sie ihre enorme Kompetenz im Bereich Künstliche Intelligenz genutzt hatten, um hier bahnbrechende Ergebnisse zu erzielen. Wenn dem so war, dann hätten sie alles getan, diese Geheimnisse für sich zu behalten. So wäre der technische Vorsprung einige Jahre gesichert. Dann erschloss sich auch, warum sie eine so knallharte Abschottungsstrategie fuhren, die ja auch Risiken für die chinesische Volkswirtschaft hatte.

Chapeau, Kollegen! Das habt ihr supergemacht, dachte Hauser. Das in den kommenden Jahren zu toppen – wird schwierig.

9.15 Uhr in der Zentrale der Industriegewerkschaft Metall in Stuttgart. Mit hochrotem Kopf und wütendem Gesichtsausdruck stürmte Adler-Stein im obersten Stockwerk der Gewerkschaftszentrale auf das Büro von Lohmayer zu. Mit gleichem Gemütszustand hätten Comic-Figur aus der Nase gedampft und stierähnlich mit den Hufen respektive Schuhen gescharrt. Sie riss die Tür auf.

»Alois, hast du das gehört?«, sagte Adler-Stein. »Die Chinesen machen ernst! Sie verbieten die Einfuhr und Zulassung von Verbrennern. Wir sind am Ende. Ich wusste, dass es soweit kommen würde!«

»Ja, ich hab die Schlagzeile gesehen. Ein Desaster«, sagte Lohmayer. »Was schlägst du vor?«

»Wir müssen noch heute für mindestens zwei Stunden die Arbeit niederlegen«, sagte Adler-Stein kämpferisch. »Am besten wir laden kurzfristig zu Betriebsversammlungen in den Werken ein. Im Anschluss protestieren wir dann öffentlichkeitswirksam vor den Werkstoren.«

Als Lohmayer sich zurücklehnte und nachdenklich an die Decke schaute, schob sie eindringlich nach.

»Alois, wir müssen handeln. Wir müssen jetzt Druck auf die Arbeitgeber machen. Die müssen was tun. Sollen sie halt CTL kaufen.«

»Das wird kaum gehen«, sagte Lohmayer. »Du weißt, wie restriktiv die Beteiligungsmöglichkeiten in China sind.«

Adler-Stein hakte nach.

»Alois, mir ist es scheiß egal, was getan wird. Hauptsache es passiert was!«

»Beruhige dich«, sagte Lohmayer. »Ich bin ja ganz deiner Meinung. Ich habe nur überlegt, welche Maßnahme am besten wirkt und wie wir das umsetzen können.«

»Ich werde schnellstmöglich alle notwendigen Informationen zusammenstellen«, sagte Adler-Stein. »Die schicken wir dann an die Kollegen und Kolleginnen vor Ort. Die warten eh auf Instruktionen von uns.«

»Gut«, sagte Lohmayer. »Wir haben kurz vor halb zehn. Das heißt, wir laden unsere Mitglieder für 11 Uhr zu Betriebsversammlungen ein. Dort erläutern wir die Lage. Um 12 Uhr beginnt dann der Streik. Ich könnte mir vorstellen, dass die Leute in den Motorenwerken die Arbeit inklusive Spätschicht niederlegen. Denn für die ist der heutige Tag ganz besonders bitter.«

»Das klingt nach einem Plan«, pflichtete Adler-Stein ihm bei. »Wir nutzen den Tag, um auf unsere großen Kundgebungen am 1. Mai hinzuweisen. Ist ja nicht mehr lange hin. Da machen wir dann allen nochmals schön Dampf. Außerdem bin ich gleich bei einer vom Kanzleramt angesetzten Telefonkonferenz eingeladen. Da werde ich ebenfalls Druck machen.«

Um 13.00 Uhr im Bundeskanzleramt in Berlin. Die Nachricht vom Zulassungsstopp hatte am Morgen auch das Bundeskanzleramt erreicht. Nachdem die Bundeskanzlerin mit dem Chef des Bundeskanzleramtes die Lage beraten hatte, entschied sie sich, das erweiterte Sicherheitskabinett einzuberufen. Die Reaktion der Börsen und die spontanen Proteste vor vielen Werkstoren waren Rechtfertigung genug, die Sitzung dieses informellen Gremiums zu beantragen, welches erst kürzlich für genau solche Situationen gegründet wurde. Es sollte schnelle parteiübergreifende Abstimmungen sicherstellen. Außer der Kanzlerin und dem Chef des Bundeskanzleramtes nahmen der Außen-, Innen- und Verteidigungsminister als ständige Mitglieder teil. Geladen waren auch der Verfassungsschutz, das Bundeskriminalamt und der Bundesnachrichtendienst. Des Weiteren waren die Mitglieder des Parlamentarischen Kontrollgremiums Teil der Sitzung. Dieses war mit Bundestagsabgeordneten aller Fraktionen besetzt und kontrollierte normalerweise die Arbeit der Geheimdienste.

Durch dieses ungewöhnliche Setting war sichergestellt, dass alle im Bundestag befindlichen Fraktionen direkt in die Kommunikation eingebunden waren und es keiner weiteren Gremien bedurfte. Auch Karl Maria Baumer von der rechtsnationalen Partei Zukunft Deutschland (ZD) und Adler-Stein von den Sozialisten in Deutschland (SD) waren über ihre Bundestagsmandate Teil des erweiterten Sicherheitskabinetts und daher anwesend. Ebenfalls mit am Tisch saß die Wirtschaftsministerin. Diese wiederum hatte Gidion gebeten, an der Sitzung teilzunehmen, um im Bedarfsfall zum aktuellen Stand der Akkuforschung Stellung zu nehmen. Damit das Meeting kurzfristig abhalten werden konnte, wurde die abhörsichere Behördenkommunikation der Bundesregierung benutzt. Als Gidion sich aufgrund der vielen Presseanfragen an die EJ!-Initiative mit dreiminütiger Verspätung einwählte, waren die anderen Teilnehmer schon in der Telefonkonferenz.

»Sorry für die Verspätung«, sagte Gidion nach dem Freischaltton, der ihr signalisierte, dass sie jetzt Teil der Konferenz war. »Ich hatte noch Presseanfragen.«

»Gut, dann sind wir ja vollständig«, sagte eine Stimme, die Gidion eindeutig als die der Bundeskanzlerin identifizierte.

»Schön, dass das kurzfristig geklappt hat. Ich glaube alle stimmen mir angesichts der Nachrichtenlage zu, dass dieses zeitnahe Treffen unseres erweiterten Sicherheitskabinett notwendig ist. Ich weiß, dass die Zusammenstellung dieser Gruppe aus Regierung und allen Fraktionen noch ungewöhnlich ist. Aber epochale Situationen bedürfen außergewöhnlicher Maßnahmen.«

Die Bundeskanzlerin machte eine kurze Pause, um sicherzugehen, dass es keinen Widerspruch gab.

»Gut, ich erläutere kurz meine Ziele für das Meeting. Dann können andere gerne ergänzen, beziehungsweise kommentieren«, sagte die Kanzlerin. »Ehrlich gesagt, haben mich die Schlagzeilen von heute Morgen extrem überrascht. Als ich hörte, dass ein chinesischer Hersteller einen neuartigen Akku zur Serienreife entwickelt hat und mit dieser Begründung den chinesischen Markt in einem halben Jahr abschotten wird, war ich sehr verärgert. Schlimmer noch. In mir kamen viele Fragen hoch, auf die ich keine Antworten hatte: Wie kann es sein, dass eine chinesische Firma in dieser Schlüsseltechnologie einen solchen Vorsprung hat, ohne dass wir davon etwas mitbekommen? Warum gab es keine Hinweise des Nachrichtendienstes? Warum gründen wir mit EJ! vor Jahren eine Initiative zur Förderung der Elektromobilität, um uns dann von den Chinesen überholen zu lassen? Was läuft in unserer Forschungs- und Industriepolitik falsch, dass wir als führende Industrie- und vor allem Automobilnation nicht selbst solch einen Akku erfunden haben? Warum planen wir europäische Giga-Fabriken auf der Basis alter Akku-Technologien?«

Da sich die Kanzlerin inzwischen in Rage geredet hatte, holte sie kurz Luft, um dann mit ihrer in Fragen verpackten Standpauke weiterzumachen.

»Und wenn wir die Ursachen ergründet haben, dann stellen sich weitere Fragen, die nicht minder wichtig sind: Was können wir tun, um das Schlimmste zu verhindern? Wann haben wir einen solchen Akku? Wie schätzt der Kollege Innenminister und das BKA die Sicherheitslage ein? Heute gab es ja schon heftige Proteste. Und zu guter Letzt würde mich interessieren, was das Außenministerium gedenkt zu unternehmen, um die Chinesen von ihrem irrwitzigen

Plan der Marktabschottung abzubringen? Sie sehen: Fragen über Fragen. Ich hätte gerne schnell Antworten. Und da wo es keine Antworten gibt, will ich einen Plan haben, wie wir zu Problemlösungen kommen. Ich hoffe, Sie haben sich alle viel Zeit mitgebracht. Es kann dauern!«

Das Schweigen der übrigen Telko-Teilnehmer ließ Gidion ahnen, dass sie nicht die Einzige war, die mit Hochdruck überlegte, was sie auf die Fragen der Bundeskanzlerin antworten sollte.

Im Kern hat sie ja Recht, dachte Gidion. Es sind die gleichen Fragen, die ich den Mitgliedern der EJ!-Initiative gestellt habe.

Als Erster wagte sich der BND-Chef aus der Deckung.

»Frau Bundeskanzlerin«, sagte er. »Ihre Fragen sind absolut berechtigt. Ich will Ihnen kurz die Situation aus Sicht des BND erläutern.«

»Nur zu«, ermunterte die Kanzlerin.

»Nun, wir sind natürlich seit Jahren in China nachrichtendienstlich tätig. Wir beobachten sehr genau, welche Strömungen es in der chinesischen Volkspartei gibt. Wer im Machtapparat, wie an Einfluss gewinnt, aber auch verliert. Wir tauschen uns eng mit der Menschenrechts- und Dissidentenszene aus. Regelmäßige Berichte liegen den zuständigen Stellen vor. Ich würde sagen, wir haben in den letzten Jahren ein funktionierendes Netzwerk an Informanden aufgebaut, die zuverlässige Hinweise liefern.«

»Mich interessiert nicht, was Sie gut gemacht haben«, hakte die Kanzlerin ein. »Sie müssen den BND hier nicht verkaufen wie Heizdecken auf der Kaffeefahrt. Warum wussten wir nichts?«

»Dazu wollte ich gerade kommen«, sagte der BND-Chef hörbar pikiert. »Ganz einfach. Wir betreiben im Reich der Mitte keine Wirtschaftsspionage. Wir sind bisher ausschließlich drauf fokussiert, chinesische Spionage in deutschen Firmen aufzudecken und zu unterbinden. Was sollen wir in einem Land ausspionieren, das umgekehrt versucht, Innovationen weltweit abzugreifen. Was hätten wir rausfinden können?«

»Zum Beispiel, das CTF einen neuen Akku entwickelt hat«, platze es aus Gidion heraus.

Bei dieser arroganten Haltung konnte sie sich nicht mehr zurückhalten.

»Aber gut zu hören«, fuhr Gidion fort. »Dann weiß ich, warum ich auf meine Anfrage an ihre Behörde nie eine Antwort bekam. Bearbeitet ja keiner!«

»Darf ich fragen, wer diese Anschuldigungen vorbringt«, fragte der BND-Chef.

»Klar, ich hatte mich nicht vorgestellt«, sagte Gidion. »Ich bin Doktor Anna Gidion. Leiterin des Projektes *EJ! – Elektromobilität jetzt!* Und gerne kann ich mein Statement auch anders zusammenfassen. Die Schlapphüte wissen weniger als wir.«

»Ich bin ehrlich gesagt auch überrascht«, schaltete sich die Kanzlerin ein. »Ok, dass es sich vor zehn oder zwanzig Jahren nicht gelohnt hat, in China zu spionieren, leuchtet mir ein. Doch die Welt hat sich geändert. China ist kein Entwicklungsland mehr.«

»Und warum bezahlen Sie dann weiterhin Entwicklungshilfe?«, versuchte der BND-Chef einen Gegenangriff.

»Lenken Sie nicht vom Thema ab«, rügte die Kanzlerin. »Sie sollten sich weder eine solche Polemik zu eigen machen, noch den Schwarzen Peter für Ihr Versagen an die Politik weiterreichen. Fürs Protokoll, damit wir das klar haben. Hiermit beauftrage ich den BND, nachrichtendienstliche Tätigkeiten im Bereich der chinesischen Forschung und Wirtschaft aufzunehmen. Einmal kann man ja einen Fehler machen, ein zweites Mal nicht. Ich erwarte spätestens in drei Monaten Ihren Bericht!«

»Oh, das wird angesichts der Zeit und unserer Budgetsituation schwierig ...«

»Das ist mir egal!«, fiel ihm die Kanzlerin ins Wort. »Lassen Sie sich was einfallen. Die Situation ist ernst!«

Auch wenn die übrigen Teilnehmer der Telko bisher schwiegen. Die Anspannung war deutlich zu spüren. Nicht nur der letzte Disput zwischen BND und Kanzlerin machte die Teilnehmer nachdenklich. Auch die offensichtliche Tatsache, dass China und seine vor allem staatlich gelenkten Unternehmen seit Jahren unterschätzt wurden, wurde nun allen transparent. Als erste durchbrach Gidion das Schweigen.

»Frau Bundeskanzlerin. Um einen Schritt weiterzukommen würde ich gerne auf ein paar Ihrer Fragen zum Thema Akkuforschung eingehen.«

»Gerne, Frau Doktor Gidion«, sagte die Kanzlerin. »Wie schätzen Sie die Lage seitens der Projektgruppe EJ! ein?«

Gidion holte weit aus. Sie erzählte von den Anfängen der Projektgruppe und dass das Projekt aus ihrer Sicht als Alibiveranstaltung genutzt wurde, um Aktionismus in Richtung Elektromobilität zu zeigen. Nach einer detaillierten Analyse endete sie mit dem Fazit.

»Wissen Sie«, sagte Gidion. »Ich glaube, das nötige Geld wäre da. Wir hätten auch die Wissenschaftler, die das notwendige Know-how haben, um Innovationen im Bereich der Akkuforschung zu erreichen. Das Problem aus meiner Sicht ist, dass der letzte bedingungslose Wille fehlt, etwas Bahnbrechendes zu schaffen. Die Akteure sind zu satt. Die Wissenschaftler forschen vor sich hin. Sie kommen in Teilbereichen auch zu validen Ergebnissen, obwohl sie sich immer wieder über lange und bürokratische Förderanträge ärgern. Am Ende erhalten sie irgendwann ihr Geld und sie forschen weiter. Und der andere relevante Player in dem Spiel, die Autoindustrie, hatte bisher auch keinen wirklichen Druck. Die verdienten sich mit einem bis ins letzte perfektionierten Antriebskonzept aus dem letzten Jahrhundert eine goldene Nase. Und um der Politik zu gefallen, entwickeln sie dann ein paar Elektroautos. Die sind nun da. Aber leider sind sie zu hochpreisig und haben nur eine geringe Reichweite.«

Gidion hatte sich in Rage geredet. Selbstbewusst fuhr sie fort.

»Damit ist klar. Keiner der beteiligten Akteure hat ein wirkliches Interesse daran, aus der Komfortzone zu kommen: Wir sind zu satt! Die Chinesen sind hungrig! Dreimal dürfen Sie raten, wer sich mehr um das Essen kümmert?«

»Vielen Dank Frau Doktor Gidion für Ihre bildhaften Ausführungen«, sagte die Kanzlerin. »Ich teile nicht alle Ihre Standpunkte. Wenn Sie politische Verantwortung hätten, dann wüssten Sie, welche Errungenschaft es ist, wenn es einem Land gut geht.«

»So habe ich das nicht gemeint«, versuchte sich Gidion zu rechtfertigen.

Bevor sie weiterreden konnte, fuhr die Kanzlerin fort.

»Lassen Sie mich ausreden. Ich war nicht fertig. Ich sagte ja. Ich teile Ihre Meinung nicht zu 100 Prozent. Aber ich habe verstanden, was Sie uns mitgeben wollen. Die Chinesen haben mit ihrem System, in dem sie die Wirtschaft und die Forschung zentral steuern, das effizientere System. Dies gepaart mit einem unbändigen Willen in der E-Mobilität Vorreiter zu sein, macht sie stark. Ist es das, was Sie meinen?«

»Exakt«, bestätigte Gidion. »Genau das glaube ich. Die Chinesen haben frühzeitig erkannt, dass sie im Bereich der komplexen Verbrennungstechnologie keine Technologieführerschaft erringen können. Also haben sie sich schon lange auf den einfacheren Elektroantrieb fokussiert. Ein Verbrennungsantrieb hat 7-mal mehr Teile als ein Elektroantrieb. Außerdem besteht der Verbrenner aus 90-mal mehr beweglichen Teilen als ein Elektroauto. Sogar Bremsen werden weniger gebraucht. Bei Patenten sind die Chinesen im Bereich Elektromotor viel weniger abhängig von fremdem Knowhow.«

»Ok, das leuchtet mir ein«, sagte die Bundeskanzlerin. »Nur das hindert uns beziehungsweise die Autoindustrie ja nicht daran, im Feld des Elektroantriebes Weltklasse zu werden. - Woran liegt es? Fehlen uns die Ingenieure? Fehlt es uns an Investitionen? Was machen wir falsch?«

»Meiner Ansicht behindern uns drei Faktoren«, sagte Gidion. »Erstens: Die menschliche Trägheit. Menschen ändern sich nicht einfach. Es ist inzwischen vielfach erwiesen und erforscht, dass Menschen und damit auch Organisationen einen Zustand der für sie komfortabel ist, möglichst beibehalten wollen. Alles andere wäre aus Sicht der Evolution unsinnig. Es bedarf eines starken Impulses von außen, dass Systeme zu Änderungen gezwungen werden.«

»Gut, den Impuls haben wir«, warf die Wirtschaftsministerin ein.

»Genau«, pflichtete ihr Gidion bei. »Wenn ein derartiger Impuls nicht ausreicht, dann weiß ich auch nicht mehr weiter.«

»Sie hatten zwei weitere Punkte«, drängte die Kanzlerin.

Gidion fuhr fort.

»Punkt zwei ist fehlende zentrale Planung. Bitte diesen Punkt nicht falsch verstehen. Die Chinesen haben da eine andere Kultur. Wir können meiner Ansicht nach mit diesem Ansatz nur bedingt punkten. Aber mehr strategische Planung und Ausrichtung aller Kräfte auf ein Ziel, würde uns guttun. Innerhalb der Planung müssten wir dann mehr Freiräume lassen. Aber die Rahmenbedingungen sollten wir klar setzen. Bei uns ist alles zu zersplittert und extrem reguliert. Bis bei uns Entscheidungen getroffen werden vergeht viel Zeit. Zieht dann noch jemand vor Gericht, können Jahre vergehen, bis wir einen Schritt vorankommen.«

Gidion machte kurz Pause, um nachzuschieben.

»Ich weiß, das ist eine große Errungenschaft. Nur was bei normalen Marktentwicklungen gut funktioniert, ist in einem disruptiven Marktumfeld, wie es die Elektromobilität nun einmal ist, extrem hinderlich. Der allseits bekannte Förderdschungel ist sehr dicht. Und Genehmigungsprozesse dauern ewig.«

Die anderen Teilnehmer in der Telefonkonferenz waren bei all den Ausführungen ruhig. Kein Räuspern oder Schniefen. Keine Zwischenfragen.

Gidion fragte sich, ob sie eigentlich einen Monolog halte, ohne dass jemand wirklich zuhörte, und rief daher in die Runde.

»Sind noch alle da?«

»Ja, sicher«, kam es vielstimmig zurück.

»Ah, ok«, sagte Gidion erleichtert. »Dann komme ich zu meinem dritten Punkt. Eine weitere Ursache, dass wir hier nicht schnell genug vorankommen, ist vorhandenes Silodenken und die fehlende interdisziplinäre Zusammenarbeit. Bis heute findet in Deutschland die Forschung streng getrennt in den einzelnen Disziplinen statt. Aber die Dinge sind heutzutage komplex. Da braucht es übergreifende Kooperation. Hinzu kommt. Die Verzahnung mit der Wirtschaft ist zu gering. Das Fax-Beispiel ist denke ich allen bekannt. Die Technologie wurde in Deutschland entwickelt. Auf den Markt gebracht hat es dann ein japanischer Hersteller. Beim Lithium-Ionen Akku war es übrigens genauso. Die Grundlagen wurden in den 1970er Jahren an der TU München erforscht und veröffentlicht. Keiner hat zu der Zeit das wirtschaftliche Potenzial erkannt. Ein japanischer Hersteller hat den ersten Akku dann Anfang der 1990er Jahre in eine Videokamera eingebaut.«

»Unglaublich!«, entfuhr es der Kanzlerin. »Wir lassen uns immer wieder die Butter vom Brot nehmen.«

Ein zustimmendes Raunen ging durch die Konferenz.

»Frau Doktor Gidion«, sagte die Kanzlerin. »Wenn ich Sie fragen würde, warum wir beim Projekt EJ! bisher keine Erfolge analog der Chinesen vorweisen können dann würden Sie mir sicher antworten, dass wir die aufgezählten Punkte ändern müssen. Korrekt?«

»Ja, genau, Frau Bundeskanzlerin«, sagte Gidion.

Die Kanzlerin überlegte einen Moment, bevor sie sagte.

»Punkt eins und drei gehe ich mit – Punkt zwei nicht! Wir sind ein föderaler Rechtsstaat. Das ist eine bedeutsame Errungenschaft. Das können und wollen wir nicht über Bord werfen! Ich hoffe, da stimmen mir alle zu!?«

»Absolut!«, war vor allem der Außenminister zu hören. »Da bin ich voll bei Ihnen!«

»So habe ich das nicht gemeint«, setzte Gidion zu einer Erklärung an. »Wir müssen nicht den Rechtsstaat aushöhlen. Wir sollten aber ein Gesetz erlassen, dass es uns ermöglicht, beim Thema E-Mobilität zügig voranzukommen. In den jetzigen Strukturen sind wir zu langsam.«

»Wenn ich da einhaken darf«, meldete sich der Vertreter des BKA zu Wort. »Ich stimme Frau Doktor Gidion zu. Wir sollten die Lage nicht unterschätzen. Aktuell sind es friedliche Demonstrationen, die wir sehen. Daraus kann aber rasch mehr werden. Und beim G20-Gipfel in Hamburg haben wir leidvoll erfahren, wie schnell die Gesamtlage eskaliert und radikale Gruppen die Situation ausnutzen.«

»Ich stimme dem Kollegen vollumfänglich zu«, meldete sich der Verfassungsschützer zu Wort. »Wir haben heute im Netz erste Aufrufe zu Gewalt herausgefischt. Die gibt es zwar immer. Doch kurz nach Veröffentlichung der Meldung haben wir einen signifikanten Anstieg registriert. Noch ist das harmlos. Aber wir müssen es beobachten.«

»Puh, das ist heftig, was Sie hier vorbringen«, stöhnte die Bundeskanzlerin. »Bürgerrechte einschränken – damit greifen wir massiv in unsere Rechtsordnung ein.«

»Das ist mir bewusst«, sagte der Verfassungsschützer. »Um das große Ganze zu bewahren, müssen wir uns meiner Meinung nach, zumindest kurzzeitig, von bestimmten Prinzipien verabschieden.«

»Dem kann ich nur zustimmen«, sagte Baumer, der bisher geschwiegen hatte. »Außergewöhnliche Situationen erfordern außergewöhnliche Maßnahmen. Wir müssen die im Grundgesetz vorgesehenen Notstandsgesetze in Kraft setzen.«

»Nur über meine Leiche«, mischte sich nun auch Adler-Stein ein. »Auch wenn ich sehe dass wir dringend handeln müssen und es 5 vor 12 ist. Aber Bürgerrechte einschränken. Das geht gar nicht! Und wenn es der Kollege Baumer fordert, bin ich da gleich noch mehr skeptisch.«

»Eine gefährliche Diskussion«, merkte die Kanzlerin trocken an. »Da sind wir nahe an dem Argument. Wir foltern, um Gewalt zu verhindern.«

»Ich wollte noch kurz erwähnen«, ergriff der BKA-Präsidenten das Wort, »dass wir auf jeden Fall unsere Präsenz bei den Demos verstärken. Dann sollte das kontrollierbar sein.«

»Perfekt«, sagte die Kanzlerin. »Dann bleibt noch die letzte Baustelle.«

Gidion ahnte, dass die Kanzlerin damit sie und die Akkuforschung meinen würde, und nahm das Statement der Kanzlerin vorweg.

»Sicher meinen Sie, wie wir endlich den Durchbruch bei der Akkuforschung erreichen?«

»Genau das meine ich«, bestätigte die Kanzlerin. »Ich denke, nach mehreren Jahren Forschungsarbeit wäre es an der Zeit, dass EJ! zählbare Erfolge vorweisen kann. Glauben Sie nicht?«

Gidion spürte den Druck der Kanzlerin und der anderen Telko-Teilnehmer sogar durch die Telefonleitung.

Im Grunde habe ich ja neulich in der Projektsitzung genau den Punkt angesprochen, dachte sie sich. Dann ist jetzt die Gelegenheit, dass ich mir ein starkes Mandat hole. Vielleicht habe ich nur diese eine Chance.

Gidion beschloss, alles auf eine Karte zu setzen.

»Ganz Ihrer Meinung, Frau Bundeskanzlerin«, sagte Gidion. »Für diese Runde habe ich nur einen übergeordneten Wunsch. Geben Sie mir den Auftrag, die EJ! umzubauen und daraus eine Taskforce zu formen. *ULTIMATUM E* wäre ein passender Projekttitel. Einziges Ziel: Die Chinesen technisch übertrumpfen. In sechs Monaten! Ich würde Ihnen und der Runde hier in spätestens zwei Wochen ein Maßnahmenpaket vorlegen, über das Sie dann abstimmen können. Wenn wir alle Kräfte bündeln, dann schaffen wir das!«

Die Kanzlerin überlegte einen Augenblick bevor sie sagte.

»Das nenne ich eine Ansage. Mutig! Sie wissen: Blanko zusagen kann ich nichts. Aber ich verspreche Ihnen, wir tun unser Möglichstes, um hier Technologieführer zu werden.«

Gidion saß in ihrem Bonner Minsteriumsbüro. Während sie bei der eben beendete Telefonkonferenz mit dem Headset im Büro auf- und abgelaufen war, hatte sie dieses jetzt abgelegt und sich in ihren Schreibtischstuhl fallen lassen. Sie schaute durch die großen Panorama-Scheiben auf den Rhein. Ihr kamen Zweifel an ihrer eigenen Courage.

Habe ich den Mund zu voll genommen, als ich eine neue technische Lösung in sechs Monaten angeboten habe, ging es ihr durch den Kopf. Wie soll ich das schaffen? Ist ja gut, wenn ich ehrgeizig bin, dachte sie. Aber gleich in die Vollen gehen, hätte ja nicht sein müssen. Eine richtige Alternative hätte ich aber eh nicht gehabt. Sicher hätte die Kanzlerin von sich aus eine solche Forderung gestellt, versuchte sie sich zu beruhigen. Da ist es besser, gleich proaktiv einen solchen Vorschlag zu machen. Dann kann ich das im Falle eines Erfolges wenigstens für mich verbuchen. – Und falls der Plan scheitern sollte, dann suchen die Politiker eh einen Schuldigen. Apropos Plan. Den brauchte es ja auch, schoss es ihr durch den Kopf. Wer könnte mir helfen? Klar, die Kollegen aus der EJ! sind erste Wahl. Aber ob ich ein solches Unterfangen wirklich mit Fach durchziehen kann? Sicher haben er und Berger wieder hunderte von Ausreden, warum dass eh nie klappt. Bis ich mit denen diskutiere, sind die sechs Monate rum. Auf der anderen Seite habe ich nicht wirklich eine Alternative, gab sie sich versöhnlich. Die EJ!-Projektgruppe ist wenigstens eingespielt. Und wenn ich nun mit einem Auftrag direkt von der Bundeskanzlerin komme, dann wird das allen nochmals neuen Schub geben. Obendrein muss ich ja auch einen Plan vorlegen, was die Taskforce alles braucht, um erfolgreich zu sein. Da können dann Fach, Berger und die anderen alles reinpacken, was sie bisher vermisst haben, dachte sie.

Gidions Herz fing vor Aufregung an zu klopfen. Wenn sie ehrlich zu sich war, musste sie zugeben, dass sie schon lange auf eine solche Chance gewartet hatte.

»Anna, darf ich kurz stören«, fragte eine Stimme hinter ihr. Gidion dreht sich in ihrem Stuhl um 180 Grad. Lennard Lichte, ihr Assistent, stand vor ihr.

»Äh, klar Lennard«, sagte Gidion leicht verstört. »Ich hatte nicht gehört, dass du reingekommen bist.«

»Ich habe geklopft«, rechtfertigte sich Lichte.

»Kein Thema! Das passt!«, wiegelte Gidion ab. »Ich war gedanklich in unser nächstes Projekt abgetaucht.«

»Unser nächstes Projekt«, fragte Lichte erstaunt.

»Ja, die Bundeskanzlerin hat mich höchstpersönlich beauftragt, das EJ!-Projekt neu zu beleben. Wir wandeln es in eine Taskforce um. Der neue Name ist *ULTIMATUM E.* – Schau nicht so verwundert. Ist mir spontan eingefallen. Einzige Mission ist es den Super-Akku der Zukunft zu entwickeln, um damit CTF und den Chinesen die Stirn zu bieten. In sechs Monaten muss er fertig sein!«

»In sechs Monaten!?«, sagte Lichte fassungslos und setze sich in den vor dem Schreibtisch stehenden Stuhl. »Boah, na das wird lustig!«

Lichte war mit seiner großgewachsenen Bodybuilder-Gestalt und seinem IQ von 170, der ihn zum Jahrgangsbesten in Informatik gemacht hatte, nicht gerade ein ängstlicher Typ. Doch nachdem

Gidion ihm alle Details der Telko des erweiterten Sicherheitskabinetts erzählt hatte, wirkte selbst er fassungslos.

»Und du glaubst, wir kriegen das hin?«, fragte Lichte ungläubig.

»Ja, logisch!«, machte sich Gidion mit dieser Aussage selbst Mut. »Wir müssen nur die richtigen Leute finden und die notwendigen Mittel auftreiben. Dann klappt das. Du wirst sehen: Wir schaffen das!«

»Anna, wenn du das sagst, dann glaube ich das mal«, lenkte Lichte ein. »Aber ob das mit den Leuten aus dem EJ!-Projekt zu stemmen ist? Ich weiß nicht? Du hast nach den Sitzungen selbst über ihr Verhalten geflucht und gesagt mit denen kann man nichts reißen.«

»Ja«, gab Gidion Lichte Recht. »Darüber habe ich auch schon nachgedacht. Allerdings woher kurzfristig gute Leute nehmen. Fallen dir welche ein?«

»Lass mal nachdenken«, sagte Lichte. »Im IT-Bereich kenne ich ein paar Cracks. Die könnten Simulationen bauen. Aber ob die Lust haben, für den Staat zu arbeiten? Normal sind die eher Anti-Regierung. Sie haben mehr Spaß, ihr Wissen im Darknet anzubieten als es bei uns einzusetzen.«

»Na, die kann ich nicht wirklich in meinen Vorschlag an das Kanzleramt einbauen«, wiegelte Gidion ab. »Ich glaube nicht, dass die Kanzlerin sich eine Gruppe Desperados wünscht. Fallen dir keine seriöseren Leute ein?«

Kaum hatte Gidion den Satz beendet, zeigte ihr Handy den Eingang einer neuen Textnachricht.

»Ach, schau, wenn man vom Teufel spricht«, sagte Gidion. »Fach fragt, was bei der Sitzung im erweiterten Sicherheitskabinett rausgekommen ist und wann wir telefonieren.«

Zu Lichte gewandt fügte sie an.

»Warte, ich schreibe ihm kurz, dass ich mich nachher melde.«

Lichte nutzte die Zeit, um weiter über potenzielle Kandidaten für die Taskforce nachzudenken.

»Ich hätte jemand, der uns sicher gut helfen könnte. Professor Hauser. Professor Doktor Martin Hauser. Er ist der Experte für Brennstoffzellentechnologie und hat einen Lehrstuhl an der TU München.«

»Warum sollte der uns unterstützen können?«, fragte Gidion skeptisch. »Wir entwickeln einen Akku und keine Brennstoffzelle!«

»Ja, ist mir klar!«, erwiderte Lichte leicht genervt. »Hauser war früher einer der Vordenker im Bereich Akkuforschung. Er hat wesentliche Grundlagen für moderne Akkus entwickelt. Fach war damals sein Kollege!«

»Ne, echt«, fragte Gidion erstaunt. »Warum habe ich denn dann von Professor Hauser in den letzten Jahren noch nie etwas gehört?«

»Ganz einfach«, sagte Lichte.

Es gefiel ihm, dass er hier mehr wusste als Gidion.

»Hauser hat sich vor Jahren aus der Akkuforschung zurückgezogen. Kurz nach dem Tod seiner Frau hat er vollständig in die Brennstoffzellen-Forschung gewechselt.«

»Ah, ok«, sagte Gidion, die langsam interessiert schien. »Und woher kennst du ihn?«

»Ich kenne ihn nicht. Aber meine Schwester Lynn lebt in München und arbeitet als Büro-Assistentin für ihn. Und wie das so ist, unterhalten wir uns, wenn wir uns sehen auch über die Arbeit. Und jetzt, wo wir darüber reden, fällt mir das mit der Akkuforschung wieder ein.«

Na da schau an, dachte Gidion. Lichte ist ja nicht nur intelligent, sondern auch ein Netzwerker.

»So klein ist die Welt«, sagte sie lächelnd. »Dann sende mir doch seine Kontaktdaten. Ich rufe ihn an.«

»Ja, bekommst du. Schicke ich dir in fünf Minuten durch. Ich packe noch den Link zu seinem Lehrstuhl dazu. Dann kannst du gleich schauen, ob es inhaltlich passt.«, sagte Lichte zufrieden um anzufügen. »Und ich überlege weiter, wer noch passt. Ich stelle dir eine Liste zusammen und sende sie dir im Laufe des Nachmittags zu.«

»Super, danke«, sagte Gidion.

Lichte stand auf und ging. Als er in der Tür stand fragte Gidion.

»Was wolltest du eigentlich vorhin. Vor lauter Taskforce haben wir gar nicht darüber gesprochen.«

»Ich wollte fragen, wann die nächste EJ!-Sitzung ist«, sagte Lichte. »Aber hat sich ja jetzt erledigt.«

»Mirella, bist du zuhause«, rief Hauser, nachdem er die Wohnungstür aufgeschlossen hatte. Keine Antwort. Komisch! Mirella müsste schon lange da sein.

»Mirella«, rief Hauser erneut, als er in den Schlafbereich ging. Er stand vor ihrer Zimmertür und klopfte.

»Mirella«, rief er ein weiteres Mal.

Nachdem keine Reaktion aus dem Zimmer kam, ging er hinein. Auch hier war niemand. Aber ihre Schulsachen waren da.

Seltsam, dachte Hauser. Vielleicht ist sie bei einer Freundin. Ich schreibe sie mal an, wann sie wieder kommt.

Er ging ins Bad, um sich kurz die Hände zu waschen. Gerade als er das Wasser angedreht hatte, sagte eine Stimme hinter ihm.

»Hände hoch!«

Hauser zuckte zusammen. Bis sein Hirn die Informationen aus Inhalt und Stimme sortiert hatte, vergingen ein paar zehntel Sekunden. Im Umdrehen sagte er.

»Mann, Mirella, hast du mich erschreckt! Ich dachte, du bist nicht da!«

»Eins zu null für mich«, sagte Mirella triumphierend.

Ihr Siegerlächeln strahlte Hauser aus der Badewanne entgegen.

»Ich habe nach dir gerufen«, sagte Hauser vorwurfsvoll. »Was machst du denn hier?«

»Nach was sieht es denn aus«, entgegnete Mirella. »Ein Entspannungsbad. Ich hatte heute einen Scheißtag. Da habe ich mir nach der Schule ein Bad eingelassen. Und wie du merkst. Es wirkt! Ich bin schon wieder fröhlich.«

Nun fielen Hauser Mirellas Kopfhörer auf. Klar, dass sie ihn da nicht hörte.

»Du hattest einen Scheißtag?«, sagte Hauser ungläubig.

Er trocknete sich die Hände ab.

»Na, da bin ich gespannt warum. Ich wette mit dir, dass mein Tag heute stressiger war.«

Mirellas Bad schien tatsächlich entspannende Wirkung zu haben. Während ansonsten nach einer solchen Provokation von ihm eine minutenlange Teenie-Schimpf-Triade folgte, was ihm denn einfiele, ihre Sorgen und ihren Stress abschätzig zu bewerten, war sie heute ganz entspannt. Hauser beschloss daher, nicht nochmals nachzulegen, und sagte.

»Essen wir gleich zusammen? So in 20 Minuten?«

»Ok, passt«, sagte Mirella. Während sie sich den Kopfhörer wieder aufsetzte und die Augen schloss, um das Bad weiter zu genießen.

»Mhh, lecker«, sagte Mirella, nachdem sie in gefühlt 10 Sekunden die vierte Gabel Spaghetti mit Zucchini-Soße reingeschlungen hatte. »Jetzt hatte ich aber Hunger.«

»Sieht man«, sagte Hauser amüsiert. »Freut mich, dass es dir schmeckt!«

Nach kurzer Pause fügte er an.

»Und, erzähl, was war denn so stressig heute.«

»Ach, ich sag's dir«, begann Mirella. »Wir hatten Info – äh, also Informatik. Und jetzt könnte man da ja echt tolle Sachen machen. Zum Beispiel Apps programmieren oder so ähnlich. Aber nein, was mussten wir machen.«

Mirella nahm eine Gabel Spaghetti, bevor sie fortfuhr.

»Wir haben mit einem Uraltprogramm von 2000 eine Datenbank programmiert. Das interessiert doch keinen Arsch.«

»Mirella, bitte, nicht solche Ausdrücke hier zuhause«, sagte Hauser.

»Oh, sorry, ich wollte ursprünglich Sau sagen«, sagte Mirella und setzte ihren Entschuldige-Bitte-Blick auf.

Nun das ist auch nicht besser, dachte sich Hauser.

»Na ja«, sagte er. »Aber Datenbanken werden heute immer noch eingesetzt. Das gehört zum Grundwissen.«

»Ja, das ist mir klar«, sagte Mirella genervt. »Mir geht es nicht um Datenbanken. Das Problem ist, dass wir die Übung entweder am Schulrechner machen können. Denn dort ist das alte Programm ja drauf. Oder es zuhause erledigen. Doch dann müssen wir uns das alte Programm erst besorgen. Und unser Lehrer weiß nicht, ob das mit einem aktuellen Betriebssystem läuft. Und jetzt kommt es: Wenn wir die Aufgabe mit einer neueren Version der Datenbank fertig machen, dann wird das nicht gezählt, weil er es nicht korrigieren kann. Er hat ja nur die alte Version!«

»Ich sehe das Problem nicht«, sagte Hauser, nachdem er inzwischen seinen Teller leer gegessen, die Gabel zur Seite gelegt und sich mit der Serviette den Mund abgewischt hatte. »Dann macht ihr die Aufgabe in der Schule und gut ist.«

»Aber da reicht die Zeit niiicht!«, sagte Mirella genervt. »Und das bestätigt sogar unser Lehrer. In den zwei Stunden Info ist es kaum möglich, die Aufgabe fertig zu stellen.«

»Ah, verstehe!«, lenkte Hauser ein. »Das ist nicht richtig. Wobei ich es eher problematisch finde, dass ihr nur zwei Stunden pro Woche Informatik habt.«

Mirella schaute Hauser mit hochgezogenen Augenbrauen an, sagte aber nichts.

Noch mehr Schule, dachte sie sich.

Hauser fuhr fort.

»Wenn ich mir anschaue, dass bei uns in der Forschung nichts mehr ohne IT funktioniert, dann finde ich, sind zwei Stunden in der Woche für eine Schlüsselqualifikation zu wenig. Kein Wunder, dass uns die Chinesen überholen.«

Mirella hatte während Hausers oberlehrerhaften Ausführungen ihr Handy genommen und schnell ein paar Stories geliked. Um in Ruhe weitermachen zu können schaute sie kurz hoch.

»Wo haben uns die Chinesen überholt?«, fragte sie.

»Na beim Thema Auto-Akku!«, sagte Hauser, um dann verwundert anzufügen. »Hast du denn das heute nicht mitbekommen?«

»Ne, sorry, das habe ich heute nicht mitbekommen. Lass uns die Nachrichten anmachen.«

»Gute Idee«, stimmte Hauser ihr zu.

Die Meldung vom CTF-Akku und dem damit verbundenen Ultimatum der Chinesen war der Hauptaufmacher. Die chinesische Seite bestätigte im Laufe des Abends nochmals, dass man es ernst meine und der Zulassungs- und Einfuhr-Stopp ab 1. November gelten werde. Zum Beweis und dass es alle Welt wirklich glaubte, hielt ein Regierungssprecher den offiziellen Erlass in die Kamera. Außerdem wurden mehrere Sequenzen mit dem kommenden Elektroauto gezeigt.

Designtechnisch gibt es sicher das ein oder andere Verbesserungspotenzial, dachte sich Hauser beim Anblick des Fahrzeugs.

Der Wagen machte einen soliden Eindruck. Auch die Ladezeiten und Entfernungsangaben waren den Angaben von unabhängigen, vor allem asiatischen Autojournalisten, real. Es folgten Einspielungen von spontanen Arbeitsniederlegungen und diversen Demonstrationen an den Autoproduktionsstandorten. Adler-Stein kam zusammen mit anderen Betriebsräten und Gewerkschaftern zu Wort. Baumer nutzte das Thema, um gegen die Regierung zu wettern. Seit Jahren hätten er und seine Parteikollegen von der ZD davor gewarnt, die deutsche Autoindustrie kaputtzureden. Die ZD würde die Arbeiter nicht im Stich lassen und dafür sorgen, dass ihre Ängste und Nöte ernst genommen würden. Laut Baumer sei die ZD die einzige wahre Fürsprecherin der Arbeiterklasse. Um dies zu beweisen, werde er in den kommenden Wochen einen Aktionsplan unter dem Motto *Stoppt den CO2 Wahnsinn* aufsetzten. Er forderte Kaufprämien für Autos mit Verbrennungsmotoren. In die gleiche Kerbe schlugen die Vertreter der Automobilwirtschaft.

Typisch, dachte Hauser. Wenn es normal läuft, dann sind die Unternehmen zuständig. Wenn es holprig wird, soll es der Staat richten.

Es folgten Berichte von den europäischen Börsen. Was sich am Morgen schon abzeichnete, wurde am Abend bestätigt. Mächtig gebeutelt wurde der Deutsche Aktienindex DAX. Der Handel war den ganzen Vormittag ausgesetzt. Erst am Nachmittag, als die Verantwortlichen annahmen, dass sich die Märkte beruhigt hatten, wurde die Börse wieder geöffnet. Als der Index dann abermals innerhalb von Minuten massiv absackte, entschloss man sich, die Börse für heute ganz zu schließen. Man wollte nicht noch mehr Unternehmensvermögen vernichten. Die Märkte sollten Zeit bekommen, die Situation in Ruhe und mit mehr Weitsicht zu bewerten.

Während Hauser voll konzentriert die Nachrichten verfolgte, saß Mirella neben ihm und schaute in ihr Handy. Sie hatte inzwischen wieder ihre Kopfhörer aufgesetzt und war in ihre Social-Media Apps abgetaucht.

»Schau, jetzt spricht die Kanzlerin«, sagte Hauser zu Mirella und stupste sie am Arm, damit sie es trotz Kopfhörern mitbekam.

»Ich seh‘s«, raunzte Mirella.

»Ja, aber du sollst es auch hööören«, sagte Hauser genervt.

»Liebe Mitbürgerinnen und Mitbürger«, begann die Bundeskanzlerin ihre Rede. »Wie viele von Ihnen heute mitbekommen haben, hat die chinesische Firma CTF einen Akku entwickelt, der die bisherige Lithium-Ionen-Technologie in den Schatten stellt. Technologisch scheint Ihnen nach ersten Analysen unserer Experten ein entscheidender Durchbruch gelungen zu sein. Das freut uns, denn wir begrüßen den technischen Fortschritt. Leider hat die chinesische Regierung die Erfindung zum Anlass genommen, ihre Märkte für Autos mit Verbrennungsmotoren ab November zu schließen. Dies trifft vor allem die deutschen und europäischen Hersteller. Wir verurteilen diese einseitige Marktabschottung aufs Schärfste. Sie steht nicht im Einklang mit den Regeln für den freien Welthandel und den Vereinbarungen, die im Rahmen der Welthandelsorganisation (WTO) geschlossen wurden.«

Bisher sind es die üblichen Floskeln, dachte sich Hauser. Ob sie noch was sagen wird, was sie tun wollen, um da rauszukommen. Bei der Unverbindlichkeit der Aussagen kann ich es Mirella nicht verübeln, dass sie sich inklusive Kopfhörer wieder ihrem Handy zugewandt hat.

»Gleich nachdem die Nachricht von chinesischer Regierungsseite bestätigt wurde, habe ich das erweiterte Sicherheitskabinett und Experten für Elektromobilität zu einer Sitzung gebeten«, sagte die Kanzlerin um nach einer kurzen Pause fortzufahren.

»Dabei haben wir ein ganzes Bündel an Maßnahmen besprochen und beschlossen. Mein Kollege, der Außenminister, wird umgehend Konsultationen mit der chinesischen Regierung beginnen, um sie von ihrem Plan abzubringen. Des Weiteren werden wir unsere Anstrengungen im Bereich der Akkuforschung und Elektromobilität nochmals verstärken, um den technischen Vorsprung in möglichst kurzer Zeit aufzuholen.«

Nun schieben sie Fach noch mehr Geld in den Rachen, ärgerte sich Hauser. Anstatt die Forschung für alternative Antriebe wie

Wasserstoff zu intensivieren, versuchen wir die Chinesen zu imitieren. Schwachsinn, schimpfte er innerlich.

»Liebe Landsleute«, begann die Kanzlerin den pathetischen Teil ihrer Rede. »Sie wissen, ich gehöre bei vielen Themen eher zu den Optimisten. Ich musste dabei lernen, dass die Tücke im Detail steckt und dass es enorme Anstrengungen braucht, um Probleme zu lösen. Die aktuellen Entwicklungen sind ein erbliches Problem für unser Land und eine unserer Schlüsselindustrien, den Automobilbau. Ich weiß heute nicht, ob wir das schaffen. Ich bin zwar zuversichtlich, dass wir diese Herausforderung meistern, weil wir schon viele Schwierigkeiten gemeistert haben. Aber mit letzter Gewissheit kann ich es nicht sagen. Sie können jedoch sicher sein, dass wir alles in unserer Macht stehende tun, um wieder konkurrenzfähig zu werden. Zugute kommt uns dabei, dass alle Hersteller inzwischen E-Fahrzeuge im Angebot haben. Aber ich verheimliche nicht, dass diese aufgrund ihrer geringen Reichweite und den langen Ladezeiten mit der chinesischen Konkurrenz aktuell nicht mithalten können. Unsere Forscher arbeiten dran. Ich bin zuversichtlich, dass wir vor dem Ende des China-Ultimatums, am 1. November, Erfolge präsentieren werden. Wer auch immer von der aktuellen Krise betroffen ist, dem rufe ich zu: Halten Sie durch! Wir lassen Sie nicht im Stich. Gemeinsam sind wir stark! Wir werden zusammenstehen!«

Wow, dachte sich Hauser. Das ist ja ein Finale. So kenne ich die Kanzlerin gar nicht. Selbstkritisch und zupackend zugleich. Na, da bin ich ja mal gespannt, wie sie das angeht.

Inzwischen war die Nachrichten-Sendung zu anderen Themen übergegangen. Hauser schaute nur noch mit halber Aufmerksamkeit zu. Auch die nachfolgende Sondersendung ergab keine neuen Erkenntnisse.

Gleicher Inhalt wie vorher, nur ausführlicher, dachte er.

Auf die Frage eines Reporters, wie er zum Einfuhrstopp der Chinesen stehe, antwortete ein Passant, dass ihm das egal sei. Er würde eh nur Fahrrad fahren.

So Ignoranten, regte sich Hauser auf.

Es war spät geworden. Hauser hatte sich nach den Nachrichten ein Glas Rosé eingeschenkt und auf dem Sofa liegend in eine Wissenschaftszeitschrift vertieft. Mirella war inzwischen ins Bett gegangen. Hauser war auch schon schläfrig. Aber er wollte vor dem zu Bett gehen die Seite zu Ende lesen. Da klingelte sein Handy. Unbekannt, erschien auf dem Display. Hauser hob ab.

»Ja!?«, sagte er.

»Hallo Herr Professor Hauser«, meldete sich am anderen Ende eine weibliche Stimme. »Entschuldigen Sie die späte Störung. Ich bin Doktor Anna Gidion. Mein Assistent hat mir Ihre Nummer gegeben und mir empfohlen Sie einmal anzurufen.«

»Dann scheinen Sie ja einen fähigen Assistenten zu haben, wenn der solch gute Ratschläge gibt«, antwortet Hauser ironisch und verschmitzt.

Die Antwort überraschte Gidion – im positiven Sinne. Sie hatte eher einen typisch ernsten und überlegten Professor erwartet. Männer mit Witz und Humor gefielen ihr.

»Da haben Sie Recht«, stieg Gidion auf Hausers Bemerkung ein. »Er ist einer der schlauesten Köpfe, die ich kenne. Ein begnadeter Nachwuchswissenschaftler!«

»Dann stellt sich die Frage, warum Sie mich anrufen?«, spann Hauser die Frotzelei weiter.

Bevor Gidion antworten konnte, löste er auf.

»Spaß beiseite. Was kann ich denn für Sie tun, Frau Doktor – sorry jetzt habe ich Ihren Namen vergessen.«

»Gidion, Doktor Anna Gidion, ist mein Name. Mein Assistent ist der Bruder Ihrer Assistentin Lynn.«

»Ach, echt«, entgegnete Hauser erstaunt. »Ich wusste nicht, dass sie einen Bruder hat. Interessant. Wie kann ich Ihnen helfen?«

»Herr Hauser!« Gidion wurde im Tonfall förmlicher. »Sicher haben Sie heute die Nachrichten rund um den Akku von CTF verfolgt!?«

»Ja, klar«, bestätigte Hauser. »Dem konnte man sich ja kaum entziehen.«

»Genau darum geht es«, sagte Gidion. »Ich würde mit Ihnen gerne über eine Zusammenarbeit sprechen. Können wir uns morgen treffen?«

»Grundsätzlich gerne«, antwortete Hauser reserviert. »Allerdings bin ich morgen recht ausgebucht. Warum besprechen wir das nicht gleich jetzt am Telefon? Dann müssen Sie nicht extra herkommen. Apropos: Von wo sind Sie?«

»Aus Bonn«, sagte Gidion. »Ich arbeite dort im Wirtschaftsministerium. Ich bin die Projektleiterin des EJ!-Projektes.«

»Ach«, sagte Hauser »Da macht doch Fach mit, stimmt's?«

»Ja, Herr Professor Fach ist Teil des Projektteams«, sagte Gidion. »Und nein ich kann mit Ihnen am Telefon nicht über Details sprechen. Da es sich um eine Angelegenheit der nationalen Sicherheit handelt, würde ich eine abhörsichere Leitung benötigen, um hier weitere Einzelheiten auszubreiten.«

»Wow, so wichtig gleich«, sagte Hauser flapsig. »Da bin ich aber gespannt.«

»Mein Flieger landet um kurz nach 10 Uhr in München. Ich schlage vor, wir treffen uns um 11 Uhr in der Innenstadt im Schumanns.«

»Ich sehe schon«, sagte Hauser. »Sie meinen es ernst. – Ok. Ich plane für morgen um und freue mich Sie persönlich kennenzulernen.«

»Ganz meinerseits«, sagte Gidion. »Ich freue mich auch. Bis dann. Gute Nacht.«

»Ja, tschau und gute Nacht«, sagte Hauser.

Hauser legte auf.

Na, was das morgen wird, dachte er. Eine Angelegenheit von nationaler Sicherheit. Klingt aufregend.

21. April, München

Es war ein sonniger Frühlingstag. Als Hauser um 10 Minuten vor 11 Uhr im Schumanns ankam, setze er sich an einen der kleinen Bistrotische, die draußen vor der Bar standen. Er schaute sich um, ob irgendwo eine Frau alleine saß, die Gidion sein könnte.

Sie ist noch nicht da, dachte sich Hauser.

Er bestellte einen Espresso und vertiefte sich in sein Handy, um die Wartezeit mit der Abarbeitung von Mails zu überbrücken.

»Herr Professor Hauser?«

Hauser schaute auf.

»Frau Doktor Gidion?«, fragte er.

»Ja, korrekt!«, antwortete Gidion. »Freut mich Sie persönlich kennenzulernen.«

Hauser stand auf und gab Gidion die Hand.

»Die Freude ist ganz auf meiner Seite,« sagte Hauser höflich lächelnd. »Setzen Sie sich! Ich dachte heute können wir angesichts des schönen Wetters draußen sitzen. Ich hoffe, das passt so für Sie? Wenn es Ihnen zu kalt ist, verlegen wir gerne nach drinnen.«

»Nein, nein«, sagte Gidion. »Das passt gut!«

»Was darf ich Ihnen denn bestellen?«, fragte Hauser.

»Gerne einen Latte macchiato«, sagte Gidion. Eigentlich war es ihr wichtig, im Business die klassische Rollenverteilung zwischen Mann und Frau zu vermeiden und in solchen Situationen lieber selbst zu bestellen. Durch die authentische Höflichkeit Hausers ließ sie ihn jedoch gewähren.

»Eine Latte bitte«, rief Hauser mit gedämpfter Stimme dem Kellner zu.

»Geht klar«, bestätigte dieser.

»Schön dass das kurzfristig geklappt hat. Ich freue mich, Sie persönlich zu treffen«, begann Gidion das Gespräch.

»Gerne«, sagte Hauser. »Was verschafft mir das Vergnügen? Sie erwähnten etwas von Zusammenarbeit und nationaler Sicherheit. Klingt faszinierend und beängstigend zugleich.«

Während der Kellner die Latte macchiato brachte, erläuterte Gidion Hauser die Lage. Dass das EJ!-Projekt jetzt *ULTIMATUM E* hieß. Dass sie die Projektverantwortung hatte und damit für den Erfolg des Projektes gerade stehen musste. Als Gidion auf Fach zu sprechen kam, hakte Hauser ein.

»Und, wie ist die Zusammenarbeit mit Fach.«

Gidion war verwundert, dass Hauser keine fachliche Frage gestellt hatte.

Ob er von ihrem schwierigen Verhältnis zu Fach gehört hatte, grübelte sie. Gidion beschloss, sich noch bedeckt zu halten.

»Ganz normal«, sagte sie. »Warum fragen Sie?«

»Nur so«, sagte Hauser. »Ich kenne Fach von früher. Wir hatten schon lange keinen Kontakt mehr. Hat mich interessiert.«

»Wenn Sie ihn kennen, dann wissen Sie ja, dass er ein ausgeprägtes Selbstbewusstsein hat«, sagte Gidion. »Das ist manchmal sagen wir – etwas hinderlich.«

»Haha, das haben Sie schön ausgedrückt«, sagte Hauser amüsiert. »Sorry, ich hatte Sie unterbrochen. Fahren Sie fort.«

»Kein Problem«, sagte Gidion. »Ich wollte eh gerade zum Kern unseres Treffens kommen und Sie fragen, ob Sie wieder in die Akkuforschung einsteigen wollen und Teil der Projektgruppe werden?«

Gidion lächelte Hauser an.

Hauser, der bisher eher locker zurückgelehnt auf dem Bistrostuhl gesessen hatte, lehnte sich nach vorne. Seine Anspannung stieg. Er legte den Kopf in den Nacken. Haltsuchend ging sein Blick nach oben. Sein Gesichtsausdruck wurde ernst.

»Eher nicht«, sagte er zögerlich, als er Gidion ansah.

Klingt nicht nach genereller Ablehnung, dachte sich Gidion. Könnte Verhandlungstaktik sein.

»Eher nicht?«, fragte Gidion. »Heißt das, es gibt einen Weg für eine Zusammenarbeit? Dann formuliere ich meine Frage nochmals anders: Was müsste ich tun, damit Sie Teil des Projektes werden?«

»Ah, ich verstehe«, sagte Hauser. »Sie denken, ich verhandle. Na dann sage ich es einmal klarer. Ich habe mich vor Jahren aus gutem Grund aus der Akkuforschung zurückgezogen und mich gänzlich auf die Brennstoffzellentechnologie fokussiert. Auch wenn es aktuell nicht danach aussieht. Ich bin überzeugt, dass viel Potenzial in der Brennstoffzelle steckt. Daher würde ich gerne in meinem Fachgebiet bleiben. Ich denke da kann ich den größten Mehrwert liefern. Mit Fach und den anderen geschätzten Kollegen haben Sie gute Leute an Bord. Die werden das hinbekommen.«

Man sah Gidion an, dass sie ungeachtet der klaren Absage von Hauser fasziniert war. Seine eloquente und selbstreflektierte Art gefielen ihr. Doch trotz der Sympathien war Gidion nicht geneigt, aufzugeben. Im Gegenteil. Widerstand spornte sie an.

»Ok, ich sehe, Herr Professor Hauser«, sagte Gidion. »So einfach kann ich Sie nicht überzeugen.«

»Ich habe meine Prinzipien und an denen halte ich fest.«, sagte Hauser. »Außerdem – ich bin inzwischen so weit weg von der Akkuforschung, dass ich keine echte Bereicherung mehr bin.«

»Aber als Sie noch tätig waren, haben Sie revolutionäre Ideen verfolgt«, sagte Gidion.

Hauser schaute verdutzt.

Frau Doktor hat sich gut vorbereitet, dachte er.

»Ja, damals«, versuchte Hauser Gidions Argument zu entkräften. »Lang, lang ist es her!«

Gidion ließ nicht locker.

»Apropos damals«, sagte Gidion. »Die technologischen Grundlagen, die Sie gelegt haben, hat CTF genutzt und weiterentwickelt. Nur auf der Basis Ihrer Forschungsergebnisse konnte den Chinesen der Durchbruch gelingen.«

»Ja, das mag stimmen«, wiegelte Hauser erneut ab. »Aber die Zeiten haben sich geändert. Damals konnte ich relativ autonom arbeiten. Viele banale Fragestellungen zum Thema Akku waren noch unbeantwortet. Es war daher einfach, hier Erfolge vorzuweisen.«

»Nun stellen Sie Ihr Licht aber arg unter den Scheffel«, sagte Gidion. »So kann es nicht gewesen sein. Sonst hätten es andere ja auch geschafft!«

»Ja, das kann sein«, sagte Hauser. »Vielleicht waren wir hier besser. Aber heute würde das nicht mehr funktionieren. Dazu ist die Forschung zu komplex geworden. Um erfolgreich zu sein, müssen sie heutzutage interdisziplinär arbeiten, Forscher aus verschiedenen Bereichen an einen Tisch bringen, sich in Kleingruppen flexibel aufstellen und mit neuesten Technologien umgehen können. Sonst gewinnen sie keinen Blumentopf.«

»Wow«, sagte Gidion. »Wenn Sie sich gerade selbst beobachten hätten. Dann wäre Ihnen aufgefallen, welche Energie Sie entwickelt haben. Das war eine perfekte Bewerbungsansprache.«

»Ach, hören Sie auf«, sagte Hauser geschmeichelt. »Das sagen Sie nur, weil Sie mich rumkriegen wollen.«

»Nein«, sagte Gidion energisch. »Ich habe das ernst gemeint!«

Ein harter Knochen, dachte sich Gidion. Aber gut. Dann lege ich alle Karten auf den Tisch. Vielleicht lässt er sich ja dann umstimmen.

»Ok«, begann Gidion in ernstem Ton. »Dann fange ich nochmals von vorne an!«

Gidion berichtete ausführlich von der Tagung des erweiterten Sicherheitskabinetts und von ihrer Einschätzung, dass sie es in der aktuellen Zusammensetzung nicht schaffen konnten und sie kompetente Verstärkung benötigte.

»Da stehe ich«, beendete Gidion ihre Erläuterungen. »Ich habe den persönlichen Auftrag der Bundeskanzlerin, innerhalb der nächsten Monate den Durchbruch bei der Akku-Technologie zu schaffen. Ich kann auf alle Ressourcen und auf nahezu unbegrenzte Mittel zugreifen. Sobald ich meinen konkreten Plan vorlege, wird es keine bürokratischen Hindernisse mehr geben. Und für *ULTIMATUM E* suche ich einen Projektleiter. Und nach dem was ich von Ihnen weiß und wie ich Sie jetzt kennengelernt habe, wären Sie für diese Rolle mehr als geeignet. Ich brauche einen Vor- und Querdenker. Ich habe im Vorfeld recherchiert. Dabei bin ich auch auf das Skript Ihrer Eröffnungsvorlesung gestoßen. Was Sie da sagen, was Sie Ihren Studenten mitgeben, teile ich zu einhundert Prozent. Ich brauche jemanden, der die Leute zusammenbringen kann, der sie positiv motiviert.«

Gidion machte bewusst eine kurze Pause, holte nochmals tief Luft, bevor sie sagte.

»Kommen Sie, Herr Professor Hauser. Es geht um unsere nationale Sicherheit. Es geht um die Zukunft unseres Landes. Unserer Kinder - auch um die Zukunft Ihrer Tochter. Helfen Sie den Menschen. Und – helfen Sie mir!«

Hauser hatte die ganze Zeit schweigend und aufmerksam zugehört. Nachdem Gidion fertig war, saß er still da, den Kopf gesenkt und blickte auf den Boden. Die Hände hatte er wie zufällig gebetsartig in einander gefaltet. Gidion sah ihm an, dass ihre Ansprache nicht ohne Wirkung geblieben war. Er überlegte. Auch Gidion sagte nichts. Sie ließ ihre Aussagen wirken.

»Puh, das ist jetzt schwer für mich«, fand Hauser nach einigen Minuten seine Worte wieder. »Zunächst einmal danke für die detaillierten Einblicke.«

Hauser fuhr fort.

»Auch wenn Ihre letzten Sätze theatralisch waren und sie locker aus einem Hollywood-Film hätten sein können – ich weiß es extrem zu schätzen, was Sie mir da anbieten. Das Vertrauen, dass Sie mir mit diesem Angebot entgegenbringen, ehrt mich.«

Ja!!!, dachte sich Gidion. Ich habe nach seinem anfänglichen Zögern doch noch das Ruder rumgerissen. Menschlich passen wir ausgezeichnet zusammenpassen. Ich bin eher die Treiberin, er ist der überlegte und strukturiere Macher. Das klappt!

Gidion merkte, wie sich bei ihren Überlegungen ihr Puls erhöhte.

Irritiert fuhr sie mit ihrem inneren Dialog fort. Anna, hallo, was soll das denn. Reiß dich zusammen. Du kennst den Mann gar nicht. Ist ja ok, dass du ihn attraktiv findest. Aber deswegen musst du ja in seiner Gegenwart nicht gleich nervös werden. Bleib sachlich.

»Doch leider kann ich Ihr Angebot nicht annehmen!«, sagte Hauser mit gedämpfter Stimme.

Gidion wurde jäh aus ihren Gedanken gerissen. Was hatte Hauser da gesagt. Annehmen, oder nicht annehmen?

»Sorry, ich habe es akustisch nicht verstanden«, sagte Gidion.

»Ich werde die Projektleitung NICHT übernehmen«, formulierte Hauser erneut seine Absage.

Hatte Gidion also doch richtig gehört.

Mist, dachte sie sich. Da hat alles Zureden nichts geholfen.

Ihre bisher gute Laune schlug in Bitterkeit und Enttäuschung um. Doch sie versuchte, sich nichts anmerken zu lassen und sachlich zu bleiben.

»Und darf ich fragen warum«, fragte Gidion.

»Ich sagte es bereits«, sagte Hauser. »Es gibt ein paar Prinzipien, an die ich mich halte. Und die Wahl meines Forschungsschwerpunkts gehört dazu. Da rücke ich nicht davon ab.«

Gidion schaute Hauser ratlos an.

»Schauen Sie nicht so enttäuscht«, versuchte Hauser die Situation zu entkrampfen. »Das hat nichts mit Ihnen oder dem Projekt zu tun. Da hätte die Kanzlerin persönlich kommen können. - Auch wenn Sie mir ein Millionenvermögen versprechen würden. Es ändert nichts! Meine Entscheidung steht fest!«

»Ok, da kann ich wohl nichts machen«, sagte Gidion. »Ich kann es zwar nicht nachvollziehen. Aber ich akzeptiere natürlich Ihr Nein. Ich mag Leute, die wissen, was sie wollen. Auch ich habe meine Prinzipien. Nur ich finde, man muss diese in Ausnahmesituationen in Frage stellen. Und wir haben hier eine solche Extremsituation. Ich hatte die Hoffnung, Sie für das Projekt zu gewinnen. Ich hoffe Sie verstehen, dass ich jetzt maßlos enttäuscht bin.«

»Ja, klar«, sagte Hauser. »Danke dass Sie meine Absage sportlich nehmen!«

»Ich muss los«, sagte Gidion und stand auf. »Ich zahle meine Latte an der Bar. Wiedersehen Herr Professor Hauser. Es war nett, Sie kennengelernt zu haben.«

»Ganz meinerseits«, sagte Hauser, der inzwischen ebenfalls aufgestanden war. Als sich beide die Hand schüttelten, fragte er.

»Darf ich Sie mal zum Essen einladen, wenn Sie wieder in München sind?«

»Wenn Sie mit mir Essen gehen wollen, müssen Sie zusagen.«, sagte Gidion schroff. »Hier sind meine Kontaktdaten.«

Gidion streckte Hauser ihre Visitenkarte hin.

»Für den Fall, dass Sie es sich noch anders überlegen. Sie können jederzeit anrufen.«

»Danke«, sagte Hauser, als er die Karte in Empfang nahm.

»Tschau«, rief Gidion ihm zu, als sie vom Bezahlen aus der Bar kam und zum Taxi lief.

»Tschüss«, rief Hauser zurück.

Klasse Frau, dachte er.

Hauser setzte sich wieder hin, bestellte noch ein Wasser und erfasste Gidions Kontaktdaten in seinem Handy.

Als Hauser auf den Uni-Parkplatz einbog, wunderte er sich, warum drei Polizeiautos und ein Krankenwagen vor dem Haupteingang standen. Dass die Polizei ab und an vorbeischaute, war nichts Außergewöhnliches. Sachbeschädigungen kamen an einer großen Uni vor. Um dem nachzugehen, kam meistens nur ein Streifenwagen.

Als Hauser das Hauptgebäude betrat, sah er, dass sich vor dem Audimax eine Menschentraube gebildet hatte. Ein junger Mann mit blauem Poloshirt saß auf dem Boden. Ein Sanitäter hatte sich neben ihn gekniet und behandelte eine Wunde am Kopf. Als dieser sich kurz zur Seite drehte, erkannte Hauser, wer es war.

»Jimin, bist du es?«

Der junge Mann schaute Hauser an.

»Martin?«, sagte Jimin mit schmerzverzerrtem Gesicht.

»Was ist passiert?«, fragte Hauser.

»Wer sind Sie, wenn ich fragen darf«, fragte der neben Hauser stehende Polizist. »Sie kennen den Mann?«

»Ja, klar kenne ich ihn. Jimin ist einer meiner Gaststudenten aus Südkorea. Wir haben mit der dortigen Universität in Seoul enge Kontakte. Ich bin Professor Martin Hauser. Ich habe einen Lehrstuhl hier an der Uni. Was ist passiert?«

»Genau wissen wir es nicht«, sagte der Polizist. »Wir sind mitten in den Befragungen. Aber wie es sich aktuell darstellt, ist der junge Mann von einer Gruppe Männer von hinten angegriffen worden. Zuerst haben ihn zwei festgehalten und zu Boden gedrückt. Ein

Dritter hat ihm dann einen Knebel aus Zeitungspapier in den Mund gesteckt. Dann haben sie ihm das Wort Spion mit Farbe auf sein T-Shirt gesprüht, um ihn dann mit Tritten in den Bauch und an den Kopf zu malträtieren. Als dann andere Studenten kamen, haben sie von ihm abgelassen und sind geflüchtet. Die Fahndung nach den drei Tätern läuft. Sie sollen zwischen zwanzig und dreißig Jahren alt sein, nordeuropäischer Typ mit kurzen Stoppelfrisuren. Kennen Sie jemanden, auf den die Beschreibung passt?«

»Das ist ja schrecklich«, sagte Hauser, der den Ausführungen des Polizisten aufmerksam zugehört hatte. »Äh, nein, spontan fällt mir niemand ein.«

»Ok, wenn Ihnen später noch etwas einfallen sollte, dann melden Sie sich bitte.«

»Ja, klar, mache ich«, sagte Hauser um sich dann Jimin zuzuwenden.

»Jimin, wie geht es dir?«

»Ich habe wahnsinnig Kopfweh. Sonst geht es.«

»Hast du die Typen erkannt?«, fragte Hauser.

»Ne, leider nicht«, sagte Jimin. »Ich habe die noch nie hier gesehen. Zumindest nicht in unserem Studiengang. Es ging alles so schnell.«

»Alles gut«, beruhigte ihn Hauser. »Die werden sie finden! Warum haben die dich als Spion bezeichnet?«

»Das habe ich mich zuerst auch gefragt«, sagte Jimin. »Erst als die Polizei das zerknüllte Zeitungspapier aus meinem Mund auseinandergefaltet hat, wurde es mir klar. Die haben mich für einen Chinesen gehalten!«

»Für einen Chinesen?«, fragte Hauser verwundert. »Ja, aber selbst wenn sie einen Südkoreaner nicht von einem Chinesen unterscheiden können. Warum bezeichnen Sie dich als Spion?«

»Weil die Schlagzeile im München-Echo von heute war: *Akkuerfolg der Chinesen durch Spionage ergaunert*«, sagte Jimin und zeigte auf die in einen Plastikbeutel zur Spurensicherung eingepackte Zeitungsseite.

»Darf ich?«, fragte Hauser den Polizisten.

Ohne die Antwort abzuwarten, nahm er den Beutel. Tatsächlich: Der Autor schrieb, dass ihm seine Quelle bestätigt hätte, dass ein Großteil des Wissens welches für die Herstellung des CTF-Akkus genutzt wurde, aus deutschen Forschungseinrichtungen stammte. Diese seien von den Chinesen systematisch ausspioniert worden. Auch die Uni München sei Opfer der Spionage geworden. Dann las Hauser vor.

»Wesentliche Erkenntnisse, die die Chinesen für ihren Akku nutzen, wurden an der TU in München gewonnen. Dies ist der Beweis, dass die Chinesen das Know-how der westlichen Welt und Deutschlands abziehen, um es zu ihrem eigenen Vorteil zu verwenden.«

Was für ein Schwachsinn, dachte sich Hauser. Das hat doch mit Spionage nichts zu tun.

Die Ergebnisse wurden damals, wie in Wissenschaftskreisen üblich, veröffentlicht und standen weltweit zur Verfügung. Dass hierzulande niemand das wirtschaftliche Potenzial gesehen hatte, konnte nun nicht den Chinesen vorgeworfen werden.

»Unfassbar«, sagte Hauser zu Jimin. »Und wegen einer solchen Blödsinnsmeldung schlagen dich ein paar Dumpfbacken zusammen.«

»Sieht so aus«, sagte Jimin.

»Kommst du zurecht?«, sagte Hauser. »Ich würde gerne den Journalisten anrufen und zur Rede stellen.«

»Ja, ich komme klar«, sagte Jimin. »Ich bin ja versorgt.«

»Ok«, sagte Hauser.

Beim Öffnen der Tür zu seinem Büro rief er Lichte zu.

»Lynn! Jimin ist zusammengeschlagen worden. Hier in der Uni vor dem Audimax.«

»Nicht wahr, oder?«, sagte Lichte ungläubig.

»Doch«, sagte Hauser vor Lichtes Schreibtisch stehend. »Die Details erzähle ich dir später. Nur so viel: Es geht ihm soweit gut. Die Sanitäter kümmern sich um ihn.«

»Da bin ich beruhigt«, sagte Lichte.

»Ursache für diesen Vorfall ist ein Bericht im München-Echo von heute Morgen. Ein gewisser Lothar Wackernagel behauptet darin, wir seien von Chinesen ausspioniert worden. Bitte such mir die Nummer von dem Schmierfink heraus. Ich will ihn anrufen und auffordern morgen eine Richtigstellung zu drucken.«

»Ok, suche ich raus«, sagte Lichte.

»Sonst noch was?«, fragte Hauser.

»Ja!«, sagte Lichte. »Schau in deinen E-Mails nach. Da ist vor 15 Minuten vom Bundesforschungsministerium eine Nachricht gekommen. Ich schätze, der Inhalt wird dir nicht gefallen.«

»Echt!?«, sagte Hauser. »Ok, schaue ich mir gleich an.«

Hauser ging an seinen Schreibtisch. Während er seinen Laptop aus der Aktentasche holte, rief er Lichte zu.

»Ach und ich habe heute Vormittag die Chefin ihres Bruders getroffen. Sehr nett! Erzähle ich später.«

»Ok«, rief Lichte, ohne weiter nachzufragen, da sie längst in die Recherche der Telefonnummer des Journalisten vertieft war.

Als Hausers Mailprogramm sich geöffnet hatte, sah er gleich die E-Mail, die Lichte meinte. Absender war das BMBF – Bundesministerium für Bildung und Forschung. Die Nachricht war mit *Wichtig* gekennzeichnet.

Sehr geehrte Damen und Herren,

wie Sie den Medien entnehmen konnten, scheint der Umbruch im Bereich der Elektromobilität gekommen zu sein. Leider war es keine deutsche Forschungseinrichtung, die den Durchbruch im Bereich Energiespeicher für E-Autos

geschafft hat.
Als führendender Forschungs- und Technologiestandort können wir es nicht hinnehmen, dass wir dauerhaft abgehängt werden. Die Bundesregierung hat daher gestern Abend als Sofortmaßnahme beschlossen, dass bis auf weiteres keine öffentlichen Forschungsgelder mehr vergeben werden. Dieser Bewilligungsstopp gilt so lange bis klar ist, welche finanziellen Anstrengungen notwendig sind, um in der Elektromobilität führend zu werden. Erst wenn dieses Vorhaben finanziert ist, können wieder Gelder für andere Forschungsgebiete frei gegeben werden. Die entsprechenden Länderbehörden haben sich dieser Maßnahme angeschlossen.

Wir bitten Sie um Verständnis und hoffen auf Ihre Unterstützung.

Hochachtungsvoll

Ihr BMBF

Hauser war hin und her gerissen, ob er die Maßnahme gut oder schlecht finden sollte.

Gut, dass ich mir die Gelder für meine wichtigsten Projekte dieses Jahr schon gesichert habe, dachte er. Aber für nächstes Jahr sieht es dann düster aus. Vielleicht kann ich ja Drittmittel aus der Wirtschaft einwerben. Oder, Hauser schmunzelte innerlich, ich sichere mir einen Forschungsauftrag aus China. Die haben erst kürzlich ein umfassendes Projekt zum Thema *Brennstoffzelle im mobilen Einsatz* aufgelegt. Das wäre die Ironie des Schicksals, wenn ausgerechnet China meine Forschung fördern würde. Nicht auszumalen, wenn ich dann hier den Durchbruch schaffen würde, spann er den Gedanken weiter. Aber warum eigentlich nicht? Was früher die Amerikaner waren, sind heute die Chinesen. Und Wernher von Braun hat für die USA auch maßgeblich das Raumfahrtprogramm gestaltet und vorangebracht. Ok, dachte sich Hauser, das ist dann doch etwas zu vermessen, mich mit so einem Raumfahrtpionier zu vergleichen. Na ja, egal, jedenfalls habe ich mittelfristig ein Problem, weil kein Geld mehr fließt. Nur gut, dass ich hier meine verbeamtete Professorenstelle habe, dachte er. Ein echtes Privileg in einer solchen Situation.

»Ich habe dir die Nummer von dem Journalisten, dem Wackernagel, geschickt«, rief Lichte aus ihrem Büro herüber.

»Ok, alles klar«, schrie Hauser zurück. »Ich rufe gleich an.«

Obwohl Hauser Wackernagel unmittelbar erreichte, brachte das Gespräch kein zählbares Ergebnis. Wackernagel blieb bei seiner Version. Da nütze es nichts, dass Hauser ihm wieder und wieder versicherte, dass die Forschungsergebnisse, auf denen die Chinesen ihren neuartigen Akku aufbauten, von Hauser und seinem Team höchstpersönlich vor vielen Jahren veröffentlicht wurden und seitdem weltweit ohne Einschränkung genutzt werden konnten. Des Weiteren befand Wackernagel, dass Hauser es nicht so genau nehmen solle. Immerhin sei jedem Leser des München-Echos bewusst, dass die Artikel die entsprechenden Sachverhalte immer recht lebendig wiedergaben. Dass durch seinen Artikel ein Unschuldiger aus Südkorea tätlich angegriffen wurde, tat Wackernagel leid. Aber dafür könne er keine Verantwortung übernehmen. Er könne ja nicht in die Köpfe der Leute schauen und im Übrigen dürfe es ihn als unabhängigen Journalisten nicht beeinflussen. Als Hauser merkte, dass weiteres Debattieren mit Wackernagel wenig Erfolg bringen würde, verabschiedete er sich mit der gebotenen Höflichkeit und legte auf.

Was für ein Idiot, dachte sich Hauser.

»Guten Abend«, rief Gidion in die Runde, um die Aufmerksamkeit der meist in ihre Laptops schauenden Kollegen zu bekommen.

Nachdem sie aus München zurückgekehrt war, hatte sie im Wirtschaftsministerium in Bonn die Mitglieder des EJ!-Projektteams zu einer Dringlichkeitssitzung geladen.

»Hallo«, murmelten einige Teilnehmer.

»Dass sich seit unserem letzten Treffen vor einem Monat die Ereignisse im Bereich Akkuforschung überschlagen haben, brauche ich nicht mehr im Detail ausführen«, begann Gidion ihre Ansprache. »Daher gibt es heute nur einen Tagesordnungspunkt. Ich muss dem Bundeskanzleramt in den kommenden Tagen einen Plan vorlegen, wie wir die Chinesen technisch einholen. Die Kanzlerin hat dieses Thema zur Chefsache gemacht.«

Gidion machte weitere Details der gestrigen Sitzung des erweiterten Sicherheitskabinetts transparent. Dass sie gestern Hauser getroffen und ihm die Projektleitung angeboten hatte, erwähnte sie nicht. Solange sie keine Alternative hatte, würde sie eh auf Fach zurückgreifen müssen. Sie wollte die Vertrauensbasis zwischen ihr und Fach nicht noch weiter stören.

»Final wurde beschlossen«, setze Gidion zum Ende ihrer Erläuterungen an, »dass das Projekt EJ! in *ULTIMATUM E* umbenannt wird. Die Namensänderung soll klar signalisieren, dass es bis zum 1. November ein Ergebnis braucht. Genauer gesagt müssen wir einen besseren Akku haben, als die Chinesen. Ein *Weiter so* gibt es hiermit nicht!«

»Kein *Weiter so*?«, fragte Fach. »Was soll das heißen?«

»Nun«, wandte Gidion sich in seine Richtung, »zum Beispiel – und das wird Sie freuen – dass wir auf Basis des vorzulegenden Plans nahezu unbegrenzte Mittel zugesagt bekommen.«

»Na das wäre ja das erste Mal, dass die Politik ihr Versprechen einhält«, witzelte Berger mit halbvollem Munde, um dann gleich wieder in sein Leberwurstbrot zu beißen, dass er seit einigen Minuten aß.

»Sorry«, fügte er an. »Ich hatte noch kein Frühstück! Und schauen Sie mich nicht so böse an Frau Gidion. War nur Spaß!«

»Wir sollten sie beim Wort nehmen«, wurde Fach wieder aktiv. »Lassen Sie uns den Plan aufstellen, einreichen und dann sehen wir ja, was Sache ist.«

»Aber um hier mal kurz inhaltlich einzusteigen«, sagte Berger. »Wir sollten nicht den Fehler begehen, nur weil die Chinesen uns hier unter Druck setzen, alles auf eine Karte zu setzen.«

Als Gidion und Fach ihn fragend anschauten, fuhr er fort.

»Ich meine ja nur. Ich gehe davon aus, dass China den Importstopp nicht durchhält. Zumindest haben mir meine Kontakte aus der Automobilindustrie übereinstimmende Hinweise gegeben. Unsere asiatischen Freunde wollen nur austesten, wie weit wir mitgehen und wann wir zurückschlagen. Nimmt man das Szenario als Grundlage, dann wird sich die Lage in zwei bis drei Wochen wieder beruhigen. Bis dahin sollten wir den Plan haben – das finde ich gut – dann können wir uns die Mittel abgreifen, die zur Verfügung stehen. In den Plan sollten wir dann nicht nur auf den Elektroantrieb setzen, sondern ebenso das Thema Hybridantriebe und hocheffiziente Verbrennungsmotoren integrieren.«

Mit entschuldigendem Blick fügte er hinzu.

»Wir werden noch eine ganze Weile auf diese Antriebe setzen müssen, um die Mobilitätsbedürfnisse der Menschen zufriedenzustellen.«

Es kam in bisherigen Sitzungen selten vor, dass sich Fach und Gidion anschauten und den Eindruck hatten, dass sie gleicher Meinung waren.

»Frau Doktor Gidion«, sagte Fach in gespielt förmlichem Ton. »Könnte Sie mich kurz kneifen, um sicherzugehen, dass ich mich gerade nicht in einem Traum befinde.«

Gidion wollte das Spiel gerade mitspielen, als Fach in Richtung Berger lospolterte.

»Von Ihnen, mein alter Freund, hätte ich mehr Verstand erwartet. Ich bin ja oft einer Meinung mit Ihnen. Aber wie man die aktuelle Lage so eklatant falsch interpretieren kann, ist mir ein Rätsel! Nix da weitere Themen. Wir setzen alles auf den Elektroantrieb. Basta!«

Wow, dachte sich Gidion.

Auch wenn sie die Art wie Fach Berger gerade abgekanzelt hatte, nicht in Ordnung fand, war sie von seinem klaren Statement beeindruckt. Er schien die Zeichen der Zeit erkannt zu haben. Vielleicht hatte sie sich in ihm ja getäuscht und er war ein kompetenter Projektleiter.

Die Standpauke von Fach schien gewirkt zu haben. Denn Berger hatte seine Sichtweise nicht weiter verteidigt. Gidion ergriff erneut das Wort.

»Ich sehe es genauso wie der Kollege Fach, Herr Professor Berger. Wir müssen ganz auf die Elektromobilität setzen. Dies ist auch der explizite Wunsch der Kanzlerin. Selbst wenn die Chinesen den Importstopp wieder aufheben sollten: Es ist klar, dass wir eher früher als später ähnliches oder mehr Know-how beim Elektroantrieb und vor allem bei der Akkutechnik brauchen. Die fokussierte Forschung auf diesem Gebiet ist alternativlos!«

Die übrigen Teilnehmer der Runde nickten zustimmend.

»Dann können wir ja gleich zum nächsten Punkt übergehen, den ich klären möchte«, drückte Gidion weiter aufs Tempo. »Es geht um die technische Projektleitung. Da ich den Auftrag bekommen habe, bin ich als Gesamtprojektleiterin gesetzt. Und es würde mich freuen, wenn Sie Herr Professor Fach die technische Projektleitung für *ULTIMATUM E* übernehmen könnten.«

»Dass Sie überhaupt fragen«, sagte Fach. »Wen hätten Sie sonst nehmen wollen. Den Kaiser von China?«

Die Runde lachte und auch an Fachs breitem Grinsen war zu erkennen, dass er es auskostete einen verbalen Treffer gelandet zu haben.

Ich muss schon zugeben, dachte sich Gidion. Der Witz hatte eine gewisse Qualität und war gut gesetzt. Aber es zeigt, dass er noch ganz der Alte ist. Arrogantes Arschloch!, regte sie sich innerlich auf. Na, die Zusammenarbeit wird ja lustig.

Gidion entgegnete.

»Wo Sie es sagen. Das wäre durchaus eine Alternative. Der hätte wenigstens Ahnung vom Akkubau!«

Kaum hatte Gidion dies gesagt, verstummten die letzten Lacher. Spannung erfüllte den Raum. Ob Fach wieder ausrastete, wird sich der ein oder andere gedacht haben.

»Haha«, lachte Fach. »Chapeau, meine liebe Gidion. Gut gekontert. Damit steht es eins zu eins.«

Gidion war genervt von dem Spielchen, ließ sich jedoch nichts anmerken.

»Und, was ist mit der Projektleitung?«, fragte sie. »Passt es für alle, dass Fach Projektleiter wird?«

Gidion schaute in die Runde und nachdem kein Widerstand zu erkennen war, merkte sie an.

»Gut, dann haben wir das hiermit beschlossen.«

In Richtung Fach gewandt fuhr sie fort.

»Lassen Sie uns im Nachgang in die Kalender schauen und einen Termin ausmachen. Wir sollten recht bald die weitere Projektstruktur festlegen und überlegen, wie wir vorgehen. Obendrein müssen wir eine konkrete Wunschliste vorlegen, was wir an Mitteln und Ressourcen brauchen.«

»Da machen Sie sich mal keine Sorgen meine Gute«, sagte Fach. »Die Wunschliste habe ich schon im Kopf.«

Da die wichtigsten Entscheidungen getroffen waren und um dieses Schauspiel zwischen ihr und Fach vor Publikum zu beenden, beschloss Gidion die Sitzung zu schließen.

»Vielen Dank meine Damen und Herren für Ihr kommen. Herr Professor Fach und ich melden uns mit weiteren Schritten.«

»Dito«, fügte Fach an.

Die noch vorhandene Zeit nutzen Gidion und Fach, um Termine für weitere Treffen festzulegen. Im Übrigen wurde ihnen in der Diskussion schnell klar, dass sie unmöglich auf dem Gelände der Universität in Aachen bleiben konnten. Zum Glück war das aktuelle Akku-Forschungszentrum in Containerbauweise entstanden. Was zu seiner Zeit als Provisorium gedacht war, erwies sich gegenwärtig als Vorteil, weil die Anlage recht unkompliziert umgezogen werden konnte. Fach sagte zu, sich um einen Standort zu kümmern. Er hatte schon eine Idee. Vor einiger Zeit wurde heftig über die zukünftige Nutzung einer ehemaligen belgischen Kaserne in der Region Aachen diskutiert. Sie lag sehr abgeschieden, wodurch alle Wissenschaftler dort in Ruhe arbeiten könnten.

»Gut!«, sagte Gidion. »Dann klären Sie die Standortfrage. Ich werde die Punkte nochmals sauber aufbereiten und am 5. Mai vorstellen. Für uns ist dann die im Anschluss daran stattfindende Pressekonferenz relevant. Hier werden wir die Details von *ULTIMATUM E* der Öffentlichkeit näher erläutern.«

»Alles klar«, bestätigte Fach. »Das bekommen wir hin!«

»Fein«, sagte Gidion, während sie ihre Sachen zusammenpackte. »Dann legen wir los.«

Restlos überzeugt war sie nicht, dass das Zusammenspiel zwischen ihr und Fach reibungslos funktionieren würde. Gleichwohl sagte sie.

»Ich freue mich auf die Zusammenarbeit.«

»Ich auch«, erwiderte Fach mit breit aufgesetztem Siegerlächeln. »Ein bisschen komme ich mir vor wie bei *Drei Engel für Charlie*. Leider habe ich mit Ihnen nur einen Engel an der Seite.«

Gidion wusste wieder, warum sie zweifelte!

1. Mai, Berlin

Als sich die ersten Demonstranten auf den Weg zu den Maikundgebungen am Tag der Arbeit aufmachten, war die Gewaltnacht erst seit zwei Stunden vorbei.

Autonome Gruppen hatten die Walpurgisnacht in Berlin und Hamburg erneut dafür genutzt, sich Straßenschlachten mit der Polizei zu liefern. Die Nacht zum ersten Mai war ja seit vielen Jahren ein beliebter Anlass für linke Chaoten, Randale zu machen. Die aktuellen Ereignisse, waren aus ihrer Sicht perfekt geeignet, mit noch größeren Zerstörung auf das Versagen des von der Politik unterstützten kapitalistischen Wirtschaftssystems hinzuweisen. Die Schäden im Hamburger Schanzenviertel übertrafen die Verwüstungen beim G7-Gipfel um ein Vielfaches. Einziger Trost war, dass es der Polizei gelungen war, die Ausschreitungen auf die Schanze zu begrenzen, so dass keine weiteren Viertel in der Hansestadt in Mitleidenschaft gezogen wurden. Auch in Berlin-Kreuzberg war die Bilanz verheerend. Mit 60.000 gewaltbereiten Autonomen hatte die Polizei nicht gerechnet. In den vergangenen Jahren hatten sich kaum mehr als 8.000 Krawallmacher eingefunden. Erst am Morgen konnte die Menge aufgelöst werden. 1.000 verletzte Personen wurden bis 3 Uhr nachts registriert. Ganze Straßenzüge wurden verwüstet. Hunderte Autos wurden komplett zerstört oder mit Parolen wie *Völlig Wertlos*, *Ohne Power Ewig Letzter*, *Benzinschleuder* oder *Umweltzerstörer* besprüht.

Auch die von Adler-Stein und ihren Genossen organisierten Veranstaltungen hatten starken Zulauf. Vielen wurde aufgrund der Ereignisse der letzten Tage bewusst, wie ernst die Lage nach der Importstopp-Meldung der Chinesen war. Berichte hatten die Runde gemacht, dass die in Deutschland ansässigen Autohersteller Massenentlassungen planten. Es folgten zwar Dementis der Firmen. Man sei derzeit dabei die aktuellen Geschehnisse in die Mittel- und Langfristplanung einzuarbeiten, hieß es aus den Konzernzentralen. Vorher könne man noch keine konkreten Angaben zum zukünftigen Mitarbeiterbedarf machen. Solche halbherzigen Zurückweisungen wurden nicht nur von Adler-Stein und ihren Gewerkschaftskollegen als kaum überzeugend eingestuft. Auch andere Branchenkenner gingen davon aus, dass Fahrzeugproduzenten mit der Ankündigung von Massenentlassungen bis nach dem 1. Mai warten wollten, um die Stimmung nicht weiter anzuheizen. Denn die wenigen gewerkschaftlichen Kontaktpersonen in den Vertriebsabteilungen der Hersteller meldeten dramatische Einbrüche bei den Verkaufszahlen. Fahrzeuge mit reinen Verbrennungsmotoren wurden faktisch nicht mehr bestellt. Selbst Kunden, die aufgrund eines technischen Defektes an ihrem bisherigen Wagen unbedingt ein Auto kaufen mussten, griffen auf einen ebenfalls extrem günstigen Gebrauchtwagen zurück. Jedem war klar, dass in der aktuellen Situation die Anschaffung eines benzin- oder dieselgetriebenen Fahrzeugs Geldvernichtung war. Bestehende Bestellungen wurden massenweise storniert. Keiner kaufte mehr veraltete Technik. Aus diesem Grund waren die letzten Tage immer wieder geprägt von spontanen Warnstreiks, dem sich neben den Arbeitern in den Automobilwerken viele Mitarbeiter in Zulieferbetrieben anschlossen.

Parallel zum Einbruch bei den fossilen Antrieben brach ebenfalls die Nachfrage bei Elektrofahrzeugen ein. Aufgrund der technischen Unterlegenheit gegenüber den chinesischen Produkten investierte niemand in teure, veraltete E-Autos. Lieber wartete man ab. Wer doch kaufte, forderte Rabatte von 50 Prozent und mehr – und bekam diese auch.

»Wahnsinn!«, sagte Adler-Stein nach ihrer Rede bei der zentralen Gewerkschaftskundgebung auf dem Cannstatter Wasen in Stuttgart zu Lohmayer. »So viele Teilnehmer hatten wir ja noch nie, oder? Was denkst du? Sind sicher 100.000 Leute hier auf dem Platz? Gut dass wir kurzfristig ausgewichen sind. Die Menge hätten wir in der Königstraße nie unterbekommen.«

»Ich kann mich auch nicht erinnern, dass wir jemals so viele Teilnehmer hatten«, entgegnete ein ebenfalls sichtlich beeindruckter Lohmayer um dann mit besorgter Miene hinzuzufügen. »Schade, dass es erst die Chinesen braucht, um die Leute zu mobilisieren.«

»Ja, da hast du recht«, pflichtete Adler-Stein ihm bei. »Leider aktivieren solche Ereignisse auch immer ein paar Trittbrettfahrer.«

Adler-Steins Hinweis galt der Demonstration von Baumers ZD. Die ZD-Propagandamaschine lief auf Hochtouren. In Anspielung auf die Chinesen hatte die ZD zu einem *Marsch gegen Gelb* durch die Stuttgarter Innenstadt aufgerufen. Das in den Augen vieler Beobachter eindeutig rassistische Motto hatte zu heftigen Diskussionen geführt. Gleichzeitig hatte es der ZD und der Demo hohe Aufmerksamkeit gebracht. Es gab viele Arbeiter, die hin und hergerissen waren, zu welcher Veranstaltung sie gehen sollten. Mit 10.000 Teilnehmern bekam der ZD-Marsch zwar deutlich weniger Zulauf als die Gewerkschaftsdemonstration. Dennoch war Adler-Stein sensibilisiert. Die Vorherrschaft in der Arbeiterklasse wollte sie auf keinen Fall dem Menschenfischer Baumer überlassen.

»Kampflos werde ich diesem Wolf im Schafspelz nicht die Bühne überlassen«, sagte Adler-Stein, während sie ihren Zeigefinger drohend in Richtung Lohmayer streckte. »Wenn er es auf die Spitze treibt, wird er mich kennenlernen.«

5. Mai, Berlin

Gidion war aufgeregt. Seit der Sitzung des erweiterten Sicherheitskabinetts hatte sie mit Fach, Lichte und ein paar Vertrauten rund um die Uhr am Masterplan für *ULTIMATUM E* gearbeitet. Akribisch hatten sie alle Maßnahmen zusammengestellt, die aus ihrer Sicht notwendig waren, um einen Durchbruch bei der Akku-Technologie zu erlangen. Sie war sich zwar sicher, gute Ergebnisse zu erzielen. Doch die zeitliche Komponente machte ihr noch Kopfzerbrechen. Die verbleibenden knapp 6 Monate waren eine sehr kurze Zeitspanne. Allein für die Logistik hatte sie drei Wochen Vorlauf veranschlagt.

Ob die Ergebnisse dann wirklich bahnbrechend sein werden, dachte sie sich, als sie im Vorzimmer der Kanzlerin auf den Termin wartete. Wer kann das wissen. Ob ich der Kanzlerin gleich von meinen Zweifeln erzählen soll, grübelte sie weiter. Vielleicht ist es besser, dass ich diese für mich behalte und lieber die Entschlossene gebe. Am Ende soll die Kanzlerin Vertrauen in mich haben. Das gibt man kaum jemand, der nicht selbst an das Ergebnis glaubt.

Zur Sicherheit ging sie nochmals ihre vorbereitete Präsentation durch.

»Frau Doktor Gidion!«

Die Ansprache der vor ihr stehenden Kanzlerin riss Gidion aus ihrem Foliencheck.

»Kommen Sie rein. Ich bin schon gespannt.«

Gidion präsentierte ihren Plan zunächst in Form einer Managementzusammenfassung. Als die Kanzlerin signalisierte, dass sie sich angesichts der Wichtigkeit des Projekts Zeit genommen hatte und mehr Details wissen wollte, stieg Gidion tiefer ein. Nachdem sie am Ende angekommen war, sagte sie.

»Und, was denken Sie, Frau Bundeskanzlerin?«

Die Kanzlerin, die in ihrem großen Chefsessel bisher interessiert nach vorne gebeugt zugehört hatte, lehnte sich zurück und schaute grübelnd an die Decke. Nach einer Minute fokussierte sie Gidion.

»Das klingt alles plausibel und durchdacht. Glauben Sie daran, dass wir das schaffen?«

Gidion schaute die Kanzlerin verwundert an.

»Sonst hätte ich es nicht vorgeschlagen. Die Mission ist schwierig. Die Zeit ist kurz. Ja, ich denke wir können es schaffen.«

»Das war nicht meine Frage«, legte die Kanzlerin nach. »Glauben Sie mit ganzem Herzen dran, dass wir den Durchbruch erreichen?«

Gidion merkte, dass sie mit einer weiteren sachlichen Antwort die Kanzlerin nicht zufriedenstellen würde.

»Ja, ich glaube daran! Wir schaffen das!«, entgegnete Gidion entschlossen.

»Gut«, entgegnete die Kanzlerin in staatsmännischem Ton. »Wenn Sie sich vertrauen, vertraue ich Ihnen. Eines möchte ich noch erwähnen. Wenn Sie nicht an den Erfolg glauben, wird das Projekt nicht erfolgreich werden. Sie haben es in der Hand, Deutschland in die E-Mobilität zu führen. Sollten Sie auf dem Weg nicht mehr an den Plan glauben, dann lassen Sie es mich wissen. – Versprochen!?«

Die Kanzlerin schaute Gidion nachdrucksvoll an.

»Versprochen, Frau Bundeskanzlerin!«, sagte Gidion.

»War ja klar, dass Sie Ihre Zusage nicht einhalten und ohne mich zur Kanzlerin gehen!«, sagte Fach, kaum hatte er den Raum zur Bundespressekonferenz betreten. »Sie wollten sich melden und mir sagen, um welche Uhrzeit der Termin stattfinden soll, damit ich mitkommen kann.«

»Oh, sorry, habe ich vergessen«, bediente sich Gidion einer Notlüge. In Wirklichkeit hatte sie keine Lust auf die Teilnahme Fachs. »Ich hatte viel um die Ohren, da ist mir das durchgerutscht.«

»Und das soll ich Ihnen glauben? Das haben Sie extra gemacht, um sich alleine bei der Kanzlerin profilieren und die Lorbeeren einheimsen zu können.«

Ach daher weht der Wind, dachte sich Gidion. Verletztes Ego und fehlende Wertschätzung.

»Passen Sie mal auf«, entgegnete Gidion und ging mit weit aufgerissenen Augen auf ihn zu. »Erstens gibt es noch keine Lorbeeren zu verdienen. Zweitens habe ich es wie gesagt vergessen. Ob Sie das glauben oder nicht ist mir egal. Und drittens habe ich mich entschuldigt. Ich will mich nun auf die kommende Pressekonferenz konzentrieren.«

Um ihre Worte zu unterstreichen, drehte sich Gidion demonstrativ um. Doch Fach ließ nicht locker.

»Dann haben Sie ja sicher kein Problem damit, dass ich die Details unseres Plans vorstelle, sobald die Kanzlerin uns das Wort erteilt.«

Ursprünglich hatte sie sehr wohl vorgehabt, sich klar als Projektleiterin zu positionieren und Fach nicht den Vortritt zu lassen.

Gidion überlegte einen kurzen Augenblick. Ich bekomme noch genug Gelegenheiten, mich in der Öffentlichkeit zu profilieren, sobald er in den kommenden Wochen in der Detailarbeit versunken ist, dachte sie. Insofern kann ich ihm problemlos den Vortritt geben.

»Eigentlich ist es Aufgabe des Gesamtprojektleiters und damit mein Job, das Projekt vorzustellen«, sagte Gidion und drehte dabei nur den Kopf über die Schulter, um Fach nicht erneut die volle Aufmerksamkeit zukommen zu lassen. »Das haben wir vor ein paar

Tagen explizit so festgelegt. Aber gut. Wenn es Ihnen wichtig ist, können heute Sie die Aufgabe übernehmen.«

Fach goutierte das Zugeständnis Gidion mit seinem gewohnt arroganten Siegerlächeln. Als Gidion dies aus dem Augenwinkel sah, konnte sie sich nicht zurückhalten und fügte an.

»Mir ist es im Übrigen wichtig, dass Ihre weiblichen Fans sehen, dass Sie immer noch ein potenter Hengst sind. Wer will schon einen Schlappschwanz!«

Fachs Gesicht lief rot an. Aufgrund der vielen Leute konnte und wollte er allerdings seinen Emotionen nicht Luft machen.

Eins zu null für mich, dachte sich Gidion und ging zu Lichte um ihn zu begrüßen.

Alle der über 900 akkreditierten Medien hatten einen Vertreter zur Bundespressekonferenz geschickt. Der Saal war bis zum letzten Platz besetzt. Wer keine Sitzgelegenheit fand, konnte in einem Nachbarraum per Video-Konferenzanlage teilnehmen. Zusätzlich konnte jeder interessierte Bürger über Live-Stream direkt dabei sein. Die Gewerkschaften hatten für die Dauer eine Arbeitsniederlegung ausgerufen. Jeder Arbeiter und Angestellte sollte das Geschehen auf eigens installierten Großleinwänden verfolgen können. Alle TV-Medien unterbrachen ihr reguläres Programm, um live zur Pressekonferenz zu schalten.

Neben der Bundeskanzlerin nahmen links Fach und rechts Gidion auf dem Podium Platz. Nach einer kurzen Begrüßung und Einleitung übergab der amtierende Vorsitzende der Mediengruppierung das Wort an die Kanzlerin. Diese wiederholte im ersten Teil ihrer Ausführungen im Wesentlichen die Punkte aus dem Video-Statement vor ein paar Wochen. Als sie dann auf *ULTIMATUM E* zu sprechen kam, übernahm Fach. Er erläuterte im Detail das Projekt und die Ziele. Nach dreißigminütigem Monolog wurden die Medienvertreter ungeduldig. Sie wollten ihre Fragen stellen. Der Sitzungsleiter bat Fach, zum Ende zu kommen, was dieser pikiert auch tat.

»Frau Bundeskanzlerin«, preschte ein Korrespondent eines öffentlich-rechtlichen Senders vor. »Wie konnte es passieren, dass uns die Chinesen in einer Schlüsselbranche überholt haben? Hat die Politik versagt? Und übernehmen Sie dafür die Verantwortung?«

»Nun«, entgegnete die Kanzlerin in souverän unaufgeregtem Ton. »Ich nehme Ihre letzten beiden Fragen einmal vorweg: Nein wir haben nicht versagt. Es gibt nichts, wofür wir Verantwortung übernehmen könnten. Wir haben schon vor Jahren die Grundlagen für die Elektromobilität geschaffen. Mit Professor Fach sitzt hier ein Vertreter der ersten Stunde. Er und seine Kollegen haben unsere EJ!-Initiative passioniert vorangetrieben. Nichtsdestotrotz leben wir in einer sozialen Marktwirtschaft. Wir können lediglich Rahmenbedingungen schaffen. Die letzte Entscheidung über den Erfolg trifft dann der Markt. Also die Unternehmen, die Elektroautos anbieten und die Verbraucher, die sie kaufen.«

»Das bringt mich zur nächsten Frage«, ergriff ein Journalist eines Online-Nachrichten-Portals das Wort. »Herr Professor Fach: Wie die Kanzlerin sagte, sind Sie ja seit Jahren am EJ!-Projekt beteiligt. Bisher ist dabei ja nichts Zählbares herausgekommen. Warum sollte in ein paar Monaten das gelingen, was über Jahre nicht geklappt hat?«

Fach war anzusehen, dass ihm die Unterstellungen in der Frage nicht passten. Aber er wollte sich bei seinem ersten Auftritt nicht gleich mit den Medien anlegen. Bevor er antwortete, atmete er tief ein.

»Schauen Sie, mein Guter«, begann er in seiner gewohnt kumpelhaften Art. »Wir haben in Teilbereichen in den letzten Jahren extreme Fortschritte erzielt. Daneben darf man nicht vergessen, dass das Produkt der Chinesen auf Grundlagenforschung *Made in Germany* basiert. Aber ja, es ist richtig, dass wir aktuell geringfügig im

Hintertreffen sind. Wie Sie gesehen haben, haben wir in den vergangenen Wochen analysiert, warum wir zu langsam waren. Diese Punkte haben wir beseitigt. Wir fokussieren uns noch mehr als bisher. Hinzukommt, dass die Autoindustrie und die Zulieferer mit der Forschung an einem Strang ziehen. Wir versammeln aktuell die besten Experten an einem Ort. Das alles macht mich zuversichtlich, dass wir das schaffen!«

»Ich habe eine Frage an die Bundeskanzlerin«, sagte Wackernagel vom München-Echo. »In Bayern gibt es besonders viele Arbeitsplätze in der Autoindustrie und bei Zulieferern. Wenn die aktuellen Bestellungen abgearbeitet sind, fehlen die Anschlussaufträge. Es kursieren Gerüchte, dass Massenentlassungen anstehen. Welche Botschaft haben Sie für die betroffenen Arbeiter und Angestellten?«

»Danke für die Frage«, sagte die Kanzlerin. »Ich wollte auf den Punkt ohnehin zu sprechen kommen. Parallel zum Projekt *ULTIMATUM E* haben wir im Kabinett über weitere Maßnahmen gesprochen. Zum Teil sind wir noch in Abstimmung mit den Fachressorts. Ich kann jetzt schon garantieren, dass wir alles tun, um den Menschen zu helfen. Firmen, die durch diese Entwicklung in Schwierigkeiten geraten, werden wir mit Krediten durch die bundeseigene Kreditanstalt für Wiederaufbau unterstützen. Wir denken obendrein über Kaufprämien für Autos mit Verbrennungsmotor nach. Umweltschutz hin oder her. Der Mensch steht im Mittelpunkt. Notfalls müssen wir für eine Übergangszeit die harten Grenzwerte außer Kraft setzen. Wie gesagt: Das genaue Paket wird noch geschnürt. Erst wenn dies in den kommenden zwei Wochen fertig ausgestaltet ist, kann ich Details nennen. Uns war es wichtig, heute darzustellen, wie wir technologisch nach vorne kommen.«

Das mit der Kaufprämie für Verbrenner hat sie gerade nicht wirklich gesagt, dachte sich Gidion. Jetzt macht sich die Regierung die sinnlosen Vorschläge der Radikalen zu eigen. Die Not muss groß sein, ging es Gidion durch den Kopf, wenn die Kanzlerin zu solchen politischen Taschenspielertricks greift.

»Wie groß schätzen Sie die Gefahr ein, dass extreme Parteien vom rechten oder linken Rand, die Ereignisse für ihre Propaganda gegen das Establishment ausnutzen?«, wollte ein Korrespondent des Politressorts eines Privatsenders von der Kanzlerin wissen.

»Die Gefahr ist da«, diktierte die Kanzlerin unumwunden in die Laptops der Anwesenden. »Am 1. Mai haben wir ja gesehen, wie die ZD versucht, Kapital aus der Situation zu schlagen. Allerdings werden in der aktuellen Lage Schuldzuweisungen nichts bringen. Die ZD wird die Entscheidung der Chinesen auch nicht beeinflussen können. Seien Sie gewiss: Uns ist das Thema bewusst. Daher haben wir das erweiterte Sicherheitskabinett als Kontrollorgan des Projektes *ULTIMATUM E* installiert. Es enthält Vertreter aller im Bundestag vertretenen Parteien.«

Als nach über zwei Stunden keine substanziell neuen Fragen mehr gestellt wurden, schloss der Vorsitzende die Pressekonferenz.

16. Juni, München

Für den Abend hatte sich Hauser mit seinem alten Schulfreund Tom Anger verabredet. Sie hatten sich lange nicht mehr gesehen. Ihre Terminkalender waren zu voll. Ein spontanes Treffen war deshalb unmöglich gewesen. Sie hatten das Treffen in ihrer früheren Stammkneipe in Schwabing daher vor Monaten vereinbart. Hauser hatte sich eben an die Bar gesetzt, da hörte er Toms Stimme.

»Da sitzt er!«, rief Tom und klopfte Hauser von hinten mit beiden Händen auf die Schultern. »Schön dich wiederzusehen. Immer noch ganz der Alte.«

Hauser drehte sich um, stand vom Barhocker auf und umarmte Tom.

»Tom, alte Hütte«, sagte Hauser. »Super dass es geklappt hat. Ich hatte Angst, du hast es vergessen.«

»Vergessen!?«, sagte Tom. »Wie könnte ich ein Treffen mit dir vergessen. Eh gut, dass wir den Termin schon lange ausgemacht hatten. Ich habe alles drangesetzt, ihn zu halten. Das war echt schwierig. Momentan könnte ich Tag und Nacht arbeiten.«

»Warum das?«, fragte Hauser. »Bei euch Wirtschaftsprüfern ist die Stresszeit immer nach dem Jahreswechsel, wenn ihr mit den Jahresabschlüssen und der Bilanzprüfung beschäftigt seid – dachte ich.«

»Tja, normal schon. Aber was ist aktuell schon normal? Wir führen haufenweise Sonderprüfungen durch.«

»Wie Sonderprüfungen?«, bohrte Hauser nach.

»Na ja, aufgrund der Kettenreaktion, die der Importstopp der Chinesen ausgelöst hat.«

»Jetzt stoßen wir erst mal an«, sagte Tom, nachdem die Bedienung das Bier gebracht hatte. »Dann erkläre ich es dir. Ich hatte heute eigentlich nicht vor, übers Geschäft reden. Aber egal. Die ganze Sache ist ja auch spannend. Ich wäre ja früher auch nicht draufgekommen, dass ein Ultimatum einen solchen Rattenschwanz nach sich zieht.«

»Prost«, sagte Hauser. »Es freut mich, dass du unversehrt hierhergekommen bist.«

»Prost«, sagte Tom. »Mit dem alten Mantel will keiner was von mir. Im Übrigen gehe ich nicht mehr ohne Pfefferspray bei Dunkelheit aus dem Haus.«

Erst jetzt, nachdem Tom seinen Mantel ausgezogen hatte, bemerkte Hauser, dass dieser tatsächlich runtergekommen war.

Passende Tarnung, dachte sich Hauser. Muss ich mir merken, wenn ich das nächste Mal im Dunkeln rausgehe.

»Dann schieß los!«, sagte Hauser. »Ich bin schon gespannt.«

»Alles klar!«, sagte Tom. »Lehn dich zurück.«

Er hatte sichtlich Spaß, seinem alten Schulfreund Martin die wirtschaftlichen Zusammenhänge zu erklären. Von diesen hatte Hauser genauso wenig Ahnung wie Tom von physikalischer Chemie. Mit einem verschmitzten Grinsen sagte Tom.

»Ich versuche, mich kurzzufassen. Es kann trotzdem dauern.«

»Nur zu, ich bin ganz Ohr!«, sagte Hauser und lehnte sich entspannt zurück.

»Also«, begann Tom seine Ausführungen. »Wie jeder weiß, ist die deutsche Wirtschaft extrem vom Erfolg der Automobilindustrie abhängig. Deutsche Firmen verkaufen für mehr als 200 Milliarden Euro Autos und Autoteile in die ganze Welt. China ist ein bedeutsamer Markt. Rechnet man die Produktion vor Ort hinzu, verkaufen deutsche Autohersteller 40 Prozent ihrer Fahrzeuge in China. Das heißt: Ohne die Verkäufe in China gehen bei uns die Lichter aus. Im wahrsten Sinne des Wortes.«

Nach einer kurzen Pause fügte er an.

»Und das waren – vor der Krise – überwiegend Autos mit Verbrennungsmotor. Der Anteil der nach China exportierten deutschen Elektrofahrzeuge ist verschwindend gering. Und jetzt, wo die Chinesen eine überlegene Akku-Technologie haben, wird er auch nicht sonderlich steigen. So begehrt deutsche Luxusautos in China sein mögen. Kein Chinese, der was auf sich hält, wird veraltete deutsche E-Autos kaufen. Die Milliarden, die bisher in die Elektro-Auto-Offensive in Deutschland geflossen sind, sind faktisch verpufft. Eigentlich ein Fall für Sonderabschreibungen.«

»Wow«, sagte Hauser anerkennend. »Ich komme mir vor wie in einer Vorlesung bei einem meiner BWL-Kollegen.«

»Danke«, sagte Tom. »Zusammenfassend kann man sagen: Wir sind hochgradig abhängig vom Auto – das waren wir schon lange. Und wir sind hochgradig abhängig vom Pkw-Verkauf nach China – das sind wir allerdings erst in den letzten Jahren geworden.«

Tom beugte sich nach vorne und gestikulierte wie ein Politiker am Rednerpult, um seinen Aussagen zusätzlich Gewicht zu verleihen.

»Die Abhängigkeit von einem Produkt und einem Land ist für eine Volkswirtschaft ein extremes Klumpenrisiko. Du bist hochgradig angreifbar. Doch wenn du schon so abhängig bist, dann musst du in dem Bereich Innovationsführer sein, damit dir niemand die Vormachtstellung streitig machen kann. Doch das hat man verschlafen. Verschlaaafen! Beim Elektroantrieb haben sich die Autohersteller die Butter vom Brot nehmen lassen. Während die deutschen Hersteller sich wie abhängige Schnüffler an den Verkaufserfolgen ihrer Benzinschleudern berauscht haben, hat sich China zum größten Produzenten von Elektroautos entwickelt.«

»Echt!?«, sagte Hauser. »Was ist mit den Amis?«

»Nix!«, sagte Tom. »Die deutsche Öffentlichkeit schaut zwar immer noch vor allem nach Amerika. Doch derweil hat China hierzulande fast unbemerkt umfassend in den Elektroantrieb investiert und bezahlbare Modelle auf den chinesischen Markt gebracht. Zwar damals mit Lithium-Ionen-Technologie. Aber bezahlbar. Zwar auch mit geringer Reichweite. Aber bei dem niedrigen Preis und mit einer speziellen lokalen Förderung verkauften sich die Autos wie warme Semmeln. Denn den Wirtschaftslenkern in Peking war lange klar: Mit der Verbrennungstechnologie können sie weltweit nicht mehr führend werden. Zu viele Patente liegen in den USA und Europa. Europäische und amerikanische Hersteller haben einen jahrzehntelangen Vorsprung in dieser komplexen Technologie. Ein Verbrennungsmotor hat 1.400 bewegliche Teile. Ein Elektromotor maximal 200. Also haben die Chinesen, strategisch wie sie sind, auf den nächsten Innovationsschub, das Elektroauto, gesetzt. Die Verbrenner hat man in Joint Ventures mit westlichen Herstellern gebaut. An den innovativen Stromern hat China selbst getüftelt. Die Chinesen sehen die historische Chance, die Deutschen als Erfinder des Autos in die Schranken zu weisen und die Vorherrschaft bei der E-Mobilität zu erreichen. Sie haben dies seit Jahren geplant. Wäre man hierzulande nicht zu hochnäsig gewesen und hätte die 5-Jahrespläne gelesen, dann wäre man nicht kalt erwischt worden. Aber nein. Man produzierte lieber weiter Verbrennungsmotoren und überließ die Innovation den anderen. Dramatischer noch: Mit Umweltschutz hat das Ganze nichts zu tun. Die CO2-Bilanz eines leichten Kleinwagens mit einem hocheffizienten Benzinmotor ist sehr gut. SUVs mit Elektroantrieb auszustatten ist eine tolle Marketingstory. Aus Umweltgesichtspunkten ist das völliger Blödsinn. Das bestätigen dir sogar Umweltaktivisten. Das ganze Umweltgehabe ist ohnehin vorgeschoben. In Wirklichkeit geht es um knallharte wirtschaftliche Interessen. Die zentrale Frage ist, wer die Automobilbranche in

Zukunft dominiert. Martin ich sage es dir: Die Chinesen haben mit dem Ultimatum einen handfesten Wirtschaftskrieg begonnen!«

»Erzähl weiter«, drängte Hauser.

»Die deutschen Hersteller waren feige. Sie haben sich nicht getraut, ihr eigenes Geschäftsmodell anzugreifen. Wer in disruptiven Zeiten dies nicht tut, um im neuen Geschäftsmodell führend zu werden, der wird irgendwann nicht mehr existieren«, sagte Tom. »Kein einziger Eisblocklieferant für die früheren Kühlkeller der Brauereien stellt heute Kühlschränke her. Die sind ausgestorben wie einst die Mammuts. Merkst du was?«

Hauser musste über Toms Beispiel aus dem letzten Jahrhundert schmunzeln, um dann mit ernster Miene anzufügen.

»Hoffen wir nicht, dass wir in 100 Jahren das gleiche über die hiesige Autoindustrie sagen müssen.«

»Das hoffe ich auch«, pflichtete Tom Hauser bei. »Wobei zuversichtlich bin ich aktuell nicht. Denn jetzt komme ich zu deiner eigentlichen Frage, warum ich aktuell so viel zu tun habe.«

»Ja, stimmt«, sagte Hauser. »Warum?«

»Schau«, begann Tom erneut eine längere Ausführung. »Wie erwähnt, sind seit dem Importstopp 40 Prozent des Marktes für die deutschen Hersteller weggebrochen. Das alleine wäre dramatisch genug. Aber die Lage hat sich aufgrund der Seiteneffekte täglich verschlimmert. Seit dem jeder weiß, dass es bald massentaugliche Elektroautos gibt, will keiner mehr in herkömmliche Autos investieren. Wer folglich ein Auto mit Verbrennungsmotor hat und nicht zwingend eines braucht, der verschiebt seinen Kauf auf später. Es kaufen nur noch die Leute, die dringend einen Ersatz brauchen. Im Ergebnis sind seit dem Import- und Zulassungsstopp nicht nur 40 sondern zwischen 70 und 90 Prozent des Marktes verschwunden. Und wie erwähnt: Bei den Stromern gibt es noch zu wenige Modelle zu kaufen. Und die es gibt, sind technisch veraltet und werden mit Rabatten in den Markt gedrückt.«

»Ach du dickes Ei«, platze es aus Hauser heraus. »Klar, damit sind alle Produktionsanlagen wertlos.«

»Genau!«, bestätigte Tom. »Es kommt noch schlimmer. Auch die frisch installierten Anlagen für Elektroautos sind schon von Abschreibungen betroffen. Keiner weiß, wie lange die Nachfrage nach Autos mit alter Lithium-Ionen-Akku-Technologie überhaupt anhält. Wir WPs versuchen mit allen Tricks, die Werte hochzuhalten. Wie lange das gut geht weiß ich nicht. Ungeachtet dessen: Der Schneeball-Effekt verschlimmert die aktuelle Lage zusätzlich. Denn über Nacht wurde der gesamte PKW-Bestand der Republik abgewertet. Er ist nur noch einen Bruchteil wert. Wo kein Markt, da kein Wert. Das heißt, alle Fahrzeugbestände der Firmen mit ihren Firmenwagenflotten, der großen Leasinggesellschaften aber auch der lokalen Autohäuser, werden neu bewertet. Aufgrund des Ausmaßes können wir damit nicht bis zum regulären Termin warten, sondern führen sofortige Sonderbewertungen durch.«

»Und?«, fragte Hauser. »Hast du bereits Ergebnisse.«

»Ja, die habe ich«, sagte Tom mit ernstem Gesicht. »Und wie du dir vorstellen kannst, sind die desaströs.«

Tom machte eine Pause. Es viel ihm schwer, das auszusprechen, was bald jedem klar sein würde.

»Aufgrund der hohen Abwertungen bei Maschinen, Anlagen, Autos, und so weiter sind 80 Prozent der Autoindustrie und ihre Zulieferer in einer wirtschaftlich prekären Lage. Viele stehen zwei Monate nach der Verkündigung des Ultimatums vor der Insolvenz.«

»Auch du Scheiße«, entfuhr es Hauser. »Dann sind die Aussagen der Gewerkschaften diesmal nicht die übliche Panikmache. Dann sind wirklich bald Millionen Leute arbeitslos.«

Bestätigend nickend sagte Tom.

»Das ist leider so! Die Firmen produzieren seit Verkündigung des China-Ultimatums nur noch auf Sparflamme. Um sich zu retten, haben sie angefangen, massenweise Leute zu entlassen.«

»Ich habe es gelesen«, sagte Hauser. »Nur was ich mich frage: Warum verlängern sie nicht das Kurzarbeitergeld? Das hat während der Finanzkrise gut geholfen.«

»Ja, stimmt«, bestätigte Tom. »Damals war das ein probates Mittel, weil alle davon ausgingen, dass die Nachfrage zurückkehrt. Das ist jetzt anders. Aktuell geht niemand davon aus, dass der Nachfrageeinbruch nur vorübergehend ist. Also setzen die Firmen die Leute auf die Straße. Das nennt man: Ballast abwerfen. So soll wenigstens der gesunde Teil der Firma gerettet werden.«

»Und was ist mit den Beschäftigungsgarantien?«, fragte Hauser. »Die gibt es doch fast in allen Unternehmen. Und die laufen noch einige Jahr.«

»Oh, der Herr glaubt an den Weihnachtsmann«, ärgerte Tom Hauser. »Vergiss es. Findige Berater haben da aus der Finanzkrise gelernt. Anstatt Bad Banks, hat man angefangen, Bad Manus zu gründen. Manus steht für *Manufactors* – also die Autohersteller. In diese Firmen werden die Risiken mit allen Anstellungs- und Pensionsverpflichtungen mit samt den Mitarbeitern ausgelagert. Falls die Mitarbeiter sich dann nicht auf Kompromisse zum Beispiel bei der Beschäftigungsgarantie einlassen, wird die Firma in die Insolvenz geschickt. Thema erledigt.«

»Unfassbar«, sagte Hauser.

»Die Kettenreaktion ist noch nicht zu Ende«, sagte Tom. »Es kommt noch besser oder besser gesagt - schlimmer.«

»Erzähl!«, sagte Hauser ungeduldig.

»Wenn die Leute arbeitslos werden, können sie nach kurzer Zeit ihre Kredite für ihr Reihenhaus auf dem Land oder die vom Munde abgesparte Eigentumswohnung in der Stadt nicht mehr bezahlen. Dann müssen sie verkaufen. Weil dann viele verkaufen, gehen die Immobilienpreise in den Keller. Das wiederum führt dazu, dass auch die Häuser von Leuten, die eigentlich noch ihre Raten zahlen können weniger Wert werden. Die Banken sind gesetzlich verpflichtet, weitere Sicherheiten von den Hauseigentümern zu fordern. Wenn jemand nicht mehr Sicherheiten liefern kann, dann werden die Kredite fällig gestellt und die Leute, die normalerweise einigermaßen durch die Krise kommen würden, werden in die Zwangsversteigerung getrieben. Das erhöht wiederum den Druck auf die Preise und so weiter und so weiter.«

»Ich sehe schon«, sagte Hauser enttäuscht. »Sorry für den Ausdruck. Wir sitzen echt in der Scheiße!«

»Das kann man sagen«, pflichtete Tom ihm bei. »Ich muss leider noch eins draufsetzen. Der gesamte lokale Automobilhandel hat über Nacht kein Geschäftsmodell mehr. Das sind meist kleine Mittelständler – Familienbetriebe mit geringer Kapitaldecke. Wer nicht schon Insolvenz angemeldet hat, steht kurz davor. Und an diesen Kleinstbetrieben hängt lokale Kaufkraft. Auch diese geht verloren. Was ich damit sagen will. Das Drama bleibt nicht nur auf ein paar Großunternehmen beschränkt. Der Wirtschaftshurrikan, der über uns hinweggefegt, hat weite Teile unseres Landes nachhaltig getroffen und zerstört.«

»Hätte ich das Projekt doch unterstützen sollen«, begann Hauser als erster wieder das Gespräch, nachdem beide einige Zeit gedankenverloren und mit gesenktem Kopf auf ihr Bier gestarrt hatten.

»Welches Projekt?«, fragte Tom.

»*ULTIMATUM E*«, sagte Hauser. »Hast du sicher im Fernsehen gesehen. Hatte die Kanzlerin im April kurz nach der Akku-Meldung als Antwort auf das Ultimatum der Chinesen verkündet.«

»Ja, kann mich schwach erinnern«, sagte Tom. »Da hat man seitdem nix mehr gehört. Und da hättest du mitmachen können? Warum sitzt du noch hier?«

»Ach Tom, du weißt doch, ich kann das nicht machen«, seufzte Hauser. »Ich habe mir nach Yvonnes Tod geschworen nie wieder in dem Bereich zu forschen. Ich möchte nicht nochmal Menschenleben gefährden.«

»Martin«, sagte Tom streng. »Ich habe dir oft gesagt. Du bist nicht für ihren Tod verantwortlich. Es war Yvonnes Entscheidung, das Risiko einzugehen. Sie war genauso besessen wie du, wenn es um Forschung und technischen Fortschritt ging.«

»Und selbst wenn es so wäre«, fiel Hauser Tom ins Wort. »Ich bin seit Jahren nicht mehr in dem Fachgebiet tätig. Ich kann Mirella nicht alleine lassen. Und die Risiken, die das *ULTIMATUM E*-Team wird eingehen müssen, sind immens. Du siehst: Es gibt vielfältige Gründe, warum das nicht geht.«

Nachdenklich sagte Tom.

»Du – am Ende ist es deine Entscheidung.«

Hauser war anzusehen, dass er das Thema ungern weiter vertiefen wollte.

»Du, hast ja Recht. Lass uns das Thema wechseln.«

»Ja, gerne«, sagte Tom. »Dann können wir ja darüber sprechen, ob du heute noch schnell getankt hast, bevor morgen die halbe Ölindustrie streikt, weil auch die um ihren Job fürchten.«

»Habs gelesen«, sagte Hauser.

»Da kommt dann die nächste Kettenreaktion auf uns zu«, sagte Tom.

Hauser schaute ihn dermaßen fragenden an, dass Tom sich genötigt fühlte diese Zusammenhänge ebenfalls zu erläutern.

»Wenn die Fahrer der Tanklaster und die Mitarbeiter in den Ölraffinerien lange streiken, dann ist die Versorgung mit Treibstoff nicht mehr gesichert. Dann kann man zwar noch die S-Bahn oder Straßenbahn nehmen. Allerdings fahren keine Lkws mehr. In der Folge werden keine Supermärkte mit Lebensmitteln versorgt und die Leute könne nichts mehr zu Essen kaufen. Statt nur Tanken zu gehen, sollte man lieber einen kleinen Nahrungsvorrat für zuhause anlegen. Sicher ist sicher.«

»Guter Punkt«, pflichtete Hauser Tom bei. »Jetzt ist aber gut mit den Horrorgeschichten. Ich gehe mal kurz ums Eck mein Bier wegbringen. Bestell zwei Neue und dann interessiert mich was dein Liebesleben macht.«

»Haha«, lachte Tom. »Zumindest gibt es da keine Kettenreaktionen.«

17. Juni, München

Als Hauser am Morgen mit dem Rad zur Uni fuhr, dachte er an das gestrige Gespräch mit Tom.

Er hatte natürlich seit einiger Zeit die steigende Zahl der Obdachlosen und Bettler bemerkt. Gleichermaßen war ihm aufgefallen, dass immer mehr Läden geschlossen waren und übermäßig viel Dreck rum lag, was vor allem auf den Streik der Müllabfuhr zurückzuführen war.

In den Eingängen von Häusern und Geschäften lagen immer wieder Menschen in ihren Schlafsäcken. Wer bei gepfändetem Haus nicht bei Verwandten unterkam, der floh in die Stadt, um die bislang noch funktionierende Essensausgabe der Hilfsorganisationen zu nutzen.

An diesem Morgen waren ungewöhnlich viele Leute unterwegs. Dies lag vor allem daran, dass bundesweit mehr als zwei Millionen Menschen auf den ZD-Kundgebunden demonstrieren wollten. Denn die ZD hatte seit dem China-Ultimatum großen Zulauf. Sie erreichte genau die Leute, die schon seit langem Abstiegsängste hatten. Sie versprach, die Arbeitsplätze im Motorenbau und bei den Zulieferern zurückzuholen. Die Leute glaubten ihr. Dem fremdenfeindlichen ZD-Weltbild entsprechend versuchte ein Land wie China, den Wohlstand Deutschlands zu zerstören.

Um die Stimmung weiter anzuheizen, setzte sie sehr auf Symbolik. Somit war es kein Zufall, dass sie am ehemaligen Tag der Deutschen Einheit und am Jahrestag des Volksaufstandes in der DDR zum Aufstand der *Neuen Obdachlosen* aufriefen. Angelehnt an den Begriff der *Neuen Mitte* wurden damit die im Schlafsack liegenden Obdachlosen bezeichnet, die vor der Krise zur Mittelschicht gehörten und innerhalb kürzester Zeit alles verloren hatten.

Die Uni war heute leerer als an den letzten Tagen. Viele waren bei der Demo oder einer der vielen Gegendemos, die über die Stadt verteilt stattfanden. Als Hauser mit dem Fahrrad sein Büro betrat, fragte er Lichte.

»Steht heute etwas Besonderes an?«

»Nicht dass ich wüsste«, sagte Lichte mit Blick auf ihren Bildschirm, auf dem sie Hausers Kalender geöffnet hatte. »Von 11 Uhr bis 13 Uhr ist offene Sprechstunde. Das wird angesichts dessen, dass eh niemand da ist sicher eine lockere Veranstaltung werden.«

Lichte behielt Recht. Bis 12.25 Uhr machte kein Student von Hausers Gesprächsangebot Gebrauch. Nachdem er bis dahin ein paar wissenschaftliche Artikel gelesen hatte, zu deren Lektüre er in letzter Zeit nicht gekommen war, schaute er, was sonst in der Welt los war. Als er sein bevorzugtes Nachrichtenportal auf seinem Rechner aufrief, sprang ihm gleich eine Eilmeldung ins Auge.

ZD-Demo in München eskaliert! Mindestens 5 Tote! Aktuell mehr als 90 Verletzte, davon 7 Schwerverletzte.

Hauser klickte auf *Details*.

Bei der laufenden Demo der ZD in München hat es bisher 5 Tote gegeben. Entsprechend den Angaben der Polizei wurden aus der Menge heraus Steine auf vorbeilaufende Passanten geworfen. Als diese dann verletzt zu Boden gingen, wurden sie von der Masse erdrückt oder zu Tode getrampelt. Die Polizei hat nach eigener Aussage die Lage noch nicht im Griff.

Dann folgte eine Liste mit Straßen und Plätzen, bei denen die Polizei die Anwohner und Passanten bat, diese aufgrund der akuten Gefahrenlage zu meiden.

Puh, Glück gehabt, dachte sich Hauser, als er weder die Gegend um die Uni noch sein Wohnviertel aufgeführt sah.

Er wollte sich eben vom Bildschirm abwenden, als er nochmals las. Belgradstraße.

Belgradstraße?!

Ach du Scheiße, dachte er sich. In der Nähe ist Mirellas Gymnasium.

Hauser schaute auf die Uhr. 12.30 Uhr.

Sie wird noch Schule haben, dachte er weiter. Dann ist sie in Sicherheit. Ist ja Unterricht bis 13 Uhr. Trotzdem. Ich ruf lieber an.

»Hallo, hier Mirella Hauser«, tönte es vom anderen Ende der Leitung.

»Hier dein Dad«, begann Hauser zu sprechen. »Super Mirella, dass ich dich erreiche. Ich…«

Hauser wurde unterbrochen, denn Mirellas Ansage ging weiter.

»Ich bin leider nicht zu erreichen. Ihr könnt mir jedoch gerne eine Nachricht hinterlassen.«

Ha, ha, dachte sich Hauser. Ja, danke Mirella, toller Scherz, auf der Sprachbox nach dem Melden eine so lange Pause zu machen, dass ich denke, du bist direkt dran. Was soll's, gingen Hausers Gedanken gleich wieder in eine versöhnliche Richtung. Teenager halt!

Piep.

»Mirella, ich denke, ihr seid informiert worden«, sprach Hauser auf Mirellas Sprachbox. »Sicherheitshalber auch von mir die Info, dass es rund um die Schule zu Ausschreitungen bei einer Demo kommt. Ihr sollt bitte im Schulhaus bleiben. Melde dich, wenn der

Unterricht aus ist, damit ich weiß, dass es dir gut geht und damit wir überlegen, wie du sicher nach Hause kommst.«

Nachdem Hauser aufgelegt hatte, sah er sich eine Weile den Live-Stream des Nachrichtenportals am Laptop an.

Hauser schaute auf die Uhr. 13.10 Uhr.

Warum hat Mirella sich noch nicht gemeldet, dachte er. Sicher ist es ihnen nicht erlaubt, zu telefonieren, und sie bekommen gerade Instruktionen, wie lange sie bleiben müssen. Ok, in fünf Minuten rufe ich sie nochmals an.

Auch um 13.15 Uhr. Das gleiche Ergebnis wie vor einer dreiviertel Stunde. Es war nur die Sprachbox erreichbar.

»Mirella, melde dich«, fasste sich Hauser diesmal bei seiner Nachricht kurz. »Ich mache mir Sorgen. Ruf zurück!«

Vielleicht ist ja auch ihr Akku leer, dachte Hauser.

Hauser durchsuchte seine Kontakte, ob er irgendwo eine Telefonnummer einer Freundin hatte. Leider Fehlanzeige.

Ah, ich rufe in der Schule an, fiel es ihm plötzlich ein. Sie sollen sie ausrufen.

Auch hier – Fehlanzeige. In der Schule ging keiner dran.

Na, toll, typisch Schule, ging es ihm durch den Kopf. Mittags um halb zwei kommt auf dem Anrufbeantworter schon die Durchsage, dass man außerhalb der Sprechzeiten anruft und man sich Morgen um 8 Uhr wieder melden soll. Unverschämt, tobte er innerlich.

»Lynn, ich muss weg«, sagte Hauser, als er sein Fahrrad schulterte und an ihrem Schreibtisch vorbeiging. »Ich erreiche Mirella nicht und in den Nachrichten kam, dass die Demo in der Nähe ihrer Schule außer Kontrolle geraten ist. Ich muss sie suchen.«

»Geht klar, Martin«, rief Lichte ihm hinterher.

Auf dem ersten Kilometer war von Straßenschlachten oder Verwüstungen nichts zu sehen. Als Hauser ein wenig später in die Nähe des Hohenzollernplatzes kam, merkte er, wie es nach Tränengas roch. Es wimmelte von Demonstranten unterschiedlichster Gruppen. Mit dem Fahrrad war hier kein Durchkommen mehr. Hauser entschloss sich, den Umweg über die Herzogstraße zu nehmen. Als Hauser in der Belgradstraße angekommen war, erkannte er sofort, dass dies der Platz war, von dem live berichtet wurde. Die Lage war inzwischen friedlich. Es waren nur noch wenige Menschen hier. Die meisten von ihnen saßen erschöpft herum, einige bluteten. Ein paar Polizisten und etliche Einsatz-Fahrzeuge sicherten die Gegend. So konnten vertriebene Demonstranten nicht wieder hierher zurückkehren. Die Luft war Tränengas-geschwängert. Überall lagen Scherben von den zersplitterten Schaufensterscheiben. Das Pflaster war rausgebrochen.

Hauser stieg vom Fahrrad und nahm es auf die Schulter. Einen platten Reifen wollte er nicht riskieren.

Als die Straße wieder befahrbar war, stieg er erneut auf. An Mirellas Gymnasium in der Karl-Theodor-Straße angekommen, stellte er sein Fahrrad neben dem Haupteingang ins Gebüsch. Die Schulhaustür war geschlossen. Auch nach mehrmaligem Klingeln reagierte niemand.

Mist, dachte sich Hauser. Weit und breit keiner zu sehen. Aber irgendjemand muss doch hier sein.

Hauser ging nach links am Gebäude entlang zum anderen Eingang, der zur Turnhalle führte. Als er zur Tür hastete, entdeckte er weiter hinten im Gang tatsächlich einen Mann.

Vielleicht der Hausmeister, dachte Hauser.

Er hämmerte mit der Faust gegen die verschlossene Tür. Die Person im Inneren des Gebäudes erschrak. Hauser gestikulierte: Bitte aufmachen. Als der Mann näher kam, schrie Hauser durch die Tür.

»Machen Sie doch auf! Ich habe eine Frage!«

»Ich darf die Tür nicht öffnen«, entgegnete der Mann ebenfalls schreiend. »Anweisung der Schulleitung. Wegen der Chaoten.«

»Wo sind denn die Schüler?«, schrie Hauser weiter gegen die Tür an.

»Weiß ich nicht«, erwiderte der Mann. »Hier in der Schule ist keiner mehr.«

»Warum nicht?«, hakte Hauser nach. »Normalerweise ist doch auch am Nachmittag Unterricht.«

»Ja, in aller Regel schon«, sagte der Mann mit einem sarkastischen Lächeln. »Aber was ist heute schon normal. Es macht doch eh jeder, was er will. Nachdem heute Morgen ein Großteil der Schüler wegen der Demo nicht kam, hat die Schulleitung um 10 Uhr entschieden, den heutigen Tag für politische Bildung zu nutzen. Lehrer und Schüler der oberen Klassen sollten die Möglichkeit haben, an den unterschiedlichen Demos teilzunehmen. Bei den unteren Klassen wurden die Eltern kontaktiert und gebeten, die Kinder, um 12 Uhr abzuholen.«

»Was?«, schrie Hauser entrüstet. »Die Schule erlaubt die Teilnahme an einer Demo, ohne dass die Eltern informiert werden. Das ist ja das Letzte!«

»Ja, das finde ich auch«, bestätigte der Mann. »Ist aber nicht meine Entscheidung. Wenn Sie mich fragen, sind eh die meisten Schüler nach Hause und haben sich einen freien Tag gegönnt.«

»Ah, ok«, stammelte Hauser, der die Gedankenlosigkeit der Schule immer noch nicht fassen konnte. »Danke!«

Hauser ging Richtung Fahrrad.

Was wohl Mirella gemacht hat, ging es ihm durch den Kopf. Ob sie auf der Demo war? Dann hätte sie doch Bescheid gegeben. Und dann hätte ich sie doch erreicht. Möglicherweise ist das Mobilnetz überlastet und es geht deswegen nur die Sprachbox dran, grübelte Hauser weiter. Dann müsste ich sie jetzt wieder erreichen. Die Mehrheit der Leute ist ja wieder auf dem Weg nach Hause. Vielleicht ist sie auch bei einer Freundin und hat dort keinen Empfang. Soll ja vorkommen, dass es auch heutzutage im Stadtgebiet noch Funklöcher gibt. Wo kann sie nur sein?

Hauser war wieder beim Fahrrad angekommen, da klingelte sein Handy. Er zog es aus seiner Hosentasche und schaute auf das Display. Mirella, stand auf dem Display.

Oh endlich ruft sie an, dachte er sich.

Hausers Herz raste.

»Mirella!«, sagte er, als er abhob. »Endlich meldest du dich! Ich habe mir schon Sorgen gemacht. Wo bist du?«

»Herr Hauser«, sagte eine Mädchenstimme am anderen Ende der Leitung. »Ich bin es Marie, Mirellas Freundin.«

»Marie?«, fragte Hauser ungläubig, während seine Aufregung der Anspannung wich. »Wo ist Mirella? Warum rufst du von ihrem Handy aus an?«

»Ich bin hier im Krankenhaus«, sagte Marie mit weinerlicher Stimme. »Sie müssen sofort kommen! Mirella hatte einen Unfall und wird gerade operiert.«

»Was?«, schrie Hauser fassungslos. »Was ist passiert?«

»Sie wurde von einem Stein am Kopf getroffen«, sagte Marie schluchzend. »Kommen Sie! Schnell! Wir sind im Klinikum Schwabing.«

»Ok, bin schon unterwegs«, sagte Hauser. Er nahm sein Fahrrad und fuhr los. »Wo genau seid ihr?«

»Moment!«, sagte Marie. »Wir sind in der Neurochirurgie. Die ist in Bogenhausen. Ich schicke einen Ping durch.«

»Alles klar«, sagte Hauser beim Losfahren. »Ich bin gleich da!«

Hauser raste mit seinem Rad durch Schwabing, den Englischen Garten, über die Isar bis nach Bogenhausen. Hochkonzentriert, emotionslos, nüchtern und bis unter die Haarspitzen angespannt kam er am Klinikum an. Noch halb fahrend sprang er vom Rad, ließ es auf die Rasenfläche neben dem Eingang fallen und rannte rein. Neurochirurgische Ambulanz, U1, las er auf dem großflächigen Hinweisschild in der Eingangshalle. Hauser sprintete die Treppen zum Untergeschoss hinunter. Kaum angekommen sah er schon Marie auf einem Stuhl im Krankenhausflur sitzen. Von weitem rief er.

»Marie!«

»Herr Hauser«, sagte Marie und sprang auf. »Gut dass Sie da sind!«

»Wie geht es Mirella?«

»Ich weiß es nicht«, sagte Marie.

Sie konnte das Weinen kaum unterdrücken.

»Sie wird immer noch operiert. Es ist schrecklich.«

Hauser, der am liebsten selbst losgeheult hätte, zog Marie an sich und nahm sie in den Arm.

»Das wird wieder«, sagte er beruhigend. »Mirella ist ein starkes Mädchen. Die kriegt das hin!«

Als Marie sich nach einiger Zeit wieder beruhigt hatte, sagte Hauser.

»Warte kurz hier. Ich will sehen, ob ich einen Arzt oder eine Schwester sprechen kann und ob die wissen, wie lange es dauert.«

Hauser ging den Gang zum Aufenthaltsraum der Stationsschwestern entlang. Dort angekommen sagte er.

»Hallo, ich bin Martin Hauser, der Vater von Mirella Hauser. Meine Tochter wurde bei Ihnen eingeliefert und wird gerade operiert.«

»Ah, Herr Hauser«, sagte die Schwester. »Ja, Ihre Tochter ist im OP.«

»Wissen Sie wie lange die OP noch geht«, fragte Hauser.

»Leider nein«, sagte die Schwester empathisch. »Das lässt sich bei einem schweren Schädel-Hirn-Trauma mit Schädelfraktur nicht wirklich vorhersagen. Der Druck im Kopf und auf das Gehirn war bei der Einlieferung sehr groß, so dass wir schnell operieren mussten um die Schwellung und die Blutung in den Griff zu bekommen.«

»Sie hat eine Hirnblutung?«, fragte Hauser sichtlich geschockt.

»Leider ja«, bestätigte die Schwester. »Aber machen Sie sich keine Sorgen. Wir haben gute Ärzte hier. Die tun ihr Möglichstes. Die bekommen das wieder hin.«

Hauser versuchte, seine Tränen zu unterdrücken.

»Setzen Sie sich erst einmal da vorne hin«, versuchte ihn die Schwester zu beruhigen. »Sobald die OP beendet ist, kommt der Arzt zu Ihnen und berichtet, wie es gelaufen ist. Dann wissen wir mehr.«

»Ok«, sagte Hauser mit gedämpfter Stimme und ging zurück zu Marie.

»Und?«, sagte Marie. »Was sagt die Schwester?«

»Sie weiß nicht mehr. Wir müssen abwarten.«

Beide setzten sich. Gedankenverloren starrten sie in die Luft. Nach ein paar Minuten sagte Hauser zu Marie.

»Wie ist das passiert? Warst du dabei?«

»Wir wollten nur zuschauen, ehrlich«, sagte Marie. »Ja, ich war dabei. Es war schrecklich!«

»Ok, beruhige dich«, sagte Hauser, der inzwischen seine Emotionen wieder unter Kontrolle hatte. »Erzähl ganz in Ruhe. Also ihr seid in der Schule gewesen.«

Marie atmete tief durch und begann zu erzählen.

»Ja. Als die Stunde losgehen sollte, kam nicht wie erwartet unsere Biolehrerin, sondern unser Klassenlehrer Herr Poch. Er informierte uns darüber, dass es heute angesichts der Demo keinen normalen Unterricht geben würde. Stattdessen sollten alle Schüler sich einer der diversen Demos anschließen. Das sei in der Lehrerkonferenz beschlossen worden und gelte als Unterricht im Rahmen der politischen Bildung. Dann gab er uns einen Überblick darüber, wo welche Gruppierung demonstrieren werden.«

»Und dann?«, fragte Hauser.

»Einige von uns riefen gleich lauthals juhu, schulfrei! Aber Herr Poch wies uns darauf hin, dass wir ohne Teilnahme an der Demo morgen nicht den gewünschten Bericht dazu scheiben könnten. – Dann hat er eine Liste ausgelegt, in die wir uns eintragen sollten, damit die Schule weiß, auf welcher Demo wir sind und welcher Lehrer uns begleiten wird.«

»Und was habt ihr dann gemacht«, bohrte Hauser weiter.

»Wir haben uns in die Liste eingetragen. Unser Plan war, zehn Minuten mitzugehen, damit wir den Bericht schreiben können. Danach wollten wir uns vom Acker machen, um dann zu euch nach Hause zu gehen und zu chillen.«

»Und was ist dann schiefgelaufen?«, fragte Hauser. »Wie kam es zu dem Unglück?«

»Wir nahmen unsere Fahrräder und sind mit den anderen und mit zwei Lehrern zur Demo der ZD geradelt.«

»Wie zur ZD?«, fragte Hauser ungläubig. »Warum das denn? Findet ihr gut was die machen?«

»Äh, nein finden wir nicht«, sagte Marie entrüstet. »Wir dachten, dass es dort am meisten Stimmung gibt – also am meisten los ist. Zumindest hatten das die Jungs bei uns gesagt. Die meinten, da spricht sicher wieder die männliche Maria, also denen ihr Chef. Wir kannten den gar nicht. Da müsst ihr hin. Das ist lustig. Da ist auf jeden Fall Action angesagt, meinten die Jungs. Dass das dann so ausartet, konnten wir ja nicht ahnen.«

»Ok, schon gut«, sagte Hauser.

Marie hatte Mühe, den nächsten Heulkrampf zu unterdrücken.

»Ist kein Vorwurf. Erzähl weiter!«

»Na ja, von da an ging alles rasend schnell. Wir standen da so, als plötzlich von der Seite eine erste Flasche geflogen kam. Als wir schauten, sahen wir, dass sich ein paar Vermummte, wahrscheinlich von einer anderen Demo, der ZD-Demo genähert hatten und aus der Menge Flaschen und andere Gegenstände warfen.«

»Und wo war die Polizei?«, wollte Hauser wissen.

»Auf der anderen Seite«, sagte Marie. »Die haben das erst gar nicht bemerkt. Und als sie es dann bemerkt hatten, wollten sie dazwischen gehen. Doch da war es zu spät. Denn in dem Moment kamen nicht nur Flaschen, sondern auch Silvesterböller geflogen. Die ZD-Leute hatten sich inzwischen bewaffnet. Sie rissen Straßenschilder heraus und kratzten Pflastersteine aus dem Boden. Innerhalb kurzer Zeit war es wie im Krieg. Am Anfang fanden wir es noch spannend. Mirella sagte, dass wir eine gute Entscheidung getroffen haben, hier her zu kommen, weil wir so morgen richtig was zu berichten hätten. Mir war es schon too much, aber Mirella wollte noch bleiben. Komm, nur zwei Minuten, sagte sie. Jetzt wird es erst richtig gut. Als die Polizei dann aber begann Tränengas zu versprühen, wollten wir gehen. Und dann ...«

Maries Stimme versagte.

»Beruhig dich«, sagte Hauser. »Was war dann?«

Nachdem Marie dreimal tief durchgeatmet hatte, fuhr sie fort.

»Dann sind wir gegangen. Zuerst wollten wir durch die ZD-Menge durch. Doch die ZD-Leute waren so aggressiv, dass wir umdrehten und in Richtung Polizei flüchteten. Wir dachten, dort sind wir sicher. Und ich weiß nicht genau, wie es passiert ist. Plötzlich tat es einen Schlag. Kurz darauf fiel Mirella auf den Boden. Ein Pflasterstein hatte sie von hinten getroffen. Er kam auch den Reihen der ZD-Demonstranten. Mirellas Kopf war sofort überall blutüberströmt. Ich beugte mich zu ihr runter und versuchte sie anzusprechen. Leider war sie bewusstlos. Ich schrie um Hilfe. Zum Glück kamen gleich zwei Polizisten und zogen mich und Mirella hinter die Polizeiline. Sie hielten ihre Schutzschilde über uns, bis ein Notarzt da war und Mirella hierher brachte.«

»Und dir ist nichts passiert?«, erkundigte sich Hauser.

»Nein, ich habe nichts abbekommen. Mir geht es gut!«

»Na zum Glück«, sagte Hauser und nahm Marie in den Arm. »Wissen deine Eltern, dass du hier bist?«

»Ja, ich habe sie gleich benachrichtigt«, sagte Marie.

»Ok!«, sagte Hauser. »Am besten gehst du jetzt nach Hause. Ich bin ja hier. Du kannst eh nichts machen. Und ich sage dir Bescheid, wenn die OP vorbei ist.«

»Ok«, sagte Marie und nahm ihre Tasche.

»Hier hast du 20 Euro«, sagte Hauser und drückte ihr das Geld in die Hand. »Nimm ein Taxi. Dann kommst du sicher nach Hause.«

»Danke«, sagte Marie und drückte Hauser nochmals kurz. »Und Sie sagen mir gleich Bescheid, sobald es Neuigkeiten gibt!?«

»Versprochen!«, versicherte Hauser.

Mehr als zwei Stunden waren vergangen, seitdem Marie weg war. Die Ärzte operierten immer noch. Das Nachfragen im Zehn-Minuten-Abstand hatte Hauser inzwischen aufgegeben. Gedankenversunken stand er vor der Flurwand, die mit Landschaftsfotografien aus Bayern dekoriert war.

»Herr Hauser!«, sprach ihn von hinten plötzlich eine Stimme an. »Sind Sie Herr Hauser?«

Hauser drehte sich um und sah wie ein hochgewachsener Mann im weißen Arztkittel vor ihm stand.

»Ja, der bin ich«, sagte Hauser.

»Ich bin Dimitri Adranopolos, der operierende Arzt ihrer Tochter.«

»Ah, endlich«, sagte Hauser erleichtert. »Wie geht es ihr?«

»Den Umständen entsprechend. Die Operation ist soweit gut verlaufen. Es sind keine zusätzlichen Komplikationen aufgetreten. Ihre Tochter hat eine gute Konstitution.«

»Wird sie wieder gesund?«, fragte Hauser.

»So leid mir das tut. Das können wir zum jetzigen Zeitpunkt noch nicht sagen. Ihre Tochter hat eine schwere Schädel-Fraktur. In der Folge gab es starke Hirn-Blutungen. Durch die schnelle OP konnten wir den Druck auf das Gehirn minimieren und die Blutung stillen. Wir haben sie ins künstliche Koma versetzt und nun bleibt uns nichts anderes übrig, als abzuwarten. Bei solch schweren Verletzungen kann man leider zu einem so frühen Zeitpunkt keine Prognose zum Heilungsprozess abgeben. Aber sie ist jung. Der Körper regeneriert noch gut. Es kann sein, dass sie wieder ganz gesund wird. Aber leider kann es auch sein, dass sie bleibende Schäden davonträgt. Es wird lange dauern, bis sie genesen ist.«

»Kann ich zu ihr?«, fragte Hauser.

»Ja klar«, sagte Adranopolos. »Es ist sogar wichtig, dass Sie zu ihr gehen. Wir wissen zwar wissenschaftlich noch nicht warum. Aber wir gehen davon aus, dass die Nähe von vertrauten Personen positiv wirkt. Kommen Sie mit. Ich bringe Sie hin.«

Hauser folgte Adranopolos den langen Flur entlang und durchs Treppenhaus zwei Stockwerke nach oben auf die Intensivstation. Als sie vor einem Zimmer angekommen waren, sagte Adranopolos.

»Gehen Sie ruhig rein. Aber erschrecken Sie nicht. Die vielen Apparate, Kabel und Schläuche sind normal.«

»Ok«, sagte Hauser, als er den Türgriff runter drückte.

Trotz der Warnung schockte ihn Mirellas Anblick. Ihr Kopf war komplett eingebunden. Das Gesicht war auf der linken Seite geschwollen und rund um das Auge blutunterlaufen. Aus dem Kopfverband kam ein Schlauch, der einen am Bett hängenden Beutel mit einer blutartigen Flüssigkeit füllte. Seitlich am oberen Ende des Betts standen diverse medizinische Geräte. Hauser nahm sich einen Stuhl und setzte sich neben das Bett.

So schnell kann es gehen, dachte er. Heute Morgen war sie noch ein heiteres Mädchen und jetzt ist nicht klar, ob sie jemals wieder gesund wird.

Er nahm Mirellas Hand und drückte sie an seine Wange.

»Komm schon Mirella. Du bist ein starkes Mädchen«, flüsterte Hauser ihr zu. »Du schaffst das. Ein einziger Stein wird dich doch nicht unterkriegen. Du kannst mich nicht alleine lassen. Ich brauche dich!«

Hauser saß lange schweigend und gedankenversunken neben Mirellas Bett. Draußen war es inzwischen dunkel, als eine weibliche Stimme zu ihm sagte.

»Herr Hauser! Es wäre gut, wenn Sie nach Hause gehen.«

»Ah, ja«, sagte Hauser verwirrt. »Wie spät ist es denn?«

»Viertel nach Neun«, sagte die Schwester. »Sie können ja morgen wiederkommen. Wir kümmern uns um Mirella. Sie ist bei uns in guten Händen.«

»Alles klar«, stammelte Hauser vor sich hin und stand auf. »Dann gehe ich. Ok, das mache ich. Ja, ich gehe. Gut, gut, dann mache ich mich auf den Weg.«

»Alles gut bei Ihnen«, fragte die Schwester besorgt.

»Ja, ...«

24. Juni, Camp Astrid

»Martin, Martin«, sagte Leo und rüttelte Hauser an der Schulter. »Wach auf! Es ist alles gut!«

»Wo bin ich?«, fragte Hauser verwirrt.

»Du bist mit mir im Flugzeug.«

Es dauerte ein paar Sekunden, bis Hauser bei Sinnen war und realisierte, dass er mit Leo auf dem Weg ins Forschungscamp war.

»Ah, ja, stimmt«, sagte Hauser.

»Was war denn los?«, fragte Leo. »Du warst im Schlaf plötzlich so unruhig und hast dann angefangen zu weinen und gerufen: Ok, das mache ich. Ja, ich gehe. Gut, gut, dann mache ich mich auf den Weg.«

»Echt?«, sagte Hauser und dachte nach. »Ich habe von Mirella, meiner Tochter, geträumt.«

»Das sah nicht wie ein erfreulicher Traum aus«, sagte Leo.

»Was Mirella vor einer Woche zugestoßen ist, ist auch alles andere als erfreulich«, sagte Hauser und erzählte Leo in Kurzform was passiert war.

»Ach, Mensch«, sagte Leo betroffen. »Das tut mir leid. Und wie geht es ihr jetzt?«

»Nicht wirklich besser«, sagte Hauser. »Sie liegt immer noch im Koma. Es gab nur einen kleinen Lichtblick – der Grund warum ich heute hier in der Maschine sitze.«

»Erzähl!«, sagte Leo gespannt.

»Nun«, startete Hauser seine Ausführungen. »In den 48 Stunden nach der OP war ihr Zustand unverändert kritisch. Dabei machten die auftretenden Nachblutungen den Ärzten am meisten Sorgen. Sie beschlossen daher nochmals zu operieren, um die Blutung endgültig zu stoppen.«

»Schöner Scheiß«, warf Leo ein.

»Nach dem zweiten Eingriff saß ich über Stunden bei ihr am Bett«, sagte Hauser. »Immer wieder überlegte ich, was ich machen sollte. Hier bleiben und am Bett an ihrer Seite wachen. Wohl wissend dass ich nichts tun konnte. Oder das Akku-Forschungsprojekt unterstützen, obwohl ich mir geschworen hatte niemals wieder in dem Bereich tätig zu sein. Meine Zerrissenheit ging so weit, dass ich, obwohl ich als Wissenschaftler gänzlich unreligiös bin, ein Stoßgebet absetzte. Gott solle mir ein Zeichen geben, was ich tun soll. Bleiben oder gehen. Und du glaubst es nicht! Ich hatte die Frage kaum zu Ende formuliert, da drückte Mirella mir die Hand.«

»Wow«, sagte Leo. »Das heißt, sie ist aus dem Koma erwacht?«

»Das dachte ich auch zuerst«, sagte Hauser. »Leider nein.«

»Dann war es kein Zeichen?«, zweifelte Leo. »Eher eine zufällige Muskelkontraktion.«

»Doch es war eins!«, sagte Hauser. »Denn ich habe nochmals laut die Frage gestellt, ob sie denkt, dass ich gehen soll. Und wieder hat sie die Hand gedrückt. Sie hat aktiv reagiert. Ich habe natürlich gleich die Ärzte gefragt, ob das sein kann. Sie sagte, dass dies bei Wachkomapatienten vorstellbar ist. Es gibt Fälle, in denen die Patienten nicht vollumfänglich kommunizieren können. Sich durch Zeichen bemerkbar machen ist aber möglich.«

»Da bekomme ja sogar ich eine Gänsehaut«, sagte Leo und schüttelte sich.

Hauser schwieg. Nach einer Pause erzählte er weiter.

»Jetzt weißt du, warum ich hier sitze, Leo. Ich habe mich zwar noch etwas geziert. Da gab es einfach zu viele Themen, die da dranhingen. Ich musste da erst noch einiges verarbeiten.«

»Verstehe«, sagte Leo. »Und wer kümmert sich, während du weg bist?«

»Mein alter Freund Tom«, sagte Hauser. »Nachdem er zugesagt hatte, regelmäßig nach Mirella im Krankenhaus zu schauen, wollte ich noch eine Nacht drüber schlafen. Und heute Morgen habe ich dann zum Hörer gegriffen, Doktor Gidion angerufen und meine Unterstützung zugesagt. Den Rest kennst du ja. Dass ich dann so schnell mit dir im Flieger sitze, hätte ich zwar nicht gedacht. Aber egal! Wahrscheinlich dachte Gidion, sie lässt mich lieber gleich abholen, bevor ich es mir anders überlege.«

»Ja, ja«, sagte Leo. »Wie ich Gidion kenne, kann das gut sein. Wenn sie sich was in den Kopf gesetzt hat, muss das direkt umgesetzt werden. Böse Zungen behaupten, Sturheit ist ihr zweiter Vorname.«

Die Maschine setzte merkbar zum Sinkflug an.

»Wo geht es denn hin?«, fragte Hauser.

»In die Nähe von Aachen«, antwortete Leo. »Das Projektteam *ULTIMATUM E* hat auf einem ehemaligen Militärgelände der Belgier, dem Camp Astrid, einen komplett neuen Forschungscampus errichten lassen. Das Gelände stand nach dem Rückzug der belgischen Armee im Jahre 1995 lange Zeit leer. Fach hat es ausgesucht und umbauen lassen. Alle relevanten Wissenschaftler wurden dort zusammengezogen.«

»Na, da bin ich mal gespannt, was mich da erwartet«, sagte Hauser skeptisch.

Er schaute aus dem Fenster.

»Ich habe damals nicht den Kriegsdienst verweigert, um nun auf Umwegen doch in einer Kaserne zu landen.«

»So schlimm wird es nicht werden«, erwiderte Leo süffisant lächelnd. »Ich habe gehört, die haben dort für wichtige Personen Einzelzimmer. Vielleicht hast du ja Glück.«

Es war kurz nach 8 Uhr, als die Maschine auf dem in einem Waldstück liegenden Rollfeld des Camps aufsetzte. Leo und Hauser stiegen in den bereitstehenden Geländewagen, der sie zum Hauptgebäude brachte. Der Wagen hielt an.

»Hier sind wir«, sagte Leo. »Nicht wundern. Wir sind hier richtig. Das ist die ehemalige Kirche des Camps. Sie wurde zum zentralen Empfang mit großem Konferenzraum umgewandelt.«

Hauser stand er vor einem schmucklosen Gebäude, welches an seinem Turm und dem angebrachten Kreuz klar als Kirche zu erkennen war. Ein nüchterner Bau mit vergitterten Fenstern aus den frühen 50er Jahren. Der Kirchturm war nicht in das Kirchenschiff integriert.

»Du musst zum Hauptportal rein«, sagte Leo und stelle Hausers Gepäck auf den Boden. »Hier trennen sich unsere Wege. Ich fliege zurück nach Bonn. Pass auf dich auf. Ich melde mich sobald ich zum geheimnisvollen Fahrer, was herausgefunden habe.«

»Leo«, sagte Hauser. »Danke für deine Unterstützung.«

»Mach's gut«, sagte Leo und setzte sich ins Auto. »Und falls du was brauchst: Meine Nummer hast du ja!«

»Hallo Frau Eisenbichler«, sagte Hauser, als er am Empfang stand, der sich links im großen Kirchenraum befand.

Hauser hatte den Namen der Empfangsdame auf dem Schild am Tresen gesehen.

»Mein Name ist Professor Martin Hauser. Ich würde gerne Frau Doktor Gidion sprechen.«

»Herzlich willkommen, Herr Professor Hauser«, sagte Frau Eisenbichler. »Hatten Sie eine gute Anreise?«

»Wow, das ist ja wie im Fünf-Sterne-Hotel«, sagte Hauser anerkennend.

»Oh, das freut mich, dass Sie die Frage so interpretieren«, sagte Frau Eisenbichler. »Ich habe bis vor kurzem tatsächlich in einem Design-Hotel gearbeitet. Musste schließen. Keine Gäste mehr. Leider können unsere Container-Zimmer hier nicht mit dem Standard draußen mithalten.«

Frau Eisenbichler legte einen Meldezettel und einen Stift auf den Tresen.

»Wenn Sie mir das bitte ausfüllen. Dann kann ich Ihnen die Schlüsselkarte aushändigen, die Sie immer sichtbar tragen müssen. Außerdem willigen Sie ein, dass Sie sich an die Kommunikationsregeln auf dem Gelände halten.«

»Kommunikationsregeln?«

Hauser schaute Frau Eisenbichler fragend an, während er den Bogen ausfüllte.

»Ja, es tut mir leid«, sagte Frau Eisenbichler mit entschuldigendem Blick. »Der BND hat uns strenge Regeln für die Kommunikation nach draußen auferlegt. Sie werden Ihr Handy, Ihren Laptop, Ihr Tablet und so weiter hier abgeben müssen. Sie bekommen dann entsprechende Geräte zur Verfügung gestellt, mit denen nur mit vorher festgelegten Empfängern kommuniziert werden kann. Fernsehen ist ebenso verboten. Es gibt einen Medienraum, in dem ein Filmangebot zur Verfügung steht.«

»Hat sich das mit dem Fernsehverbot auch der BND überlegt«, fragte Hauser skeptisch.

»Ne«, sagte Frau Eisenbichler.

Ihr Blick verriet, dass sie nicht wusste, ob sie mehr Informationen erteilen sollte.

»Das hat unser Projektleiter Professor Fach angeordnet. Er will, dass niemand von den Ereignissen draußen abgelenkt wird und sich alle auf die Arbeit konzentrieren. Er sagte, fernsehen könne man auch nach dem Projekt wieder.«

»Frau Eisenbichler«, sagte Hauser in ernst ungläubigem Ton. »Das ist nicht Ihr Ernst!?«

»Leider doch«, sagte Frau Eisenbichler mit zerknirschtem Gesichtsausdruck.

Na, das fängt ja gut an, dachte sich Hauser.

In Anspielung auf das Kirchengebäude, in dem sie sich befanden, sagte er.

»Sie wissen, dass ich nicht zum Noviziat hergekommen bin! Bevor ich hier nur daran denke irgendetwas abzugeben, will ich erst mit Frau Doktor Gidion sprechen.«

»Sie ist auf dem Weg«, sagte Frau Eisenbichler. »Ich habe ihr Bescheid gegeben.«

Es dauerte keine Minute, da rief eine Stimme von hinten.

»Herr Professor Hauser. Gut Sie hier zu sehen.«

Hauser drehte sich um.

»Frau Doktor Gidion. Die Freude ist auf meiner Seite. Schön Sie wiederzusehen. Und sicher können Sie mir gleich helfen. Die nette Dame hier meinte, ich solle alle meine Kommunikationsmittel wie Handy und so weiter abgeben.«

»Das ist leider so«, entgegnete Gidion betroffen. »Vorschrift vom BND! Sie bekommen eine andere Ausrüstung.«

»Ja, nur mit der kann ich nicht zuhause anrufen«, startet Hauser einen letzten Versuch der Gegenwehr.

»Das können wir einrichten«, sagte Gidion.

Hauser gab sich geschlagen. Auch wenn er nicht alles gelesen hatte, unterschrieb er den Zettel und gab sein Telefon, seinen Laptop und das Tablet ab. Als er fertig war, sagte Gidion.

»Kommen Sie mit in mein Büro! Bis zum Morgenbriefing hier gleich nebenan im großen Konferenzraum ist noch Zeit. Da reicht es auf einen Kaffee.«

In das Kirchenschiff war aus Holz ein Zwischengeschoss eingezogen worden. Eine Treppe führte in den oberen Bereich, in dem sich hintereinander gereiht mehrere Büros befanden. An den Türschildern, den Namen und Titeln war zu erkennen, dass sich hier die Projektleitung niedergelassen hatte. Gidion hatte ihr Büro am Ende des Ganges über die gesamte Breite des Kirchenschiffs. Direkt davor lag das Büro von Fach.

»Der Kollege Fach kommt immer erst direkt zum Morgenbriefing um 9 Uhr«, sagte Gidion. »Sonst hätten wir gleich kurz Hallo sagen können.«

»Passt schon«, erwiderte Hauser.

Ist mir eh recht, wenn ich den Wichtigtuer erst später treffe, dachte sich Hauser.

Gidions Büro war recht schmucklos. Ein mittelgroßer Schreibtisch, ein zweckmäßiger Bürostuhl, ein paar Ordner in einem weißen Regal und ein runder Besprechungstisch mit sechs Stühlen. Einzig der Blick ins Grüne durch das große Fenster auf der Stirnseite des Kirchenschiffs machte den Raum etwas freundlicher.

»Setzen Sie sich«, sagte Gidion und zeigte auf den Besprechungstisch. »Espresso oder normaler Kaffee? Milch habe ich leider keine. Ist mir gestern ausgegangen.«

»Espresso bitte«, sagte Hauser.

Und während Gidion zwei Tassen Espresso aus der Maschine ließ, fuhr sie fort.

»Die habe ich mitgebracht. Ich hasse den Kaffee aus den Automaten hier. Und eine solche Maschine bekommt man eh nicht bewilligt.«

Hauser setzte sich.

»Ach!«, sagte er. »Ich dachte, Sie erhalten alle nur erdenkliche Unterstützung.«

»Ja, ja«, lachte Gidion. »Hier gibt es noch unterschiedliche Sichten zwischen mir und dem Kanzleramt. Aber ich arbeite dran.«

»Wo planen Sie, mich einzusetzen?«, kam Hauser gleich zur Sache.

»Ich habe nichts geplant«, sagte Gidion. »Ich bin nur dafür zuständig, dass wir die richtigen Ressourcen zur Verfügung haben.«

Als Hauser sie pikiert anschaute, schob sie nach.

»Verzeihen Sie meine emotionslose Ausdrucksweise. So war das nicht gemeint. Was ich damit sagen wollte: Die Einsatzplanung macht Fach. Er hat die Übersicht und weiß was läuft und wo wir Ihre Expertise bestmöglich einsetzen können.«

»Dann steht das Angebot von damals, die Gesamtleitung zu übernehmen nicht mehr«, fragte Hauser.

»Leider nein«, sagte Gidion. »Ich musste loslegen. Ich konnte die Stelle nicht über Monate unbesetzt lassen. Ich hoffe, das verstehen Sie. Doch seien Sie unbesorgt. Wir können Ihre Expertise auf jeden Fall gebrauchen.«

»Ja, verstehe ich«, sagte Hauser. »Dann warten wir ab, was der Kollege Fach sich für einen Job für mich ausgedacht hat. Wie viele Leute haben Sie denn hier zusammengezogen?«

»500«, antwortete Gidion stolz. »Wir haben faktisch alle deutschen Institute zum Thema Akkuforschung hier. Das nahegelegene Akkuforschungszentrum aus Aachen wurde komplett hierher verlegt. Die Forschungsteams des Helmholtz-Instituts in Ulm und die Einrichtung der Universität Jena sind ebenfalls vertreten. Von den 22 Akkuforschungszentren in Deutschland machen 15 mit.«

»Und was ist mit dem Rest«, fragte Hauser verblüfft. »Ich dachte, das Thema ist von nationaler Bedeutung.«

»Ja, ist es auch«, sagte Gidion. »Aber wir zwingen niemanden. Die anderen wollten nicht zentralistisch arbeiten. Föderalismus eben.«

»Ah«, sagte Hauser trocken. »Da brennt die deutsche Hütte und ein Teil der Feuerwehrleute entscheidet sich, nicht zu löschen.«

»Oh, es ist kurz vor 9 Uhr«, sagte Gidion mit Blick auf die Uhr. »Das Briefing fängt gleich an. Lassen Sie uns gehen. Fach mag es nicht, wenn man zu spät kommt.«

Als Hauser und Gidion in den großen Konferenzraum gingen, war dieser zur Hälfte gefüllt. Beide setzten sich in die letzte Reihe. Obwohl es schon kurz nach 9 Uhr war, war von Fach nichts zu sehen.

»So viel zum Thema Pünktlichkeit«, sagte Hauser zynisch. »Wie lange dauert das Briefing normalerweise?«

»15 Minuten«, flüsterte Gidion, da Fach soeben den Raum betreten und sich ans Rednerpult gestellt hatte.

»Guten Morgen, meine Damen und Herren. Ich habe beim Reinkommen aus dem Augenwinkel gesehen, dass wir weitere Unterstützung haben. Martin, mein geschätzter Kollege Professor Doktor Martin Hauser von der TU München, ist zu unserem Team gestoßen.«

Geschätzter Kollege, dass ich nicht lache, dachte sich Hauser. Ganz der alte Showmaker. Er hat sich nicht verändert.

Hauser stand kurz auf und winkte freundlich lächelnd in die Runde.

»Sehen Sie«, flüsterte Gidion Hauser zu, als dieser sich wieder gesetzt hatte. »Er hat Sie erfreut aufgenommen. Das wird was mit Ihnen beiden.«

»Ich gebe mein Bestes«, flüsterte Hauser.

»Ich will heute nochmals die Ziele unserer gemeinsamen Forschung herausstellen«, setzte Fach sein Eingangs-Statement fort. »Ich weiß dass ich dies schon das ein oder andere Mal hier erwähnt habe. Aber ich denke, es ist wichtig, dass wir fokussiert bleiben und hierfür sollten wir uns immer wieder die Ziele klar machen. Diese sind.«

Fach zeigte eine Folie, auf der stand, dass der zu entwickelnde Akku folgende Anforderungen erfüllen muss: Er muss für einen normalen Mittelklassewagen eine Reichweite von 500 bis 700 Kilometern ohne Nachladen aufweisen. Zudem muss er in maximal fünf Minuten an einer Ladestation aufgeladen sein. Hinzu kamen dann Eigenschaften wie lange Lebensdauer und hohe technische Sicherheit. Ohne Frage muss die Batterie viele Ladezyklen meistern und zu geringen Kosten nachhaltig produziert und entsorgt werden können.

»So einen Wunder-Akku hätte ich auch gerne«, zischte Hauser zu Gidion.

»Dann entwickeln Sie ihn, Herr Hauser«, sagte Gidion und stand auf. »Ich gehe. Telko mit dem Bundeskanzleramt. Sie wissen schon: Ressourcen besorgen. Fach kümmert sich um Sie und zeigt Ihnen alles. Wir sehen uns!«

»Alles klar«, sagte Hauser.

Fach stellte ein paar Ergebnisse vom Vortrag vor. Hauser schaute sich um. Wenn er die Körperhaltung und den Gesichtsausdruck der anwesenden Teamleiter korrekt interpretierte, waren sie nicht sonderlich an Fachs Ausführungen interessiert. Es schien eher, als ließen sie diesen Pflichttermin über sich ergehen. Hauser war nicht verwundert, als alle mit dem Schlusswort von Fach wie auf Kommando aufsprangen und zum Ausgang strömten, um sich Minuten später vor den Kaffeeautomaten zu versammeln. Hauser schloss sich der Gruppe an und ließ sich ebenfalls einen Kaffee heraus.

Eine gute Gelegenheit, um erste Kontakte zu knüpfen, dachte er.

»Hallo Martin!«

Hauser drehte sich um. Fach stand vor ihm und streckte ihm die Hand entgegen.

»Hallo Ernst«, sagte Hauser und drückte Fach die Hand.

»Lange nicht gesehen«, sagte Fach. Ein gezwungenes Lächeln huschte über sein Gesicht.

»In der Tat«, erwiderte Hauser. »Lang ist's her.«

»Doktor Gidion hatte mich heute Morgen kurz informiert, dass du kommst. Sie wollte dich ja schon länger dabeihaben.«

»Ja, ging nicht früher«, sagte Hauser.

»Wie geht es Mirella? Sie ist jetzt auch schon groß, oder?«

»Ja, sie ist sechzehn«, sagte Hauser und fuhr seufzend fort. »Leider geht es ihr schlecht. Sie liegt schwer verletzt im Krankenhaus.«

»Oh Mann«, sagte Fach.

Er schien ernsthaft interessiert.

»Wie das? Was ist passiert?«

»Sie kam bei einer Demo zwischen die Fronten und wurde dabei schwer am Kopf verletzt. Sie liegt im Koma«, sagte Hauser.

»Ach du Scheiße. Das tut mir leid«, sagte Fach ernst. »Na dann hoffe ich, dass sie bald wieder gesund wird.«

»Ja, das hoffe ich auch«, sagte Hauser.

Nach einer kurzen Pause sagte Fach.

»Komm, ich zeige dir das Gelände und dann gehen wir in mein Büro und besprechen wo wir dich einsetzen.«

»Das klingt nach einem Plan«, sagte Hauser und folgte ihm.

Sie traten vor das Kirchen-Portal. Fach begann seine Erläuterungen.

»Außer der Kirche und den drei Gebäuden hier rechts haben wir alles neu aufgebaut. In einem der Bestandsgebäude haben wir die Kantine untergebracht. Du weißt ja, wie wichtig uns Wissenschaftler gutes Essen ist. Das zweite Haus wurde zum zentralen Versuchsbereich umgebaut. Hier haben wir eine große Halle, in der wir die entscheidenden Versuche machen. Durch die großen Türen konnten wir die notwendigen Sicherheitsvorkehrungen inklusive Fluchtwegen realisieren. Ich zeige es dir nachher. Das sich anschließende dritte Gebäude wird als Lager für die Rohstoffe und Laborgeräte genutzt. Obendrein haben wir 150 Container liefern lassen. Hier sind die

Büros und vorbereitende Forschungs- und Entwicklungseinrichtungen untergebracht. Sie wurden alle vormontiert angeliefert. Das heißt, die gesamte Labortechnik inklusive Gasanschlüssen und Abzügen wurde im Vorfeld verbaut. Hier vor Ort wurden die Module dann nur zusammengesteckt.«

Fach und Hauser waren inzwischen über den großen Platz gegangen. Sie standen am Anfang einer langen Straße, die links und rechts von Containern gesäumt war.

»Beeindruckend«, sagte Hauser, als sie den Weg entlang gingen. »Wie habt ihr die Forschungsbereiche eingeteilt?«

»Ihr?«, fragte Fach. »Das hab alles ich mir überlegt!«

»Oh, sorry«, sagte Hauser bewusst übertrieben. »Ich wollte dir nicht zu nahetreten.«

»Entschuldigung angenommen«, erwiderte Fach gönnerhaft. »Du glaubst nicht, mit wie vielen Möchtegern-Wissenschaftlern ich hier zusammenarbeiten muss. Bei manchen kann man froh sein, wenn sie wissen, was das Periodensystem ist.«

Hauser beschloss, nicht weiter auf die Kollegenschelte einzugehen. Er kam zu seiner eigentlichen Frage zurück.

»Welche Forschungsbereiche gibt es?«, sagte Hauser.

»Ich habe sechs Bereiche gebildet: Elektrochemie, Materialforschung, Theoretische Grundlagen, Zellsysteme, Methoden und Querschnittsthemen. Und die einzelnen Sektionen haben wiederum Teams, die wie im Falle der Zellsysteme die Themen Batteriealterung und Sicherheit verantworten. Die drei erstgenannten Bereiche sitzen hier auf der linken Seite der Straße. Die drei weiteren auf der rechten Seite.«

»Da sieht man, was geht, wenn der Druck hoch ist«, sagte Hauser anerkennend. »In normalen Zeiten dauert ein solcher Aufbau Jahre.«

»Ja, mein Lieber«, sagte Fach. »Aber Druck alleine ist es leider nicht. Meine jahrelang aufgebauten Beziehungen waren ein entscheidender Faktor, dass das gut geklappt hat. An mancher Stelle kam selbst die Gidion mit ihren High-Heels nicht weiter. Da brauchte es dann einen echten Mann, der zum Schwanzvergleich mit den Bürokraten antritt.«

Ja, ja, dachte sich Hauser. Immer du, du, du. Ohne Gidion hättest du hier nichts auf die Beine gestellt. Mich kotzt es jetzt schon an, mit dir eng zusammenzuarbeiten.

Doch Hauser wollte sich nicht mit Fach anlegen – noch nicht.

»Ja, du warst ja schon immer ein begnadeter Netzwerker!«, sagte Hauser.

Inzwischen waren beide an der Experimentier-Halle angelangt. Sie gingen kurz hinein und Fach machte weitere Erläuterungen, um dann zu schließen.

»Wie du siehst. Alles auf dem neuesten Stand.«

Als sie wieder auf die Straße traten, sagte Fach.

»Lass uns in mein Büro gehen. Dann schauen wir wo ich eine passende Stelle für dich habe. Zwei, drei Teamleiter sind letzte Woche ausgefallen. Da könntest du gut einspringen.«

Na super, dachte sich Hauser. Das mit der Übernahme eines ganzen Bereiches wird wohl nix. Ok. Mal abwarten, mit welchem Vorschlag Fach um die Ecke kommen wird.

»Setz dich«, sagte Fach, als beide sein Büro im oberen Kirchenschiff betraten.

Für Fachs Verhältnisse war es nüchtern eingerichtet. Lediglich das Foto eines getunten Porsche 911 GT3 mit blauem Racing Karo Muster auf einer Wiese mit Bergpanorama im Hintergrund deutete auf seinen eher geltungssüchtigen Lebenswandel hin.

»Deiner?«, fragte Hauser und deutete auf das Foto.

»Klar«, erwiderte Fach im Brustton der Überzeugung. »Ist einer von fünf. Ich wollte nicht von allen die Bilder hier aufhängen. Mit meinem gehobenen Lebensstil kann hier nicht jeder Kollege umgehen.«

»Ach so«, antwortete Hauser trocken.

»Kaffee?«, fragte Fach.

»Gerne!«, entgegnete Hauser.

»Engel, bring uns zwei Kaffee«, rief Fach in Richtung der offen stehenden Tür, durch die es ins Assistenzzimmer ging.

»Schön, wenn man seine Assistentin Engel ruft«, sagte Hauser. »Löst gleich positive Assoziationen aus.«

»Ne«, sagte Fach lachend. »Sie heißt wirklich so.«

»Ah, verstehe«, blieb Hauser beim Thema. »Nomen est omen!«

»Ha«, sagte Fach, dem die Unterhaltung sichtlich Spaß machte. »Eher nicht. Eher Engel im Teufelsgewand würde ich sagen. - Aber scharfer Engel. Wirst ja gleich sehen. – Und schlau. Die weiß alles!«

Ja, da hat er recht, dachte sich Hauser als, Engel den Kaffee brachte. Attraktive Frau. Könnte zwar Fachs Tochter sein. Aber was soll's. Es ist nicht meine Aufgabe, darüber zu urteilen.

»Mein Guter«, lenkte Fach das Gespräch wieder in die geschäftliche Richtung. »Wir brauchen einen Job für dich. Lass mal überlegen!«

»Ernst«, sagte Hauser. »Du weißt: Ich bin gerne präzise. Ich suche keinen Job. Die Gidion hatte mich gefragt, ob ich mit meinem Wissen und meiner Erfahrung unterstützen kann. Ich bin davon ausgegangen, dass das mit dir abgesprochen war.«

»Sei nicht gleich beleidigt«, wiegelte Fach ab. »Klar brauchen wir dich. Hab's nur verkürzt dargestellt. Ich schau gerade mal.«

Fach kramte in einem hohen Aktenstapel auf seinem Schreibtisch und zog ein Blatt heraus.

»Ah, hier ist es«, sagte er zu Hauser gewandt. »Unser Organigramm. Was habe ich denn für dich?«

Nach dem er sich einige Zeit das Organigramm angeschaut hatte und dabei immer wieder nachdenklich die Hand mal vor den Mund mal an die Stirn gehalten hatte, sagte er.

»Eine Bereichsleitungsposition ist aktuell nicht frei. Jedoch ist im Bereich Elektrochemie die Leitung des Teams Grundlagenforschung aufgrund von Krankheit unbesetzt. Ich gehe davon aus, dass der Kollege länger ausfallen wird. Daher wäre mein Vorschlag, dass du das übernimmst.«

»Habe ich eine Wahl?«, sagte Hauser enttäuscht, um sich gleich selbst zu antworten. »Ich glaube nicht. Dann lass uns so starten!«

»Perfekt«, sagte Fach und stand auf. »Ich zeige dir dein neues Büro und stelle dich dem Team vor. Komm, wir gehen rüber.«

Für den Nachmittag hatte Gidion auch ein Kennenlernen mit Berger arrangiert. Bereichsleiter Systeme, Professor Doktor Theo Berger, stand auf dem Türschild.

Ok, hier bin ich richtig, dachte sich Hauser.

Ein kurzer Blick auf die Uhr zeigte ihm, dass er rein konnte. Er klopfte an die Tür.

»Herein«, rief es von innen.

»Guten Tag Herr Professor Berger«, sagte Hauser, als er das Büro betrat. »Ich bin Professor Hauser. Wir haben um 16 Uhr einen Termin.«

»Ja, kommen Sie rein«, sagte Berger. Er zeigte auf einen Besprechungstisch in der Ecke.

»Setzen Sie sich. Ich bin sofort bei Ihnen. Ich muss noch kurz den Satz in der E-Mail zu Ende schreiben.«

»Schön dass wir uns gleich heute kennenlernen«, begann Berger das Gespräch, als er sich zu Hauser an den Tisch setzte.

»Ja, finde ich auch«, sagte Hauser.

»Welchen Bereich haben Sie übernommen?«, wollte Berger wissen.

»Ich bin Teamleiter im Bereich Elektrochemie und zuständig für die Grundlagenforschung«, sagte Hauser. »Habe mich bis soeben mit meinem Team ausgetauscht. Da sind sofort ein paar offene

Fragen aufgetaucht. Die würde ich gerne mit Ihnen besprechen. Es geht um das Batteriemanagement. Wo stehen wir da? Sie sind ja zuständig.«

»Gerne«, erwiderte Berger und lehnte sich zurück. »Ich hole mal aus. Wie Sie sagten: Ich bin für Batteriemanagementsysteme zuständig. Jetzt werden Sie sich sicher fragen, wie ich als Car-Guy der Verbrennungsära dazu komme, mich darum zu kümmern?«

Hauser nickte zustimmend und sagte.

»Die Frage hatte ich mir in der Tat gestellt.«

»Sehen Sie«, fuhr Berger fort. »Wusste ich's!«

»Nun«, sagte Berger. »Das ist ganz einfach. Als der Hauptfokus noch auf Verbrennungsmotoren lag, habe ich mich seit Jahren auf den Schwerpunkt Motorensteuerung fokussiert. Jetzt, wo alle Welt denkt, dass das Heil der Menschheit im Elektroantrieb liegt, kümmere ich mich halt um die Steuerung des Akkus.«

Hauser schaute verwundert.

»Verstehen Sie mich nicht falsch«, fuhr Berger fort. »Ich glaube, dass es gut ist mehr in Elektromobilität zu investieren. Aber der Hype, der darum gemacht wird, den halte ich für überzogen. Den Verbrenner gibt es noch lange. Aber das ist nur meine bescheidene Meinung und am Ende für uns auch egal. Jetzt bin ich hier, helfe wo es geht und hoffe, dass der Spuk im November vorüber ist.«

Bergers Erklärungen hatten ihr Ziel verfehlt. Anstatt sich mit den Ausführungen zufriedenzugeben, bohrte Hauser nach.

»Sie wissen schon, was da draußen gerade los ist!? Das weite Teile der Bevölkerung arbeitslos sind oder bald werden und dass mit dem Importstopp der Chinesen der deutschen Wirtschaft der Boden unter den Verbrennungsmotor-Füßen weggezogen wurde. Wie kommen Sie darauf, dass der Spuk bald vorbei sein könnte?«

»Mir ist klar, dass wir handeln sollten«, wiegelte Berger ab. »Darum bin ich ja hier. Ich wollte nur sagen, dass man gleichzeitig über andere Wege nachdenken muss. Wenn die Chinesen ihren

Markt dicht machen, dann könnten wir uns zum Beispiel neue Märkte suchen. Afrika ist in weiten Teilen unerschlossen. Oder wir gehen stärker auf Russland zu.«

»Damit die Luft dann dort verpestet wird?«, fragte Hauser ärgerlich. »Und die Erde sich dort erwärmt und es bei uns schön kühl bleibt. Nach dem Motto: In Afrika ist es eh heiß. Da kommt es auf ein paar Grad mehr oder weniger nicht an. Ganz ehrlich, Herr Kollege Berger: Ich bin kein Klimaaktivist, aber Ihre Aussagen sind schräg. Alles beim Alten zu belassen, kann sicher nicht die Lösung sein. Ich muss zugeben, mit meiner Historie hätte ich lieber auf Wasserstoff gesetzt und die Brennstoffzelle gepusht. Da finde ich den aktuellen Fokus auf 100 Prozent Elektro auch zu einseitig. Aber den fossilen Verbrennungsmotor weiter pushen – ehrlich. Das geht gar nicht!«

Hauser hatte die letzten Sätze emotional unterlegt. Daher entgegnete Berger.

»Kein Grund, sich aufzuregen«, sagte Berger versöhnlich. »Wir sitzen hier ja nicht zusammen, um Weltanschauungen auszutauschen. Wir können die Diskussion ja bei Bedarf bei einem Bier fortsetzen.«

»Macht Sinn!«, lenkte Hauser ein.

»Dann zurück zum Thema«, sagte Berger. »Im Bereich Batteriemanagementsysteme beschäftige ich mich mit den Themen Zellenschutz, Ladekontrolle, Lastmanagement, Bestimmung des Ladezustandes, Bestimmung der Zellgesundheit, Ausbalancieren der Zellen, Ladeschlussspannung, Temperaturkontrolle und der Spannungsdiagnose. Also mit allen Themen, die es gleichermaßen im Bereich der Lithium-Ionen-Akkus für andere Anwendungen gibt. Unser Fokus hier liegt zusätzlich auf dem Thema Schnittstellen zum Fahrzeug und wir beschäftigen uns mit der Frage, welche Probleme das Batteriemanagement-System bei neuartigen Akkus lösen kann.«

»Ah, spannend«, sagte Hauser.

»Ja«, bestätige Berger.

Er freute sich, dass sich die anfänglich angespannte Stimmung gelöst hatte und sich ein fachlicher Dialog entwickelte.

»Im Bereich Schnittstellen zum Fahrzeug kümmern wir uns um das Thema Kühlung oder Erwärmung des Akkus«, führte Berger weiter aus. »Überdies müssen die Akkupacks beim Abstellen des Wagens in den Schlafmodus versetzt werden. Des Weiteren läuft eine permanente Fehleranalyse. Fehlerspeicher sind notwendig, um diese in der Werkstatt auszulesen.«

»Ah, ok«, sagte Hauser. »Und wie gehen Sie da vor?«

»Die Software erstellen wir mit einem weitgespannten Entwickler-Netzwerk. Die Schwierigkeit bestand darin, in Deutschland ausreichend Spitzen-Programmierer zu rekrutieren. Auf dem Niveau wird ja inzwischen viel near- und off-shore erstellt. In diesem Fall hat uns die von Ihnen geschilderte Situation da draußen geholfen, weil Autokonzerne auch Softwareexperten entlassen mussten, die wir dann einstellen konnten. Aber es geht leider alles nur langsam voran. Wir bräuchten viel mehr Leute und auch Rechenpower für die Simulationen.«

»Schon an den Einsatz von Hochleistungsrechnern gedacht?«, fragte Hauser.

»Ha«, lachte Berger. »Gedacht schon oft! Aber das ist immer noch ein frommer Wunsch an solche Dinger ranzukommen.«

»Anderes Thema.«, sagte Hauser. »In meinem Bereich Grundlagenforschung schaut sich mein Team viele neue Materialien für Elektroden und Elektrolyt an. Zum Beispiel machen wir Tests mit Magnesium oder Schwefel als Material für die positiv geladene Elektrode. Bei der negativen Elektrode sind Germanium oder Sauerstoff Teil unserer Forschung und für den Elektrolyten testen wir unterschiedliche Polymere und Glas.«

Berger hörte interessiert zu.

»Die Auswahl des Akku-Materials hat ja direkte Auswirkung auf das Batteriemanagement. Von welcher Materialzusammensetzung gehen Sie denn aktuell aus?«, fragte Hauser.

»Darf ich ehrlich zu Ihnen sein?«, begann Berger seine Antwort. »Mir ist es momentan egal, an welchen Materialien Ihr Bereich forscht. Das ist alles Zukunftsmusik. Da kommt bis November eh nichts Zählbares heraus. Das sieht Fach genauso.«

Hauser schaute erstaunt. Daher fügte Berger an.

»Das ist nix gegen Sie und Ihre Arbeit. Die ist wichtig. Aber sind wir mal ehrlich. Wir müssen uns bis November maximal fokussieren.«

»Und das heißt?«, fragte Hauser skeptisch.

»Ganz einfach«, sagte Berger. »Wir versuchen, zunächst den Chinesen-Akku nachzubauen. Kobalt an der positiven Elektrode. Silizium statt Grafit an der Negativen. Und ein fester Elektrolyt. Darauf richten wir unsere Batteriemanagement-Software aus. In zwei Wochen soll der letzte und entscheidende Versuch stattfinden. Und wenn das klappt, dann präsentieren wir dies der Regierung. Dann ist der Spuk beendet.«

Hausers Blick änderte sich von überrascht zu entsetzt. Berger fügte an.

»Ich dachte, Sie wüssten das? Hat Ihnen Fach das nicht erläutert?«

»Oh, doch«, log Hauser. »Doch, doch, hat er. Ich bin nur davon ausgegangen, dass es zumindest noch ein zweites Szenario gibt, an dem gearbeitet wird.«

»Ne, gibt es nicht!«, machte Berger klar.

»Gesetzt den Fall das Experiment klappt«, sagte Hauser. »Wie geht es danach weiter?«

»Das weiß ich nicht im Detail«, sagte Berger. »Ich denke mit dem Ergebnis sollen die Chinesen zum Einlenken bewegt werden.«

Nach einer kurzen Pause fügte Berger an.

»Ganz ehrlich! Ist mir auch egal. Darum sollen sich andere kümmern.«

»Ja gut«, sagte Hauser. »Haben Sie vielen Dank, Herr Kollege Berger für die erhellenden Einblicke. Es war sehr aufschlussreich. Bis bald!«

»Hat mich auch gefreut, dass wir uns austauschen konnten«, erwiderte Berger. »Schönen Nachmittag!«

Nicht zu fassen, dachte sich Hauser, als er die Tür von Bergers Büro hinter sich schloss. Was läuft hier eigentlich? Das passt alles nicht zusammen.

Je mehr er nachdachte, umso offensichtlicher wurde, dass das Ganze hier nur eine teure Alibiveranstaltung war. Fach war nicht ernsthaft daran interessiert, hier einen wesentlichen wissenschaftlichen Fortschritt zu erzielen.

Kein Wunder, dass hier alle so entspannt sind, dachte Hauser. Ob Gidion weiß, dass das Ziel nur der Nachbau des chinesischen Akkus ist? Ob die Regierung schon vor der Übermacht kapituliert hat? Warum hat Fach mich nicht eingeweiht? Und weshalb hat Gidion mein Hilfsangebot nicht von vorne herein abgelehnt? Sie hätte mir ja sagen können, dass es sich nicht mehr lohnt, hier zu unterstützen, schloss er seine Gedanken trotz vieler offener Fragen ab.

26. Juni, Camp Astrid

Seit Hausers Gespräch mit Berger waren weniger als 48 Stunden vergangen. Seine Recherchen hatten Bergers Aussagen überwiegend bestätigt. Der nächste geplante Versuch drehte sich um den China-Akku. Hauser betrat Gidions Büro.

»Hallo Herr Hauser«, begrüßte ihn Gidion. »Wie geht es Mirella? Warum haben Sie mir nichts gesagt? Fach hat mir das mit Mirellas Unfall erzählt. Schrecklich!«

»Leider schlecht!«, sagte Hauser. »Sie liegt weiterhin im Koma. Wenn man es positiv sehen will, dann hat sich ihr Zustand zumindest nicht verschlechtert. Die behandelnden Ärzte konnten mir gestern wieder nicht sagen, wann sie aufwacht und ob sie dauerhafte Schäden davontragen wird.«

»Tut mir leid, das zu hören«, sagte Gidion mitfühlend. »Ich drücke weiterhin die Daumen.«

»Danke«, sagte Hauser.

Nach einer kurzen Pause fügte er an.

»Ich muss mich dringend mit Ihnen über das Projektziel unterhalten.«

»Klar, gerne«, sagte Gidion. »Worum geht es?«

Hauser berichtete von seinem Gespräch mit Berger und der Erkenntnis, dass erst einmal nur der China-Akku nachgebaut werden sollte. Dann führte er kurz aus, dass seine Recherchen ergeben hatten, dass der Nachbau gelingen könnte. Das war die gute Nachricht. Die Schlechte war, dass er nicht angetreten war, um hier die Chinesen zu kopieren. Er glaubte nicht daran, dass man mit dieser Strategie langfristig irgendetwas bewegen könnte. Schon gar nicht ließe sich seiner Ansicht nach die hohe Arbeitslosigkeit verringern oder die grassierende Armut beseitigen.

»Sie können ja richtig emotional werden«, sagte Gidion, nachdem Hauser mit seinem Statement fertig war.

Hauser zog die Augenbrauen zusammen und stutzte.

»Machen Sie sich über mich lustig?«

»Nein, nein«, wiegelte Gidion ab. »Ich meine es so, wie ich es gesagt habe. Diese emotionale Seite habe ich an Ihnen noch nicht erlebt. Sie scheinen ja voll committet zu sein!«

»Ja, klar bin ich hier 100 Prozent dabei«, sagte Hauser mit einem leicht verständnislosen Unterton. »Sonst wäre ich nicht hier. Ich will, dass wir das schaffen und unser Land und die Leute eine Zukunft haben. Großartige Wissenschaftler mit ihren bahnbrechenden Erfindungen und fleißige Leute haben unser Land groß gemacht. Umso mehr tut es mir weh, wenn unser Anspruch ist, andere zu kopieren. Ein Armutszeugnis. Früher haben uns die Chinesen kopiert. Heute kopieren wir sie. Dafür stehe ich nicht zur Verfügung!«

»Ok, verstehe ich«, sagte Gidion beschwichtigend. »Wobei ich die Sachlage anders beurteilen würde.«

»Deswegen sitzen wir hier«, sagte Hauser. »Warum machen wir das?«

»Nun«, begann Gidion ihre längere Erklärung. »Zunächst sehe ich nicht, dass wir ausschließlich den chinesischen Akku nachbauen wollen. Zumindest ist es mit mir so nicht abgesprochen. Das kann nur ein Etappenziel sein. Aber wenn uns das gelingt, sind wir wenigstens gleich auf und haben dann Zeit, uns an die Spitze zu setzen.«

»Bis dahin haben wir wertvolle Zeit verloren«, unterbrach Hauser. »Wir müssten schon längst an der neuen Akku-Technologie arbeiten, um bis November wenigstens einen Prototyp vorweisen zu können.«

»Tun wir ja«, verteidigte sich Gidion. »Sie sind ja das beste Beispiel dafür, dass wir an anderen Materialien forschen.«

»Das ist bloß eine Alibi-Veranstaltung«, sagte Hauser abfällig. »Berger hat mir ins Gesicht gesagt, dass ihn meine Materialforschung nicht interessiert.«

»Ach was Berger sagt«, entgegnete Gidion. »Das interessiert nicht. Der macht hier nur mit, damit die Autolobby zeigen kann, dass sie unser Vorhaben unterstützt.«

»Das ist ja noch schlimmer«, sagte Hauser. »Die Akku-Steuerung ist einer der wichtigsten Komponenten für zukünftige Hochleistungsbatterien.«

»Das kann sein«, wiegelte Gidion ab. »Das können wir später diskutieren. Lassen Sie uns zum eigentlichen Thema zurückkommen.«

Als Hauser nicht widersprach, fuhr Gidion fort.

»Der Plan ist, am 7. August den China-Akku fertig zu haben und zu testen. Wenn der Test gelingt – und davon gehe ich aus – haben wir einen Etappensieg errungen. Damit verfolgen wir drei Ziele. Erstens wollen wir China und der Welt zeigen, dass wir auf Augenhöhe mitspielen können. Wir haben damit einen Trumpf mehr in der Hand, wenn wir mit ihnen über die Aufhebung des Einfuhrstopps verhandeln. Zweitens ist es ein bedeutendes Signal an die Bevölkerung, dass wir alles tun, um das Problem in den Griff zu bekommen. Und zu guter Letzt – das sollten Sie nicht unterschätzen – ist das entscheidend, um die hohen Investitionen zu rechtfertigen.«

»Hohe Investitionen«, sagte Hauser zynisch lachend. »Das was wir hier ausgeben, ist in meinen Augen viel zu wenig. Aber gut. Wir müssen nicht wieder in diese Diskussion verfallen.«

»Danke!«, sagte Gidion. »Ich wollte noch anfügen. Wenn wir das erste Ziel erreicht haben, dann machen wir weiter und versuchen, die Chinesen technisch zu überholen.«

»Ich bleibe dabei«, sagte Hauser nach kurzer Überlegung. »Der Plan ist nachvollziehbar aber falsch. Er blendet einen entscheidenden Punkt aus!«.

»Der da wäre?«, wollte Gidion wissen.

»Ganz einfach«, sagte Hauser. »Im Erfolgsfall haben wir nur einen Prototyp. Die Chinesen hingegen legen im November mit der Massenproduktion los. Die werden von unserem Ergebnis wenig beeindruckt sein.«

»Ja, wenn es dumm läuft, kann das passieren!«, lenkte Gidion ein. »Aber so haben mir Fach und Berger es plausibel gemacht. Mich hat der Plan auch nicht vom Hocker gehauen. Aber er scheint mir das Risiko zu reduzieren, dass wir Anfang November mit leeren Händen dastehen. Daher habe ich zugestimmt.«

»Ok«, sagte Hauser resigniert.

Dass Gidion technologisch nicht volles Risiko ging, enttäuschte ihn.

7. August, Camp Astrid

Der entscheidende Tag war gekommen. Der China-Akku sollte final getestet werden. Statt wie sonst alle Teamleiter und Verantwortlichen im großen Saal im Kirchenschiff zum Morgenbriefing zu versammeln, hatte Fach alle Camp-Mitarbeiter in die zentrale Versuchshalle geladen. Die Halle war im Grunde genommen eine normale Produktionshalle. Eine Absauganlage sorgte dafür, dass entstehende Gase ins Freie geleitet werden konnten. Ein über die gesamte Länge laufender Lastkran konnte schwere Gegenstände an jeden beliebigen Ort in der Halle heben. Das Gebäude war in einzelne Inseln aufgeteilt, in denen im Großen wie im Kleinen eine Gesamtbatterie oder ein Teilprozess getestet werden konnte. Die Testinsel, die heute im Mittelpunkt stand, lag im hinteren Bereich der Halle.

Hier war über die letzten Wochen der China-Akku entstanden. Es handelte sich um einen Lithium-Ionen Akku wie er in handelsüblichen Mobiltelefonen zum Einsatz kam, aber mit zwei wesentlichen Unterschieden. An der negativ geladenen Elektrode wurde nicht Graphit, sondern Silizium verwendet. Zudem war der verbaute Elektrolyt nicht flüssig, sondern bestand aus einem festen Kunststoff. Eine eigens konstruierte Ladesäule mit einem neuartigen Spezialstecker sollte die Schnellladung ermöglichen.

Um nah an der Serienausführung zu sein, wurde die gesamte Technik direkt in ein Fahrzeug eingebaut. Die Türen, Fenster, Motorhaube und Kofferraumdeckel waren abgenommen worden. Der Anblick erinnerte an ein ausgeschlachtetes Autos vom Schrottplatz. Aus dem Auto führten Kabel heraus, die an drum herum angeordneten Messgeräten angeschlossen waren. Hauser musste instinktiv an Mirella denken.

»Jetzt ist er da!«, rief Fach auf einem Podest neben dem Fahrzeug stehend in die Menge. Die Anwesenden verstummten.

»Jetzt ist der da«, wiederholte Fach ein weiteres Mal, damit alle den Anfang seiner Rede mitbekommen konnten. »Der große Tag!«

Nach einer längeren Pause, in der er auf das Fahrzeug blickte, fuhr Fach fort.

»Liebe Kolleginnen und Kollegen, schön dass Sie alle gekommen sind. Heute ist es so weit! Wir testen erstmalig das Laden und Entladen unseres neuen Lithium-Silizium-Hochleistungsakkus. Viele, viele Stunden Arbeit waren notwendig, um heute einen Akku prüfen zu können, der es mit dem von China vor ein paar Monaten vorgestellten Energiespeicher aufnehmen kann. Besonders stolz können wir auf den neuen Stecker und die Ladesäule sein. Hier denken wir, dass wir besser sind als die chinesische Konkurrenz.«

Fach machte erneut eine kurze Pause, um das Raunen der anwesenden Zuschauer zu genießen.

»Liebe Kolleginnen und Kollegen. Ich will Sie nicht länger auf die Folter spannen. Herr Doktor Schmitz, ich denke, Sie haben alles vorbereitet!?«

Fach richtete seinen Blick zu einem am Fahrzeug stehenden hochgewachsenen schlaksigen Mann mit schütterem Haar und Nickelbrille. Nachdem dieser seine Hand mit dem Daumen nach oben für jeden sichtbar in die Höhe streckte, fuhr Fach fort.

»Dann starten Sie den Versuch JETZT!«

Schmitz ging einen Schritt auf das Auto zu und betätige einen überdimensionalen roten Schalter. Nachdem er ihn gedrückt hatte, passierte hörbar nichts, aber an den diversen Impedanz- und Spannungsmessgeräten konnte man ablesen, dass der Akku sich auflud.

»Wie Sie sehen«, begann Schmitz seine versuchsbegleitenden Erläuterungen, »haben wir das Versuchsfahrzeug auf einen fahrbaren Rollenprüfstand gestellt um nach dem Aufladen der Batterie einen Fahrzyklus darzustellen.« In Richtung Ladesäule und Stecker zeigend fuhr er fort.

»Wie der Kollege Fach bereits sagte. Auf den Stecker und die Ladesäule sind wir besonders stolz. Bei so hohem Ladestrom war vor allem das Wärmemanagement herausfordernd.«

»Das scheint es ja immer noch zu sein«, rief einer der zuschauenden Forscher, der seitlich am Versuchsaufbau stand und die Ladesäule von hinten sah.«

»Warum?«, fragte Schmitz erschrocken.

»Weil es hier raucht«, sagte der Wissenschaftler trocken.

»Wo?«, fragte Schmitz hektisch.

»Na hier!«, schrie der Forscher nervös und zeigte auf die offene Rückseite der Ladesäule. »Hier an der Stelle wo vorne der Stecker an die Ladesäule andockt.«

Schmitz ging näher hin und schaute sich das genauer an. Als er mit seinem Kopf auf Höhe des Steckers war, knallte es plötzlich. Ein Blitz traf Schmitz im Gesicht. Schreiend und die Hände vor das Gesicht haltend ging er zu Boden.

»Aaahhh,« schrie Schmitz und krümmte sich vor Schmerz. »Meine Augen, meine Augen.«

Fach der inzwischen von seinem Podest zu Schmitz geeilt war, versuchte den Überblick im ausbrechenden Chaos zu behalten und schrie.

»Wir brauchen einen Sanitäter. Warum sind die nicht da. Scheiße. Die hätten von Beginn an in der Halle sein müssen. Verdammt! Jemand muss den Sani holen!«

Fach zeigte auf eine kleinere, untersetze Frau die zufällig neben ihm stand.

»Sie da!«, schrie er. »Kappen Sie die Stromzufuhr. Und holen Sie einen Feuerlöscher.«

Während der Großteil der Anwesenden in Panik in Richtung Ausgang lief, war Hauser wie angewurzelt stehen geblieben. Er konnte sich weder vor noch zurückbewegen. Festgenagelt und mit starrem Blick stand er da.

»Martin!«, rief Fach. »Komm her! Hilf mir! Wir müssen Schmitz aus der Gefahrenzone bringen.«

Fachs Worte rissen Hauser aus der Schockstarre. Statt wie von Fach erwartet, kam Hauser aber nicht zu ihm. Im Gegenteil. Er drehte sich um und rannte aus der Halle. Er rannte und rannte. Erst als er den Wald erreicht hatte, verlangsamte er seine Schritte und blieb stehen. Er setzte sich an einen Baum. Sein Atem verlangsamte sich. Die Panik ließ nach. Mehr als eine Stunde saß er da, als der Ton einer SMS ihn aus der Stille riss.

Komm sofort in mein Büro! 11 Uhr. Ernst, stand auf dem Display.

Ok, textete Hauser zurück.

»Hallo«, sagte Hauser, als er Fachs Büro betrat.

»Ah, Martin«, sagte Fach kühl.

»Wie geht es Schmitz?«, fragte Hauser.

»Den Umständen entsprechend. Den Umständen entsprechend. Die Explosion hat seine Brille zerstört. Ein paar Kunststoffsplitter sind ins Auge gelangt. Wir werden sehen. Er fällt mindestens für das nächste halbe Jahr aus. Ein Superhirn weniger, dass uns aus dem Schlamassel helfen kann. Schöner Scheiß!«

»Ja, blöd«, sagte Hauser betroffen. »Ich hatte gehört. Er ist einer der Besten.«

»Deswegen hatte ich dich nicht angefunkt«, lenkte Fach in aggressivem Ton das Gespräch auf seinen eigentlichen Punkt.

»Was war das denn vorhin? Du kannst doch nicht unvermittelt weglaufen, wenn es kritisch wird und ich dich brauche. Du hast Vorbildfunktion.«

Fach machte eine Pause und starrte Hauser an. So wurde Hauser zum letzten Mal von seinem Vater angeschaut, als dieser ihn im Alter von 12 Jahren mit einer Flasche Bier erwischt hatte.

»Wenn das ein junger Wissenschaftler macht«, setzte Fach seine Standpauke fort, »dann würde ich das verstehen. Doch bei dir! Ich bin enttäuscht.«

»Danke für das Feedback«, entgegnete Hauser. »Nur, wenn du ungefragt Feedback gibst, dann mach das bitte wertschätzend. Ich bin nicht dein kleiner Sohn.«

»Oh, sorry«, sagte Fach in übertrieben demütigendem Tonfall. »Wusste nicht, dass du so empfindlich bist.«

»Das hat mit empfindlich nichts zu tun«, sagte Hauser bestimmt. »Das ist eine Frage des gegenseitigen Respekts!«

»Was ich eigentlich sagen wollte«, fuhr Hauser fort. »Ich weiß, dass ich mit Feuer ein Problem habe. Seit längerem. Bei Feuer kann ich meinen Panikreflex nicht kontrollieren. Das ist Fakt. Damit muss ich leben und folglich auch du!«

»Aber es gab kein Feuer!«, sagte Fach. »Schmitz hat einen Stromschlag bekommen, weil offensichtlich ein Lichtbogen übergesprungen ist.«

»Ja, dass weiß ich«, sagte Hauser. »Das ist egal. Es hätte ein Feuer werden können. Und sobald es nach Feuer aussieht, bekomme ich Panik.«

»Hast du es mal behandeln lassen?«, fragte Fach.

»Ja, alles versucht«, sagte Hauser. »Leider vergeblich!«

»Na gut.«, sagte Fach. »Da kann man dann nix machen. Gut dass ich das weiß.«

»Und wie ist dein weiterer Plan?«, fragte Hauser. »Der Versuch ist ja gescheitert. Wir haben nichts zu präsentieren. Wie geht es jetzt weiter?«

»Nun«, sagte Fach. »Zum einen schauen wir uns selbstverständlich die Ladesäule und den Stecker genau an. Eigentlich konnte nichts schief gehen. Schmitz und ich hatten den Versuch erst vor zwei Tage durchgespielt. Da hat alles geklappt. Das stinkt zum Himmel!«

»Sabotage?«, fragte Hauser. »Willst du andeuten, jemand hat manipuliert?«

»Ich deute nichts an!«, sagte Fach. »Aber komisch ist es. Und wie gesagt. Schmitz ist einer der Besten. Dem Unterlaufen keine Fehler. Ich muss mal mit Berger sprechen. Die Software für die Ladesäule stammt aus seinem Team. Vielleicht liegt da das Problem. Dass Software fehlerhaft sein kann, wissen wir beide.«

»Und dann?«, fragte Hauser erneut.

»Und dann?«, sagte Fach. »Ich wäre nicht Professor Doktor Fach, wenn ich nicht einen Plan B hätte, den ich jetzt aktiviere.«

»Und der wäre?«, fragte Hauser.

»Ich habe mich nicht nur auf den Nachbau verlassen«, sagte Fach. »Parallel habe ich ein Team beauftragt, auch an der positiven Elektrode das Material zu ersetzen.«

»Und an was hast du da gedacht«, fragte Hauser.

»Magnesium«, sagte Fach. »Magnesium!«

»Ah«, sagte Hauser anerkennend. »Verstehe! Ist auch bei mir ein heißer Kandidat. Hohe Energiedichte, eine ausreichende Verfügbarkeit der Rohstoffe und keine Ablagerungen an den Elektroden stehen auf der Habenseite. Aber wie bekommst du die Lebensdauer in den Griff? Vor allem im Fahrzeugbereich ist der Akku ja nicht alltagstauglich, wenn er nach 100 Lade- und Entladevorgängen die Grätsche macht.«

»Wichtiger Punkt«, sagte Fach anerkennend. »Über Details verfüge ich nicht. Das Team sagte, sie haben das im Griff. Erst gestern habe ich einen diesbezüglichen Status bekommen. Das Magnesium-Akku-Team traut sich nächste Woche einen Versuch zu. Sollten wir das Steckerproblem von heute in den Griff bekommen und kommende Woche einen Magnesium-Akku erfolgreich testen, wären wir zweifach auf der Zielgeraden.«

»Dein Wort in Gottes Ohr«, sagte Hauser.

»Hast du dich von der Kirche inspirieren lassen«, provozierte Fach.

»Warum wusste ich von dem Team und ihrer Aufgabe bisher nichts?«, fragte Hauser.

»War keine Absicht,« rechtfertigte sich Fach. »Ich dachte, dein Team ist involviert. War es das nicht?«

Im Detail war Hauser nicht informiert. Zwar waren ein paar seiner Leute immer wieder in Sonderprojekten eingebunden. Das war nie offiziell und wurde auch nie im Morgenbriefing besprochen.

Transparenz ist nicht sein Ding, dachte sich Hauser.

»Weiß Gidion davon«, fragte Hauser.

»Wovon?«, sagte Fach. »Vom Magnesium-Team? Nein! Sie kennt nur Plan A und sie weiß dass wir generell bis Ende Oktober einen weiteren Akku entwickeln wollen. Aber dass der Magnesium-Akku schon so weit ist, habe ich nicht transparent gemacht. Im Zweifel wäre sie gleich zur Kanzlerin gerannt und hätte die Erwartungen nach oben geschraubt. Das wollte ich nicht! Jetzt wo der Versuch schief gegangen ist, wird sie froh sein, dass ich einen Plan B habe.«

»Sicher!«, sagte Hauser. »Und die Brandgefahr der verwendeten Magnesium-Späne hast du auch unter Kontrolle?«

»Ja klar!«, sagte Fach selbstbewusst. »Ich gehe davon aus, dass die Jungs eine Lösung haben. Sonst würden sie den Versuch nicht für nächste Woche zusagen.«

»Ok«, sagte Hauser und machte sich auf den Weg Richtung Tür.

13. August, Camp Astrid

Freitag der dreizehnte, dachte sich Hauser, als er die große Versuchshalle betrat. Für manche ist es ja eine Glückszahl. Hoffentlich auch für Fach und sein Magnesium-Team.

Fach hatte das Morgenbriefing in die Halle verlegt. Im Gegensatz zur Vorführung des Silizium-Akkus vor einer Woche, wollte er den Durchbruch beim Magnesium-Akku nicht allen Camp-Mitarbeitern, sondern ausschließlich den sonst ohnehin anwesenden Führungskräften vorführen. Vor dem Hintergrund fiel Fachs Intro deutlich weniger theatralisch aus.

»Liebe Kollegen«, begann er seine Ausführungen. »Guten Morgen. Willkommen in der großen Halle.«

Hätte er noch *des Volkes* hinzugefügt, könnte man grad denken, man ist in China, dachte sich Hauser.

»Nachdem der Versuch mit dem Silizium-Akku letzte Woche zu unser aller Bedauern nicht das gewünschte Ergebnis gebracht hat, möchte ich Ihnen heute einen neuen Batterie-Typ vorstellen. Den Magnesium-Akku.«

Beifall im Raum.

Oh, dachte sich Hauser. Ferienfliegerstimmung im Camp.

»Ich versichere Ihnen«, fuhr Fach fort. »Vor dem heutigen Tag haben wir alles nochmals durchgecheckt, so dass nichts schief gehen wird.«

Ein Raunen ging durch die Menge, als Fach den Startknopf drückte. Alle schauten gespannt auf den Ladestandanzeiger und auf die diversen Temperaturmesser, die an der Ladestation und dem Stecker angebracht waren. Diesmal sollte alles unter Kontrolle sein. Fach griff auf einen herkömmlichen CSS-Stecker mit 350 Kilowatt zurück. Eine ausgereifte Technologie, um das Überhitzungsrisiko an der Ladeinfrastruktur auszuschließen. Entsprechend länger dauerte es, bis der Akku zu 80 Prozent aufgeladen war und das Auto auf den Rollenstand seine simulierte Fahrt zurücklegen konnte.

Wieder goutierten die Anwesenden den erfolgreichen Zwischenschritt des geladenen Akkus mit Applaus. Aufgrund der höheren Energiedichte der Magnesium-Akkus konnte das Fahrzeug deutlich schneller und weiter fahren. 700 km Reichweite stand auf der Anzeige.

Fach ergriff erneut das Wort. Euphorisch sagte er.

»Sehen Sie. Es klappt! Der Akku hält, was wir uns von ihm versprochen haben. Mit ihm haben wir bei gleicher Größe die doppelte Energie-Dichte. Dadurch konnten wir ihn kleiner machen. Und trotzdem hat er 700 km Reichweite und ist damit absolut alltagstauglich. Niemand muss mehr fürchten, unterwegs aus Strommangel stehen zu bleiben. Wenn wir diesen Akku in den nächsten Tagen zusätzlich mit dem neuartigen Ladesystem kombinieren, dann ist uns der Durchbruch gelungen.«

Na ja, dachte sich Hauser. Der Akku selbst ist beachtenswert. Aber so lange es eine Ladesäule braucht, die locker 10.000 Euro kostet, würde ich nicht von absoluter Alltagstauglichkeit sprechen. Aber gut. Heute ist sicher nicht der richtige Zeitpunkt, dies zu erwähnen, gab er sich innerlich versöhnlich.

»Martin!«, rief Fach und winkte in seine Richtung. »Komm kurz mit raus. Ich habe ein paar Flaschen Champagner und Gläser vor dem Tor stehen. Kannst du tragen helfen?«

»Klar, gerne«, sagte Hauser.

Und mit einem Lachen in der Stimme fügte Fach hinzu.

»Das Auto fährt ja von selbst!«

Fach und Hauser gingen zum großen Hallentor, durch welches schwere und sperrige Lasten in die Halle transportiert werden konnten. In einem der Tore war eine Tür eingelassen.

»Ich geh vor«, sagte Fach und ging durch die Tür. »Gleich hier rechts in der Nische.«

Fach zeigte auf eine Kiste Champagner und zwei Kartons mit Gläsern.

»Nimm du die Gläser«, sagte Fach. »Ich nehme den Champagner.«

»Ok«, sagte Hauser.

Beide hatten gerade die Kartons vom Boden aufgehoben und waren wieder auf dem Weg zum Hallentor, da gab es drinnen eine heftige Explosion. Selbst die Hallenscheiben aus Drahtglas zerborsten in tausende Splitter. Reflexartig ließen Hauser und Fach ihre Kartons fallen und duckten sich Richtung Hallenwand.

»Was war das denn?«, schrie Fach. Hauser sagte nichts. Wie angewurzelt verharrte er in der Hocke.

»Komm«, brüllte Fach.

»Ich kann nicht«, sagte Hauser. Man merkte ihm an, dass ihn nur schon diese drei Worte unendliche Überwindung kosteten.

»Wieder deine Panik-Attacke?«, fragte Fach.

Als Hauser nicht antwortete, sagte Fach.

»Verdammt! Dann geh ich alleine rein.«

Als Fach die Halle betrat, bot sich ihm ein Bild des Schreckens. Überall lagen Tote und Verletzte. Leichenteile waren in der ganzen Halle zerstreut. Einem Forscher war durch die Wucht der Explosion der Kopf vom Rumpf abgetrennt worden. Die Leichtverletzten hatten überwiegend Schnittwunden von herumfliegenden Splittern. Sie versuchten sich schon wieder aufzurappeln. Andere hatte es schlimmer erwischt. Bei ihnen steckten kleine Metallteile wie Dolche im Körper. Einer Kollegin hatte ein langer Metallgegenstand den rechten Oberschenkel durchbohrt. Sie schrie vor Schmerzen.

Fach rannte durch ein Feld von Blut und Körperfetzen zu einem der Leichtverletzten.

»Was ist passiert?«, fragte Fach.

»Es ging alles so schnell«, stammelte der Angesprochene. »Während der Fahrt schlugen plötzlich Flammen aus dem Unterboden, aus dem Teil, wo die Batterien verbaut sind. Es war zwar extrem heiß, aber eigentlich nicht weiter schlimm. Ein paar von uns nahmen die Feuerlöscher und wollten den Brand bekämpfen. Wir hatten alles unter Kontrolle, bis die Sprinkleranlage anging.«

»Ach du Scheiße«, entfuhr es Fach. »Hier gibt es eine Sprinkleranlage mit Wasser?«

»Ja«, sagte der Verletzte. »Wohl schon. Von früher schätze ich.«

Oh, Mann, dachte sich Fach. Das wusste ich nicht. Das hat mir keiner gesagt, als wir hier eingezogen sind. Dann hätten wir den Versuch mit Magnesium ja nie in der Halle machen dürfen. Ist ja klar, dass im Falle eines Brandes Magnesium in die Luft kommt und in Verbindung mit Wasser Knallgas entsteht. Daher die heftige Detonation! Ach du Scheiße, ging es ihm durch den Kopf.

Inzwischen waren die Rettungskräfte eingetroffen. Die Feuerwehr schaltete als Erstes die Sprinkleranlage aus. Dann deckten sie das Versuchsfahrzeug mit Löschschaum ein, so dass keine weitere Gefahr bestand. Fach und die anderen leicht verletzten Wissenschaftler halfen, die schwer verletzten Kollegen auf Tragen zu heben.

Nachdem Fach in die Halle gegangen war, saß Hauser noch ein paar Minuten in Schutzhaltung an der Hallenwand. Erst langsam konnte er sich aus seiner Panikstarre lösen.

Ich muss hier weg, sagte eine innere Stimme zu ihm. Ich kann nicht einfach weglaufen, meldete sich eine andere Stimme. Du gehst da jetzt rein und hilfst. Nein, ich kann das nicht. Doch du kannst.

Hauser merkte, wie zerrissen er war. Auch wenn es ihm leidtat, nicht helfen zu können. Irgendeine unsichtbare Kraft zog ihn weg vom Geschehen.

Er stand auf. Bedächtig ging er in Richtung der Wohngebäude. Kein Fluchtreflex.

Ob das ein gutes Zeichen ist, dachte er sich. Möglicherweise ist es ein erster Schritt, mein Trauma zu überwinden.

Als ein Krankenwagen mit Blaulicht an ihm vorbeifuhr, zuckte er zusammen.

Wie es Mirella wohl geht, dachte er.

Tränen schossen ihm in die Augen. Als Hauser in seinem Zimmer angekommen war, ließ er sich aufs Bett fallen.

So kann es nicht weitergehen, sinnierte er weiter. Fach tut zwar so, als ob er alles im Griff hat. In Wirklichkeit hat er nichts unter Kontrolle. Zwei fehlgeschlagene Versuche innerhalb von Tagen. Sicher der Zeitdruck ist groß und Rückschläge gehören zum Alltag. Aber der Preis, vor allem heute, ist dann zu hoch. Morgen werde ich ihn zur Rede stellen, dachte Hauser weiter. So kann es nicht weitergehen. Das ganze Vorgehen ist fraglich. Diese Heimlichtuerei. Die gesamte Strategie. Das wird nix werden!

Hauser wählte die Nummer von Tom.

»Ja«, meldete sich Tom am Telefon.

»Hi, Tom«, sagte Hauser, der sich inzwischen aufs Bett gesetzt hatte. »Ich bin es, Martin.«

»Wie geht es dir?«, fragte Tom. »Kommt ihr voran?«

»Mir geht es gut«, log Hauser, weil er nicht wollte, dass Tom sich Sorgen machte. »Leider ist heute ein Versuch schief gegangen. Blöd! Wir stehen wieder am Anfang.«

»Oh«, sagte Tom mitfühlend. »Bedauerlich! Gib nicht auf. Eure Arbeit ist wichtig. Hier draußen wird es immer hoffnungsloser!«

»Wie geht es Mirella?«, fragte Hauser.

»Den Umständen entsprechend würde ich sagen«, sagte Tom. »Sie liegt immer noch im Koma. Ich habe erst gestern ausführlich mit den Ärzten gesprochen. Sie wagen weiterhin keine Prognose. Allerdings wird es zunehmend schwieriger, eine stabile Versorgung zu gewährleisten. Der Strom fällt oft aus. Die Notstromaggregate laufen nur sporadisch. Der Verschleiß ist durch die langen Laufzeiten inzwischen so hoch, dass sie oft ausfallen. Außerdem fehlt es an Ersatzteilen. Sie sind hier daher skeptisch, ob sie die Versorgung ihrer Intensivpatienten noch lange auf dem Niveau garantieren können.«

»Na, das sind ja keine erfreulichen Nachrichten«, sagte Hauser betrübt.

»Ja«, bestätigte Tom. »Tut mir leid.«

»Kannst ja nix dafür«, sagte Hauser. »Dann pass auf dich auf.«

»Du auch«, sagte Tom und legte auf.

Erschöpft legte sich Hauser hin und schlief ein.

14. August, Camp Astrid

Hauser schreckte hoch.

Wo bin ich? Warum bin ich noch angezogen? Warum ist es dunkel, dachte er sich.

Erst langsam kamen die Erinnerungen an die schrecklichen Ereignisse zurück. Hauser schaute auf die Uhr. Es war 3 Uhr nachts. Nach einer Dusche setzte er sich hin und skizzierte auf einem Blatt, was sich aus seiner Sicht ändern musste. Denn so konnte es seiner Ansicht nach nicht weitergehen. Er nahm ich vor gleich am Morgen mit Fach zu sprechen.

Als Hauser den großen Konferenzraum im Kirchenschiff zum Morgenbriefing betrat, waren die Reihen spärlich gefüllt. Von den Anwesenden hatte jeder dritte irgendeine Art von deutlich sichtbarer Verletzung – die Pflaster an Armen, im Gesicht oder auf dem Kopf nicht mitgerechnet. Hauser setzte sich in eine der hinteren Plätze. Ihm war es peinlich, dass er hier völlig unverletzt reinspazierte.

Auch Fach war inzwischen eingetroffen. Er ging direkt nach vorne.

»Liebe Kolleginnen und Kollegen«, begann Fach seine Ansprache. »Vielen, vielen Dank, dass Sie trotz der schrecklichen Ereignisse von gestern und Ihrer teilweise eigenen Verletzungen hierhergekommen sind. Selbst mir fällt es heute Morgen schwer, die richtigen Worte zu finden.

Die Bilanz der gestrigen Knallgasexplosion – dass dies die Ursache war, hat mir inzwischen die Feuerwehr bestätigt – ist verheerend. Von den 60 Personen gestern sind leider 7 unserer Kollegen ums Leben gekommen, 26 liegen noch mit teilweise schweren Verletzungen im Krankenhaus. Das ist bitter! Um die Toten zu ehren, bitte ich alle, für eine Schweigeminute aufzustehen.«

Nach dem Gedenken fuhr Fach fort.

»Das Desaster von gestern war eine Verkettung unglücklicher Umstände. Analog zum missglückten Versuch von letzter Woche mit dem schmorenden Schalter ist auch hier nicht klar, warum der Batteriepack gestern angefangen hat zu brennen. Ich persönlich habe der Generalprobe am Tag zuvor beigewohnt, und da hat alles tadellos funktioniert. Dass dann die wasserbasierte Sprinkleranlage anging, konnte niemand ahnen. Ich wusste nicht, dass sie im Zuge der Renovierung nicht ausgetauscht wurde. Warum hier bei der Planung und Ausführung geschlampt wurde, wird Teil der laufenden Ermittlungen sein. Es tut mir leid, das zu sagen. Aber angesichts des Zeitdruckes bleibt uns nichts anderes übrig, als weiterzumachen. Die zentrale Versuchshalle ist zwar komplett zerstört. Wir müssen in kleinere, dezentrale Hallen und Labors ausweichen. Das wird gehen. Ich habe alle Bereiche angewiesen, zu schauen, welchen Versuch wir als Nächstes durchführen können. Eventuell haben wir ja bald eine Lösung für den überhitzten Stecker und wir starten erneut das Experiment von letzter Woche.«

Hauser hatte sich Fachs Worte bis zur Schweigeminute gelassen angehört. Angesichts der Unfälle zur Tagesordnung überzugehen: Das geht nicht, fand er. In Hauser fing es an zu brodeln.

»Ernst«, rief Hauser und stand auf. »Sorry für die Unterbrechung. In Anbetracht der dramatischen Unglücke willst du uns nicht allen Ernstes zum *Weiter so!* aufrufen?«

»Doch!«, erwiderte Fach. »Genau das will ich! Oder hast du einen besseren Vorschlag?«

»Einen inhaltlich besseren Vorschlag habe ich direkt heute Morgen nicht. Wie auch? Das Inferno ist ja kaum 24 Stunden her. Ich hätte zumindest erwartet, dass wir uns in dieser Runde darüber unterhalten, was wir anders machen, um solche Unglücke in Zukunft zu verhindern. Die Hälfte aller leitenden Wissenschaftler ist tot oder schwer verletzt. Da können wir nicht weitermachen wie bisher!«

Spontan klatschten einige der Anwesenden Beifall. Andere bestätigten Hausers Aussagen mit einem: Ja, stimmt!

»Ach, interessant!«, sagte Fach ironisch. Die Wut über Hausers Kritik vor Publikum war ihm deutlich anzusehen. Hörbar verärgert fuhr er fort.

»Du schlägst also vor, dass wir erst einmal einen Stuhlkreis bilden, uns an der Hand nehmen und unseren Namen tanzen. – Ist es das, was du willst? Ist es das?«

»Ach Ernst, bleib sachlich«, rief Hauser nach vorne. »Du weißt genau, dass ich das nicht meine. Ich sage lediglich, wir sollten alle hier mit einbeziehen, wie wir weitermachen. Deine Alleingänge haben ja nicht zum Ziel geführt.«

»Meine Alleingänge?«, schrie Fach aufgeregt. »Das musst ausgerechnet du sagen. Wer macht den hier Alleingänge, wenn es brenzlig wird. Wo warst du denn gestern, als es um die Versorgung der Verletzten ging? Wo?«

»Das ist etwas anderes«, sagte Hauser eingeschüchtert. »Und das weißt du!«

»Das ist nichts anderes«, schrie Fach. »Das nennt man Verantwortung. Und zwar dann, wenn es schwierig wird, muss man gerade stehen und Eier in der Hose haben. Nichts anderes als das tue ich.«

Da Hauser nicht gleich antwortete, fuhr Fach wütend fort.

»Ich weiß nicht, was diese Diskussion hier soll. Wenn du ein Problem mit mir und der Art der Projektleitung hast, dann kannst du mir das in meinem Büro erläutern. Hierfür müssen wir nicht die knappe Zeit der geschätzten Kollegen hier vergeuden. Wir machen es genauso, wie ich es sage. Die Anfragen an die einzelnen Bereiche laufen schon. Da brauchen wir nicht diskutieren. Das Morgenbriefing ist hiermit beendet! Ich danke Ihnen. Gehen Sie an die Arbeit. Wir sehen uns morgen wieder!«

Stinksauer und mit dem Zeigefinger auf Hauser deutend rief Fach.

»Und dich sehe ich in fünf Minuten in meinem Büro.«

Schäumend vor Wut und Hauser keines Blickes würdigend hatte Fach den Meeting-Raum vor allen anderen verlassen. Hauser war sitzen geblieben.

Es lohnt sich eh nicht mehr, rüber ins Büro zu gehen, dachte er sich.

Ein paar Kollegen bestärkten Hausers Aussagen beim Vorbeigehen und sprachen ihm Mut für das anstehende Gespräch zu. Andere hingegen waren eher resigniert und meinten, dass ein Streit niemanden nützen würde.

Gut, vielleicht hätte ich Fach nicht vor allen kritisieren sollen, dachte Hauser. Aber hey, dafür sind Teammeetings da. Dass man sich austauscht, dass man auch kritische Worte äußern darf. Vor allem nach so dramatischen Ereignissen. Dass Fach dann gleich ausflippt – damit habe ich nicht gerechnet. Meine Angst-Attacken bei Feuer hier vor allen in den Kontext der Verantwortungslosigkeit zu stellen. Nicht gerade die feine englische Art. Ich werde Fach jetzt mal seine Grenzen aufzuzeigen, nahm sich Hauser vor.

»Was ist dein Problem?«, schnauzte Fach Hauser an, kaum hatte Hauser Fachs Büro betreten.

»Ich habe kein Problem«, sagte Hauser. »Das Einzige was ich angemerkt habe war, dass wir die Situation gemeinsam analysieren sollten. Angesichts der Toten und Verletzten müssen wir uns zunächst selbst kritisch hinterfragen. Wenn nicht wir, wer dann?«

»Dafür haben wir keine Zeit«, blieb Fach bei seiner vorhin schon geäußerten Linie. »Außerdem habe ich die Analyse bereits gemacht. Bei beiden Versuchen war einen Tag vorher alles in Ordnung. Die Risiken waren kalkulierbar. Niemand wusste von der noch verbauten Sprinkleranlage. Wenn man das außen vor lässt, stellt sich die Frage, warum der eigentliche Versuch gestern schief ging. Und dafür gibt es nur eine Erklärung!«

Hauser war gespannt, was jetzt kommen würde.

»Jemand sabotiert! Die Versuche wurden in böser Absicht manipuliert!«

»Ach komm, Ernst«, sagte Hauser und winkte ab. »Das glaubst du doch selber nicht. Wer soll denn hier manipulieren. Es ist doch alles hermetisch abgeriegelt.«

»Eine andere Erklärung gibt es aber nicht«, blieb Fach bei seinem Verdacht.

»Hast du Beweise?«, fragte Hauser.

»Noch nicht«, sagte Fach.

»Das sind doch Hirngespinste«, sagte Hauser und schaltete in den Angriffsmodus. »Ein Ablenkungsmanöver, um deine unzureichende Vorbereitung und Gründlichkeit zu vertuschen. Wenn es intern Probleme gibt, muss stets ein Feind von außen her, um davon abzulenken. Das hat schon immer funktioniert!«

»Jetzt reicht es«, schrie Fach. Er stand auf und stellte sich vor Hauser auf.

»Was willst du damit andeuten?«, schrie er.

»Das du gescheitert bist«, schrie Hauser, der inzwischen auch aufgestanden war. »Und anstatt sich das einzugestehen, machst du unbeeindruckt weiter. Du bist eine Gefahr für das ganze Projekt!«

»Ah, das wird ja immer besser«, schrie Fach und ging mit seinem Kopf bis auf Handbreite auf Hauser zu. »Jetzt bin ich eine Gefahr für das Projekt! Ich sag dir was mein Lieber. Ohne mich gäbe es das Projekt gar nicht!«

Hauser, war kurz zurückgewichen, um nicht von Fachs feuchter Aussprache getroffen zu werden. Doch nun machte er wieder einen Schritt auf Fach zu. Wie zwei Kampfhähne standen sich die beiden gegenüber.

»Ich kann es gerne nochmals wiederholen«, schrie Hauser seinerseits Fach ins Gesicht. »Das größte Problem für das Projekt bist du! Deine ganze Herangehensweise. Teamzusammenhalt – Fehlanzeige. Sich hier in einem Camp zurückzuziehen, um in Ruhe zu forschen, während draußen alles den Bach runtergeht - was für ein Schwachsinn! Moderne IT für virtuelle Versuchsreihen - sucht man hier vergeblich!«

Hauser machte eine kurze Pause, um dann weniger laut fortzufahren.

»Ich könnte zig weitere Punkte aufzählen. Ist dir jetzt klar, dass du versagt hast?«

»Ach, spannend das zu hören!«, sagte Fach sarkastisch, während er um zwei Schritte nach hinten wich. »Jetzt zeigt sich der wahre, der über allem schwebende Professor supergescheit-Hauser.«

Mit dem ausgestreckten Zeigefinger auf Hausers Brust klopfend sagte Fach.

»Mir hier vorwerfen, dass ich alles falsch mache. Na bravo. Dann frage ich dich. Wo warst du denn, als das hier losging? Gidion hat mir erzählt, dass du erst mal Bedenkzeit ...«

Fach sagte dies in einem extra spöttisch näselnden Ton.

»... erbeten hattest. Während ich hier die Dinge in die Wege geleitet habe und mich durch den ganzen Scheiß-Bürokraten-Kram wühlen musste, saßen der Herr da und hat nachgedacht, ob das alles hier genehm ist. Und deine Fluchtreflexe, immer wenn es brenzlig wird. Glaubst du, dass man mit solch einer Behinderung eine Führungsposition in einem epochal wichtigen Projekt übernehmen kann?«

Hausers Angstattacken hätte Fach lieber nicht als Behinderung verunglimpft. Er packte den vor ihm stehenden Fach am Kragen, hob ihn hoch und drückte ihn nach hinten.

»Das ist hiermit das letzte Mal, dass ich mir von dir meine Angstattacken vorhalten lasse. Nicht von dir!«, schrie Hauser. »Wo du doch die Ursache dafür bist!«

Fach packte Hauser ebenfalls am Kragen. Doch der letzte Satz hatte ihn so überrascht, dass seine Gegenwehr nur gering ausfiel.

»Ich? Was habe ich denn mit deinen Angstattacken zu tun?«, fragte Fach.

»Tu nicht so ahnungslos«, presste Hauser heraus, der durch Fachs Würgegriff kaum sprechen konnte.

»Die Phobie habe ich seitdem von dir verursachten Unfall mit Yvonne. Die eigene Frau in Flammen. Das geht einem nicht mehr aus dem Kopf.«

»Du gibst mir die Schuld an Yvonnes Tod?«, schrie Fach. Auch er hatte Mühe zu sprechen.

»Wem denn sonst!«, schrie Hauser. »Das Muster ist doch das Gleiche. Du hast Yvonne auf dem Gewissen! Du gehst über Leichen. Damals wie heute.«

»Das haut dem Fass den Boden raus!«, sagte Fach sich inzwischen heftiger gegen Hausers Griff wehrend. »Da kann ich doch nix dafür, wenn die dumme Nuss vergisst, die Sicherheitscheckliste abzuarbeiten!«

»Dumme Nuss?«, brüllte Hauser. »Jetzt auch noch Yvonne beleidigen.«

Hauser drückte Fach noch fester in Richtung Wand. Mit einer Drehung versuchte Fach sich aus Hausers Griff zu befreien. Als dies misslang, stellte er Hauser ein Bein. Mit einem dumpfen Schlag gingen beide zu Boden. Der Ringkampf ging hin und her. Ein Sieger war nicht auszumachen, bis Hauser Fach einen heftigen Schubs gab, dieser an das Tischbein prallte und bewusstlos liegen blieb. Auch Hauser war erschöpft. Völlig fertig und heftig schnaufend sank er zu Boden.

Minuten lag er da, bevor er sich zu Fach rüber robbte, um zu schauen, wie es ihm ging.

»Hey, Ernst«, sagte er und tätschelte Fach mit der Hand im Gesicht. »Aufwachen, Aufwachen!«

Hauser hatte Erfolg. Nach ein paar weiteren tätschelnden Schlägen auf die Wange öffnete Fach die Augen.

»Oh, tut das weh!«, sagte er und fasste sich auf die Seite drehend an den Hinterkopf. Als er Hauser sah, fügte er hinzu.

»Was ist passiert?«

»Wir haben uns gestritten und du bist unglücklich zu Boden gefallen«, sagte Hauser. »Beim Boxen würde man sagen: KO in der dritten Runde. Geht‘s?«

»Geht schon«, röchelte Fach mit schmerzverzerrtem Gesicht und robbte sich in Richtung Wand, um sich anzulehnen. Hauser tat es ihm gleich.

»Sorry«, sagte Hauser. »Gewalt ist sonst nicht so mein Ding!«

»Na dafür hast du aber ganz gut zugepackt«, sagte Fach.

»Und jetzt?«, fragte Hauser. »Wie machen wir weiter?«

»Na ich schlage vor, wir zwei reden erst mal miteinander«, sagte Fach zum Erstaunen von Hauser. »Dazu hatten wir uns ja ursprünglich getroffen.«

»Klingt logisch«, pflichtete Hauser bei. »Hoffentlich sieht uns Gidion nicht. Ich glaube, sie wäre wenig erfreut, zwei ihrer wichtigsten Führungskräfte hier in dem Zustand zu sehen.«

»Die ist heute eh nicht da«, sagte Fach. »Schon wieder in Berlin. Die oberen Entscheider bespaßen.«

Nach einer kurzen Denkpause fügte er hinzu.

»Und wenn wäre es mir ohnehin egal!«

»Dein Verhältnis zu ihr ist nicht gut?«, fragte Hauser.

»Ne, nicht wirklich«, sagte Fach. »Wie du richtig sagtest. Wir bekommen immer noch zu wenig Unterstützung für diese Herkules-Aufgabe. Da bin ich von Gidions Beitrag enttäuscht. Ich hatte mir mehr erhofft.«

»Ich wollte da nicht in offenen Wunden bohren«, entschuldigte sich Hauser.

»Tust du nicht«, sagte Fach. »Viele Punkte, die du gesagt hast, sind richtig. Deswegen rege ich mich auch so auf. Weil ich weiß, dass es stimmt!«

Wieder machte Fach eine Pause. Die Kopfschmerzen erschwerten ihm das Denken.

»Weißt du«, sagte Fach nachdenklich. »Ich erwische mich in letzter Zeit immer häufiger bei der Frage. Wozu tust du dir das an? Um Dein Land zu retten? Welches Land? Ein Land, das die Zeichen der Zeit verschlafen hat und dessen politische Entscheidungsträger, nicht den Fortschritt, sondern den Stillstand fördern.«

Mit Resignation im Ton fuhr Fach fort.

»Wenn man bedenkt, dass die Chinesen über Jahre so viel in die Batterieforschung und den Elektroantrieb gesteckt haben wie wir in die Entwicklung eines Verbrennungsmotors, dann weiß man wo das Problem liegt.«

»Mehr als 300 Start-ups gibt es in China, die ein Elektroauto auf die Straße bringen wollen«, sagte Hauser, um das verbale Quartett-Spiel fortzuführen. »Und bei uns? Wenn es hochkommt 20!«

»Eben«, bestätige Fach. »Und deswegen stelle ich mir schon lange die Frage. Wozu das alles? Ist es mir das wert?«

Nach einer Denkpause fuhr er fort.

»Weißt du! Ich bin ausgebrannt. Ich brauche jeden Abend eine Flasche Wein, um runterzukommen, um vier Stunden zu schlafen, bevor ich schweißgebadet aufwache und mir den Kopf zerbreche, wie wir das schaffen sollen.«

Mit weinerlicher Stimme fügte er an.

»Ich kann irgendwann nicht mehr. Auch wenn ich ins Team schaue. Was sehe ich da? Leere, ausgebrannte Augen. Ein Großteil hat resigniert! Vor allem nach den Unfällen. Da glaubt doch keiner mehr dran, dass wir das schaffen.«

»Ich schon!«, sagte Hauser. »Ich schon!«

»Ach«, sagte Fach erstaunt. »Und warum?«

»Weil ich dran glauben will!«, sagte Hauser. »Und weil ich es Mirella schuldig bin. Ich kann mir nicht ausmalen, wie es wäre, wenn sie wieder zu sich kommt, und ich ihr nicht wenigstens sagen könnte, ich hätte alles versucht. – Ich könnte ihr nicht mehr in die Augen schauen. Sie hätte keine Zukunft! – Und ich würde die Verantwortung tragen, dass dies so ist!«

»Ich habe keine Kinder«, sagte Fach um nach einem kurzen Moment des Nachdenkens anzufügen.

»Das mit Yvonne damals tut mir unendlich leid! Ich habe das bisher niemanden gesagt. Ich mache mir bis heute Vorwürfe, dass es so weit kommen konnte. Ich weiß nicht, ob ich Schuld bin. Juristisch sicher nicht. Eine moralische Mitschuld trage ich auf jeden Fall. Ich wollte dir das immer schon sagen. Am Anfang war ich dazu nicht in der Lage. Die brennende Yvonne zu sehen, hat mich über Jahre beschäftigt. Ich hatte Albträume. Und als ich dann wieder hätte darüber reden können, gab es keine Gelegenheit mehr. Und ehrlich gesagt war ich danach zu feige, zum Hörer zu greifen und dich anzurufen.«

Hauser konnte nichts sagen. Er war den Tränen nahe. Durch Fachs Erklärungen kamen bei Hauser wieder alle Bilder hoch. Er hätte nie gedacht, dass Fach jemals zu solchen Worten fähig sein würde.

»Sag was!«, sagte Fach.

»Was soll ich sagen«, antwortete Hauser mit zitternder Stimme. »Wie du siehst, bin ich sprachlos.«

Einige Minuten saßen sie schweigend nebeneinander. Als Hauser seine Emotionen wieder im Griff und seine Gedanken sortiert hatte, sagte er.

»Danke! Danke dass du das gesagt hast. Wir können den Unfall nicht ungeschehen machen, aber es hilft mir.«

»Mir auch!«, sagte Fach. »Weißt du, ich bin noch nach alter Schule erzogen worden. Da hieß es: Gefühle zeigt man nicht. Nun wo es raus ist, geht es mir besser.«

»Gut«, sagte Hauser. »Dann lass uns das Kapitel abhaken und weitermachen. Yvonne zuliebe. Sie war so besessen von der Forschung. Sie hätte gewollt, dass wir es noch einmal versuchen!«

»Ok«, sagte Fach. »Unter einer Bedingung!«

»Und die wäre?«, fragte Hauser gespannt.

»Du wirst von nun an das Projekt leiten!«, sagte Fach.

»Bist du dir sicher?«, fragte Hauser verwundert.

»Ganz sicher!«, sagte Fach. »Du warst schon damals von uns beiden der bessere Wissenschaftler. Dein IQ kann sich mit meinem nicht messen. Du musst das machen. Wir brauchen den Besten an der Spitze!«

»Wow«, sagte Hauser. »Danke für die Vorschusslorbeeren. Das war Hollywood-reif!«

»Du weißt«, bemerkte Fach. »Show kann ich! – Und machst du es?«

Nach kurzer Bedenkzeit sagte Hauser.

»Ok, ich mache es! Aber ich habe auch eine Bedingung!«

»Und die wäre?«, fragte Fach.

»Du bist mein Stellvertreter!«, sagte Hauser.

»Deal!«, sagte Fach und hielt Hauser die Hand hin.

»Deal!«, sagte Hauser und schlug ein.

»Achtung – kleines Wortspiel«, sagte Fach lächelnd. »Es freut mich, dass ich den Ehrgeiz in dir *Ent-Facht* habe!«

»Apropos *Ent-Facht*«, sagte Hauser. »Der Sache mit den Unfällen bei den Versuchen gehe ich nach!«

»Ja, tu das«, sagte Fach. »Ich sag Gidion Bescheid, dass du ab jetzt die Projektleitung übernehmen wirst. Gib mir bis zum Mittag. Dann habe ich das geklärt.«

»Hallo Frau Doktor Gidion«, sagte Hauser, als Gidion sich am anderen Ende der Leitung meldete. »Hauser hier!«

Hauser hatte sich nach dem Streit zunächst in sein Zimmer zurückgezogen, um sich umzuziehen. Am späten Nachmittag ging er dann in sein Büro. Fach hatte ihn im Laufe des Vormittags per Mail über sein Gespräch mit Gidion informiert.

»Ah, mein zukünftiger Projektleiter«, begrüßte Gidion Hauser. »Hallo!«

»Ich denke, über die Hintergründe des Wechsels hat Sie Fach bereits informiert?«, kam Hauser gleich zum Thema. »Ich würde gerne schnellstmöglich mit Ihnen zusammensitzen, um ein paar zentrale Fragen zu klären. Wann sind Sie wieder hier im Camp?«

»Ja, ich weiß Bescheid«, sagte Gidion. »Freut mich, dass ich meinen Wunschkandidaten bekomme. Glückwunsch! Gute Entscheidung!«

»Danke!«, sagte Hauser. »Und danke für den Vertrauensvorschuss. Es gibt viel zu tun und die Zeit ist knapp. Wann legen wir los?«

»Ich hatte es Fach schon gesagt«, sagte Gidion. »Ich muss mir den Wechsel in der Projektleitung erst offiziell vom Kanzleramt absegnen lassen. Nach den Fehlversuchen und Unfällen sehe ich zwar keinen Grund, dass das nicht genehmigt werden sollte. Der Druck auf mich, hier Änderungen vorzunehmen, wäre nach den Ereignissen der letzten Tage ohnehin extrem gestiegen. Der Move gibt mir die Gelegenheit, Initiative zu zeigen. Ich kann das aber nicht alleine entscheiden. Und Sie beide zusammen schon gar nicht. So flexibel sind wir nicht. Ich muss die offizielle Bestätigung abwarten, bis wir loslegen.«

»Und wann kommt die?«, fragte Hauser. »Es eilt!«

»Wow!«, sagte Gidion anerkennend. »Da macht jemand Druck! – Ich bin dran!«

»Das heißt konkret?«, bohrte Hauser nach.

»Morgen«, sagte Gidion. »Morgen sollte ich das Go haben!«

»Wenn die in der Regierung wüssten, was ich vorhabe, dann würden die sich das mit der Zustimmung nochmals überlegen«, sagte Hauser.

»Ach echt!«, sagte Gidion. »Was haben Sie denn vor?«

»Wir wollten doch erst das Go abwarten, bevor wir loslegen«, gab sich Hauser zugeknöpft.

»Jetzt machen Sie mich neugierig«, sagte Gidion.

»Morgen Nachmittag in ihrem Büro?«, ließ Hauser nicht locker.

»Ja«, sagte Gidion. »14 Uhr bei mir im Büro.«

»Ok, bis dann«, sagte Hauser. »Ich bereite was vor.«

15. August, Camp Astrid

»Setzen Sie sich«, sagte Gidion, als Hauser ihr Büro betrat. »Ich habe gute Nachrichten!«

»Na da bin ich gespannt«, sagte Hauser und nahm Platz.

»Die Kanzlerin hat den Wechsel der Projektleitung genehmigt«, sagte Gidion triumphierend und setze sich zu Hauser an den Besprechungstisch.

»Gut«, sagte Hauser trocken.

»Kommen wir zur Sache«, sagte Gidion. »Wie ist denn Ihr Plan? Sie wollten ihn mir vorstellen. Ich bin gespannt.«

»Planschritt Nummer eins«, sagte Hauser. »Alle duzen sich! – Ich bin der Martin!«

Gidion schaute überrascht als Hauser sich zu Gidion vorbeugte und ihr links und rechts einen angedeuteten Kuss auf die Wange gab.

»Gilt auch, ohne anzustoßen«, sagte Hauser verschmitzt lächelnd. »Sonst sind nach der Umsetzung der neuen Duzregelung alle besoffen.«

»Ich bin Anna«, sagte Gidion leicht verdutzt.

»Schön«, sagte Hauser und grinste lausbübisch.

Der Überraschungscoup ist geglückt, dachte er sich.

»Allein mit der Duz-Kultur werden wir keine bahnbrechende Batterie entwickeln«, provozierte Gidion. »Da muss schon ein ...«

»... Plan her«, fiel Hauser ihr ins Wort. »Den stelle ich dir jetzt vor.«

Hauser öffnete seinen Laptop und startete die Präsentation.

»Bevor ich auf Details eingehe«, begann Hauser, »hier die wichtigsten Eckpunkte in der Übersicht.«

Gidion schaute auf den Bildschirm. Noch ehe Hauser den Text vorlesen konnte, sagte sie entsetzt.

»Ne, das kann nicht dein Ernst sein. Du willst mit dem ganzen Camp nach Berlin ziehen und brauchst eine Zusage über unbegrenzte finanzielle und fachliche Ressourcen? – Was hast du denn geraucht? Unmöglich! Das wird die Kanzlerin nicht freigegeben!«

Hauser blieb gelassen. Insgeheim hatte er mit einer solchen Reaktion Gidions gerechnet.

»Willst du dir nicht erst mal die Details anhören?«, sagte Hauser.

»Sorry. Hast Recht! Erläutere erst, was du dir dabei gedacht hast. Ich bin gespannt!«

»Gerne«, sagte Hauser. »Zunächst zum Umzug. Hierfür gibt es gleich mehrere Gründe, warum ich nach Berlin will. Zum einen müssen wir ins Herz der Krise.«

»Das wäre München, Stuttgart oder Wolfsburg«, unterbrach ihn Gidion.

»Ich meine ins politische Herz«, konterte Hauser. »Wir müssen unter die Leute. Die Kolleginnen und Kollegen sollen den Druck spüren. Sie müssen erleben wie dramatisch die Lage ist und sich Tag und Nacht Gedanken machen, wie sie zu einer Lösung kommen. Sie sollen sehen, welch enorme Bedeutung ihr Einsatz für ein ganzes Land hat.«

»Ok, verstanden«, drückte Gidion aufs Tempo. »Und zum anderen?«

»Zum anderen müssen wir an die politischen Entscheider ran. Du bist ja mehr in Berlin als hier.«

»Ich muss ja allerhand Strippen im Hintergrund ziehen«, verteidigte sich Gidion.

»Ja, ich weiß«, sagte Hauser. »Daher müssen wir ins Machtzentrum. Da können wir Politentscheider einladen. Da kann man schnell mal was abstimmen. Kurze Wege sind der Schlüssel zum Erfolg.«

»Und wo willst du in Berlin hin?«, fragte Gidion. »Sag nicht Schönefeld! Ich kann die Witze über den Hauptstadtflughafen nicht mehr hören.«

»Ne«, sagte Hauser. »Tempelhof! Ich will nach Tempelhof. Das Gelände würde von der Größe her passen. Es ist unbebaut. Und die Abfertigungshalle lässt sich gut nutzen.«

Hauser machte eine kurze Pause, bevor er das letzte Argument brachte.

»Und - der Standort hätte absoluten Symbolcharakter! Stichwort Luftbrücke. Die PR-Strategen der Regierung könnten eine grandiose Story bauen. Nach dem Motto: Schon einmal haben wir in Tempelhof gezeigt, dass wir einer fremden Macht trotzen können. Das wird uns wieder gelingen.«

»Gefällt mir!«, sagte Gidion nach kurzem Nachdenken. »Nach den Unfällen ist es eh egal, ob wir hier aufbauen oder gleich in Berlin alles neu machen.«

»Genau«, bestätigte Hauser. »Ich sehe schon: Wir funken auf der gleichen Wellenlänge. Super!«

»Wozu dann die Forderung mit den unbegrenzten Ressourcen?«, fragte Gidion. »Du kennst doch den Zusammenhang von abnehmendem Grenznutzen bei steigendem Ressourceneinsatz.«

»Klar«, sagte Hauser. »Ist mir bekannt. Es geht mir auch nicht darum, unbegrenzt Ressourcen einzusetzen. Ich möchte freie Hand haben und nicht ständig um Erlaubnis fragen müssen. Das hat viel mit Geschwindigkeit zu tun. Wir brauchen ohnehin mehr und andere Ressourcen als bisher.«

»Die da wären?«, fragte Gidion.

»Um nur ein Beispiel zu nennen.«, sagte Hauser. »Ich brauche Quantencomputer. Nur so können wir den Wettlauf gewinnen.

Damit können wir in kürzester Zeit eine Vielzahl an Versuchen mit unterschiedlichen Materialien simulieren.«

»Ok, das macht Sinn«, sagte Gidion. »Nicht ganz leicht das durchzusetzen. Aber bekommen wir hin!«

»Heißt - dann ist mein Plan hiermit genehmigt?«, sagte Hauser und schaute Gidion fragend an.

»Nicht so schnell«, bremste Gidion Hausers Drang. »Ich muss das erst mit der Kanzlerin besprechen. Bei so gewichtigen Beschlüssen brauche ich ihr ok. Gib mir bis morgen Zeit.«

»Morgen ist zu spät«, intervenierte Hauser. »Ich brauche die Entscheidung jetzt! Denn dann rufe ich heute Abend das Team zusammen und morgen mache ich mich auf den Weg nach Berlin.«

»Ich mag ja fordernde Männer«, sagte Gidion anerkennend. »Aber ich kann nicht zaubern! Ich muss erst die Kanzlerin anrufen.«

»Gut«, sagte Hauser. »Ruf sie an. Jetzt!«

»Wie? Jetzt?«, fragte Gidion.

Nach kurzem Nachdenken sagte sie.

»Na gut! Warum nicht. Dann lernt dich die Kanzlerin gleich kennen. Dann weiß sie wenigstens, auf wen sie sich da eingelassen hat.«

Gidion wählte die Handynummer der Bundeskanzlerin und stellte auf Lautsprecher. Nachdem Hauser seine Ausführungen abgeschlossen hatte, fragte er.

»Und, was denken Sie? Können wir das machen?«

»Garantieren Sie mir den Erfolg«, wollte die Kanzlerin von Hauser wissen.

»Wenn Sie meinen Anforderungen nachkommen«, sagte Hauser selbstbewusst, »dann garantiere ich Ihnen den Erfolg, Frau Bundeskanzlerin.«

»Und Sie schaffen das bis zum 1. November?«, hakte die Kanzlerin nach.

»Ja, klar«, sagte Hauser.

Es herrschte Stille am anderen Ende der Leitung. Dann fuhr die Kanzlerin fort.

»Gut, Herr Professor Hauser. Ich erteile hiermit meine Freigabe. Ich zähle auf Sie. Enttäuschen Sie mich und unser Land nicht. Sie tragen eine hohe Verantwortung für die Zukunft Deutschlands und Europas. Wenn Sie es schaffen, sind Sie der Held. Wenn nicht: Ich denke, Ihnen ist bewusst, dass Sie dann der Sündenbock sind.«

Hauser beschloss, die letzte Bemerkung der Kanzlerin zu ignorieren und sagte.

»Danke, Frau Bundeskanzlerin. Ich werde Ihr Vertrauen nicht enttäuschen.«

»Frau Doktor Gidion«, sagte die Bundeskanzlerin. »Schreiben Sie eine kurze Mail an das Kanzleramt indem Sie über die Entscheidung und das Gespräch informieren. Sie sollen alles in die Wege leiten und jedwede Unterstützung gewähren.«

»Mach ich«, sagte Gidion. »Und danke auch meinerseits für Ihre Unterstützung!«

Gidion legte auf.

»Dann kann es ja losgehen«, sagte Gidion.

»Let's fetz«, sagte Hauser schelmisch grinsend.

»Sollte das witzig sein?«, fragte Gidion.

»Ich dachte ja«, sagte Hauser.

»Ok, daran arbeiten wir noch«, sagte Gidion.

Als Hauser den Raum betrat, war der große Meetingraum im Kirchenschiff bis auf den letzten Platz gefüllt. Seinem Wunsch entsprechend waren alle Stühle in einem Halbkreis aufgestellt worden. Das Rednerpult stand vereinsamt am Rand. In der Halbkreisöffnung waren zwei Hocker platziert.

Sehr gut, dachte sich Hauser. Genauso hatte ich mir das vorgestellt.

»Setz dich«, sagte Hauser zu Fach. »Der zweite Hocker ist extra für dich!«

»Ok«, antwortete Fach überrascht. »Ich dachte, der ist für Gidion – äh Anna – meinte ich.«

»Ne«, sagte Hauser. »Anna hatte ich zwar ebenfalls einen Platz hier vorne angeboten. Sie will aber lieber weiter hinten sitzen.«

»Danke dass ihr meinem Aufruf zum Meeting heute Abend alle gefolgt seid«, begrüßte Hauser die Anwesenden als es im Raum still wurde. »Es gibt wichtige Neuigkeiten!«

»Einen dritten Fehlversuch?«, rief ein Nachwuchswissenschaftler aus den hinteren Reihen sarkastisch.

»Zum Glück nicht«, sagte Hauser. »Zum Glück nicht! Im Gegenteil. Good News vom Führungsteam und aus dem Kanzleramt!«

»Na da bin ich gespannt«, rief der Hinterbänkler.

»Ich spanne euch nicht länger auf die Folter«, begann Hauser seine längeren Ausführungen.

»Einige werden sich sicher wundern, warum ich heute hier vorne zu euch spreche – und überhaupt werdet ihr euch fragen, warum ich alle mit du anspreche.«

Hauser machte eine Pause und schaute in die Runde. Gespannte Gesichter warteten auf die Auflösung.

»Nun«, fuhr Hauser fort. »Ernst Fach und ich – wir haben uns gestern nach dem Morgenbriefing zusammengesetzt und die aktuelle Lage bewertet. Ohne auf weitere Details zum Gesprächsverlauf einzugehen. Final haben wir uns darauf verständigt, einiges zu verändern. Die Rückschläge der vergangenen Tage und der damit verbundene Blutzoll waren einfach zu hoch. Einen detaillierten Plan arbeiten wir in den kommenden Tagen aus. So viel vorweg. Wir stellen uns grundlegend anders auf. Wir vergrößern unser Team deutlich und – wir ziehen nach Berlin um. Genauer gesagt, errichten wir ein neues Camp auf dem ehemaligen Flughafen Tempelhof. Ich breche morgen auf, um die Vorbereitungen dafür zu treffen, damit ihr dort schnellstmöglich die Arbeit aufnehmen könnt.«

Hauser schaute in die Runde.

»Ok, für euch soweit?«, fragte Hauser.

Allgemeines Kopfnicken.

»Super«, sagte Hauser. »Danke für euer Vertrauen. Dann sehen wir uns spätestens Anfang September in Berlin. Ich freue mich. Ach übrigens: Wir schlagen vor, dass wir uns ab jetzt alle duzen. Wir hoffen, das passt für euch?«

Das Kopfnicken aller erfreute ihn.

»Ich gehe jetzt«, sagte Hauser zu Fach, nachdem sie noch weitere Details erläutert hatten und das Meeting beendet war. »Ich muss noch ein paar Sachen vorbereiten. Morgen um sechs mache ich mich auf den Weg nach Berlin und koordiniere die Aufbauarbeiten.«

»Geht klar«, sagte Fach. »Ich schaue hier nach dem Rechten. Viel Erfolg.«

16. August, Berlin

Na das klappt ja gut, dachte sich Hauser, als er zu Fuß Richtung Hubschrauberlandeplatz ging.

Der startklare Helikopter der Flugbereitschaft war schon von weitem zu sehen.

»Hallo Martin«, begrüßte ihn eine Stimme, als Hauser den Hubschrauber bestieg.

»Leo!«, sagte Hauser überrascht. »Ja das freut mich, dass wir uns wiedersehen. Was machst du denn hier? Mit dir habe ich nicht gerechnet.«

»Gidion hat mich gebeten, auf dich aufzupassen«, sagte Leo.

Mit einem schelmischen Grinsen fügte er hinzu.

»Na gut, habe ich mir gedacht. Nett ist er zwar nicht, aber da ich aktuell nichts Besseres zu tun habe, mache ich es.«

Hauser stutzte.

»Komm, gib es zu. Du hattest Sehnsucht nach mir.«, sagte Hauser und drückte Leo.

»Ok«, sagte Leo grinsend. »Erwischt. – Ne, Spaß bei Seite. Ich bin von nun an dein Personenschützer und bis Anfang November für dich abgestellt. Bist hier ja wichtig geworden.«

»Jetzt übertreibst du aber«, sagte Hauser. »Lass uns losfliegen.«

»Ja, machen wir«, sagte Leo. »Ich sag dem Piloten Bescheid. Nach Berlin-Tempelhof? Ziel stimmt, oder?«

»Ja, passt«, sagte Hauser.

Kurz nach dem Start fing Hauser an, Leo die Ereignisse der vergangenen Tage zu erläutern. Es war recht laut im Hubschrauber. Aber schreiend konnten sich beide gut verständigen. Als Hauser am Ende seiner Ausführungen angelangt war, sagte Leo.

»Heißt – zweieinhalb Monate vor Inkrafttreten des Importstopps stehen wir wieder bei null?«

»Nun«, sagte Hauser. »So würde ich es nicht sagen. Im Bereich Grundlagenforschung konnten wir Teilergebnisse erzielen. Aber bezogen auf einen finalen Durchbruch stimmt deine Einschätzung leider.«

Nach einer kurzen Pause fragte Hauser.

»Gibt es schon Infos zu meinem Abholer im schwarzen Anzug?«

»Eine heiße Spur gibt es noch nicht«, sagte Leo. »Aber erste Erkenntnisse.«

»Und?«, fragte Hauser ungeduldig.

»Wir haben Videos von Überwachungskameras in der Nähe deiner Wohnung ausgewertet. Das Fahrzeug war kurz zuvor in München gestohlen worden. Wer der Fahrer war, wissen wir noch nicht. Aber wir haben eine erste Spur, die in Richtung Russenmafia führt.«

»Das ist nicht viel«, sagte Hauser enttäuscht.

»Ich weiß«, sagte Leo. »Du weißt ja. Die Polizei ist total überlastet.«

»Ok«, sagte Hauser. »Das macht mir, für das, was ich mit dir besprechen will, wenig Hoffnung. Was soll's.«

»Worum geht es?«, fragte Leo.

»Ich habe einen weiteren Verdachtsfall«, sagte Hauser. »Diesmal intern. Hier im Team. Das ist daher erst mal streng vertraulich. Ich möchte, dass du niemandem, hörst du, niemandem, hier im Camp davon erzählst.«

»Geht klar«, sagte Leo ernst.

»Ich vermute, wir haben hier im Camp einen Saboteur!«, sagte Hauser.

»Hast du Beweise?«, fragte Leo.

»Das ist mein Problem«, sagte Hauser. »Ich habe nur Anhaltspunkte.«

»Welche?«, fragte Leo.

»Die Fehlversuche der letzten beiden Wochen. Das war nicht normal.«

»Interessant«, sagte Leo, der inzwischen sein Handy herausgeholt hatte. »Ich mache mir ein paar Notizen.«

»Ok«, sagte Hauser und fuhr fort.

»Ich habe mir nochmals die Berichte zum Versuchsaufbau angeschaut. Beim ersten Versuch gab es eine Restunsicherheit. Dass das erste Experiment schief gehen konnte, lag im Bereich des Möglichen. Beim zweiten Versuch war es fast eindeutig. Wenn er so aufgebaut war, wie beschrieben, dann hätte nichts passieren dürfen. Aber: Wir waren mit dem Versuch von einem Durchbruch so weit weg wie der Mond von der Sonne. Der Akku hätte sich viel zu schnell entladen und nach 200 Kilometern wäre er leer gewesen. Aber das ist eine andere Geschichte.«

»Dann hätte es den zweiten Fehlversuch ja gar nicht gebraucht«, schloss Leo aus Hausers Ausführungen.

»Exakt«, sagte Hauser. »Jemand hat sabotiert um auf Nummer sicherzugehen. Das steht für mich fest. Was ich mich nur frage. Sollte es Tote geben, oder wusste die Person genauso wenig wie wir, dass es eine wasserbasierte Sprinkleranlage gab. Dann waren die Toten ein Versehen. Im anderen Fall Absicht.«

»Ok«, sagte Leo. »Ich glaube, ich habe kapiert, was der Auftrag ist. Ich stelle Nachforschungen an und finde den oder die Saboteure. Niemand darf etwas mitbekommen. Denn grundsätzlich sind alle verdächtig.«

»Genau!«, bestätigte Hauser. »Und wenn ich etwas Verdächtiges bemerke, dann gebe ich dir logischerweise gleich Bescheid.«

»Geht klar«, sagte Leo. »Ich mache mich direkt an die Arbeit.«

»Danke!«, sagte Hauser.

Leo stellte Hauser noch ein paar weitere Fragen zum Ermittlungsauftrag, bevor er fragte.

»Wie geht es Mirella?«

»Nicht besser«, sagte Hauser.

»Schöner Scheiß«, sagte Leo.

Hausers Herz klopfte, als er aus dem Hubschrauber stieg.

»Hier entlang«, sagte Leo und zeigte auf das große Abfertigungsgebäude. »Anna sagte mir, dass der Bauleiter und sein Team dort auf uns warten.«

Ich war schon lange nicht mehr in Berlin, dachte sich Hauser, als er in Richtung Abfertigungshalle eilte. Ich habe das Gebäude nicht so imposant in Erinnerung. Aber gut: Das letzte Mal, als ich hier vorbeikam, bin ich nur vorbeigefahren. Das hätte sich der Flughafen auch nicht träumen lassen, dass er ein zweites Mal zum Symbol für den Wiederaufstieg eines darniederliegenden Deutschlands wird, gingen seine Gedanken zum Ende der Mission. Nicht überheblich werden, zügelte er sich. Noch hast du nichts erreicht.

»Hallo, meine Herren«, begrüßte Hauser die umherstehenden Personen. Er hatte inzwischen mit Leo die Abfertigungshalle betreten.

»Sie sind sicher Professor Hauser«, sagte einer der Anwesenden und streckte Hauser die Hand hin. »Darf ich mich vorstellen. Kevin Knoll. Nennen Sie mich KK. Machen alle. Ich bin Ihr Bauleiter für den Aufbau des Camps.«

»Freut mich dich kennenzulernen - KK«, sagte Hauser. »Ich bin der Martin.«

»Freut mich auch«, sagte Knoll und lachte.

»Kommen wir gleich zur Sache«, sagte Hauser. »Wir müssen uns sputen. In etwas mehr als zwei Wochen muss hier alles fertig sein. Hast du genügend Ressourcen?«

»Aktuell noch nicht«, sagte Knoll. »Bin dran. Sobald ich weiß, was wir machen, kann ich das buchen, was wir brauchen. Anna hat mich informiert, dass Geld keine Rolle spielt.«

»Gut«, sagte Hauser. »Dann stell mich doch kurz deinem Team vor, damit wir uns an die Arbeit machen können.«

Nach der kurzen Vorstellungsrunde fuhr Knoll fort.

»Lass uns rüber gehen. Wir haben am anderen Ende der Halle ein paar erste Skizzen aufgehängt, die wir gerne mit dir durchsprechen wollen.«

An großen Pinnwänden waren allerlei Pläne zu sehen. Hallenpläne und Geländepläne, aber auch etliche Zeichnungen zur Gestaltung und Aufteilung der Räume. Nachdem Knoll Hauser einen ersten groben Überblick gegeben hatte, sagte dieser.

»Und, hast du dir das so vorgestellt?«

»Das passt«, sagte Hauser. »Ich sehe, ihr habt mein Konzept von Offenheit, Freundlichkeit und Inspiration gut umgesetzt. Fehlen nur die Buddha-Statuen und das Bällebad.«

»Das lässt sich einbauen«, sagte Knoll skeptisch.

»KK! - Das war ein Scherz!«, sagte Hauser schelmisch grinsend.

»Ach so«, sagte Knoll. »Ok! - Dann lass mich nochmals zusammenfassen. Hier in der großen Halle richten wir fünf weiträumige, gleichwertige zentrale Forschungsbereiche ein. Jeder Bereich ist mit modernster Brandschutz-Technologie ausgerüstet. Im Untergeschoss unter den Bereichen richten wir die zugehörige IT ein. In den oberen Stockwerken reißen wir falls vorhanden die Wände raus, ersetzen sie durch Glas oder lassen die Bereiche offen, damit sie als Teamräume und Einzelbüros genutzt werden können. Haben wir das soweit korrekt verstanden?«

»Pluralis Majestatis?«, scherzte Hauser. »Ja, das hast du richtig verstanden. Bisher passt alles.«

Knoll fuhr fort.

»Draußen auf dem Gelände richten wir einen Mobilheim-Park als Unterkünfte für die Wissenschaftler ein. Die Ersten wurden in der Nacht geliefert und stehen schon. Kannst heute einziehen. Außerdem bauen wir ein Zelt für Gesamt-Team-Versammlungen inklusive einem 24-Stunden-Catering-Zelt auf. Tischkicker, Billard, TVs und Video-Spiele und so weiter sind im angrenzenden Barbereich. Auf der anderen Seite des Geländes richten wir in Containern weitere Büros und Labore für kleinere Versuche ein. Im Übrigen platzieren wir dort das Lager.«

»Was ich bisher nicht erwähnt hatte«, sagte Hauser. »Wir werden zwei Quantencomputer nutzen. Dafür brauchen wir eine leistungsfähige Antennenanlage, um die Daten zu übertragen. Zusätzlich will ich eine weitgehende Unabhängigkeit vom öffentlichen Stromnetz. Das heißt, wir brauchen Generatoren.«

»Beides ist schon bedacht«, sagte Knoll stolz. »Antenne und Generatoren werden am Ende es Rollfeldes installiert.«

»Super«, lobte Hauser. »Dann würde ich sagen. An die Arbeit. Lasst uns immer morgens um 8 Uhr eine Lagebesprechung machen. - Falls es Stolpersteine aus dem Weg zu räumen gibt.«

»Klingt gut«, sagte Knoll.

Zu seinem Team gewandt fügte er an.

»Legen wir los!«

»Kann mir jemand sagen, in welchem Mobilheim ich wohne und wo ich den Schlüssel bekomme?«, fragte Hauser.

»Hier!«, sagte Knoll und hielt Hauser den Schlüssel hin. »Du hast die Nummer 42. Du weißt, was ich meine!?«

Hauser grinste.

Es wurde schon dunkel, als Hauser sein Mobilheim betrat.

Klein aber fein, dachte er sich.

Er hatte eine der größeren Ausführungen mit Sofa und Essecke bekommen. Linker Hand war die Küche platziert. Auf der rechten Seite ging es durch das Schlafzimmer ins Bad.

Mal sehen ob es ein Bier im Kühlschrank gibt, dachte sich Hauser.

Tatsächlich. Der Kühlschrank war voll.

Na dann, Prost, sagte er gedanklich zu sich. Auf gutes Gelingen. Genieße nochmals die Ruhe vor dem Sturm. Denn wenn hier erst alle da sind, dann wird es solche Momente für mich kaum mehr geben.

Mit einem Seufzer ließ sich Hauser nach dem ersten Schluck auf's Sofa fallen. Er griff zum Handy, um Tom anzurufen.

»Hallo Martin«, begrüßte ihn Tom. »Wie geht es dir? Kommt ihr voran?«

»Hi Tom«, sagte Hauser. »Ich hatte nicht damit gerechnet, dass ich dich gleich erreiche!«

»Ich habe heute Morgen in den Nachrichten gesehen, dass ihr nach Berlin umzieht«, sagte Tom. »Tempelhof. Super! Kam eine Sondersendung dazu. Sieht so aus, als ob das Land wieder Hoffnung schöpft. Du weißt schon. Luftbrücke und so. Kluger Schachzug. Wer hat sich das denn ausgedacht?«

»Ist auf meinem Mist gewachsen«, sagte Hauser. »Ich habe die Leitung des Projektes übernommen und bin heute früh hier nach Berlin gereist, um den Aufbau zu überwachen. In zwei Wochen wollen wir die Forschung hier voll aufnehmen.«

»Super«, sagte Tom. »Ich drücke euch die Daumen.«

»Danke dir«, sagte Hauser. »Glück können wir brauchen! – Wie geht es Mirella? Gibt es Veränderungen?«

»Leider alles unverändert«, sagte Tom bedrückt. »Wenn es Neuigkeiten gegeben hätte, hätte ich mich gleich gemeldet.«

»Ich weiß«, sagte Hauser. »Ich dachte, ich frage trotzdem mal nach. – Danke dass du dich kümmerst!«

»Ich bin erst seit einer halben Stunde aus dem Krankenhaus zurück«, sagte Tom. »Wie erwähnt. Die Versorgungslage der Patienten ist nicht einfach, aber noch nicht kritisch.«

»Gut zu hören«, sagte Hauser. »Wenn es Probleme gibt, dann melde dich bitte. Auch wenn du was brauchst. Ich habe Kontakte. Ich kann was arrangieren.«

»Danke für das Angebot«, sagte Tom. »Mir fehlt nichts. Angesichts der Umstände ist alles ok. Ich gehöre zu den Privilegierten. Da haben andere mehr zu kämpfen.«

»Alles klar«, sagte Hauser. »Pass auf dich auf! Tschau!«

»Mach ich«, sagte Tom. »Unkraut vergeht nicht. Tschau!«

Wie das alles wohl ausgehen wird, dachte sich Hauser.

Es klopfte an der Schiebetür.

»Anna«, sagte Hauser hörbar erfreut, als er sah, wer reinkam. »Du hier?«

»Stör ich?«, fragte Gidion.

»Äh, nein, gar nicht«, antwortete Hauser verlegen. »Ich hatte nicht mit Deinem Besuch – um ehrlich zu sein, mit gar keinem Besuch gerechnet. Dachte nicht, dass du auf dem Gelände bist. Ich freue mich, dich zu sehen! Komm rein.«

»Ich habe vor ein paar Minuten den Container neben dir bezogen«, sagte Gidion.

Mit einem süffisanten Lächeln in der Stimme fügte sie an.

»Und da wollte ich gleich mal schauen, ob es bei dir schicker ist als bei mir.«

»Wir können gerne tauschen«, bot Hauser generös an.

»War ein Scherz«, sagte Gidion. »Bei mir passt alles!«

»Ich habe uns was zum Abendessen mitgebracht«, sagte Gidion und stellte eine Papiertüte auf den Tisch. »Sushi und eine Flasche Rose. – Ich hoffe, du magst Sushi. Ich bin ganz verrückt danach!«

»Oh, ja, ich bin auch ein Fan«, sagte Hauser. »Es gibt noch frisches Sushi?«

»Mit den richtigen Kontakten gibt es immer noch alles«, sagte Gidion triumphierend.

»Setz dich«, sagte Hauser, während er seine soeben erst entdeckten Teller aus dem Schrank holte und nach Weingläsern suchte.

»Erzähl!«, sagte Gidion. »Was gibt es Neues?«

»Nicht viel«, sagte Hauser. »Die Besprechung mit der Bauleitung heute war gut. Das wird!«

»Puh«, sagte Gidion mit gespielter Erleichterung. »Da bin ich beruhigt, dass ich den hohen Anforderungen des Herrn Hauser genügen konnte. Ich hatte schon Angst, dass was nicht in Ordnung sein könnte und ich gleich wieder die Kanzlerin anrufen muss, weil du unerfüllte Wünsche hast.«

»Ach komm«, sagte Hauser. »Übertreib nicht. So übel bin ich nicht.«

»Das war nicht ernst gemeint. Ich flirte nur!«, sagte Gidion. »Jetzt trink mal was. Vielleicht wirst du dann lockerer!«

»Ah, flirten – habe ich gar nicht gemerkt«, sagte Hauser immer noch im Verlegenheitsmodus. »Ich denke, ich bin aus der Übung.«

»Sieht so aus«, sagte Gidion. »Dann muss ich dir, glaube ich, ein paar Nachhilfestunden geben. Prost!«

Gidion hob ihr Glas.

»Prost«, sagte Hauser.

Das Sushi war köstlich. Zuletzt hatte Hauser auf einem Kongress in Japan, zu dem vor zwei Jahren die Weltelite der Wasserstoff- und Brennstoffzellen-Wissenschaftler zusammenkam, solch ein geniales Sushi gegessen. Er war so begeistert vom Essen, dass er nicht registrierte, dass sich Gidion die Schuhe ausgezogen und neben ihn gesetzt hatte.

»Erste Flirt-Lektion - Füttern«, sagte Gidion und hielt ihm ein Sushi-Teilchen vor den Mund.

Hauser machte mit. Der Wein auf nüchternen Magen zeigte seine Wirkung.

»So«, sagte Gidion und steckte sich ein Stück Sushi in den Mund, hielt es mit den Zähnen fest, so dass es halb herausschaute. Zu Hauser gewandt sagte sie.

»Für disch!«

Kaum hatte er seinem Kopf in Richtung Gidion gedreht und versucht vom Sushi-Stück abzubeißen, zog sie es ganz in den Mund. Hausers Lippen landeten auf ihren. Keiner von beiden wich zurück.

»Na du gehst aber ran!«, sagte sie, als sie den Kuss unterbrach. »Hätte ich nicht erwartet. Wirkst gar nicht so draufgängerisch.«

Hauser, der Spaß an Gidions verführerischen Spielchen hatte, erwiderte.

»So kann man sich täuschen!«

Ein bisschen wie im Film, dachte sich Hauser, als sie sich heftig küssend immer weiter in die Sofakissen zurücksinken ließen. Ich könnte jetzt den üblichen Filmdrehbüchern folgen und Gidion hoch nehmen, sie zum Tisch tragen, dort absetzen, mit einem Arm das auf dem Tisch befindliche Geschirr wegfegen, um dann Sex mit ihr zu haben. Dumm nur, dachte er weiter, dass ich zum einen Angst habe, dass der Tisch zusammenbricht. Außerdem habe ich keine Lust, nach der Ekstase die Flecken der verschütteten Soja-Soße vom Sofa zu entfernen, ging es ihm völlig unromantisch durch den Kopf.

Hauser entschloss er sich, Gidions klare Absichten eher konservativ zu erwidern.

»Ich glaube es hätte gereicht, wenn du dein Zuhause erst morgen bezogen hättest«, flüsterte Hauser Gidion ins Ohr.

»Da hast du recht«, sagte sie stöhnend. »Lass uns dein Bett testen.«

Hauser zog Gidion ins Schlafzimmer.

»Guten Morgen«, sagte eine Stimme neben ihm, als Hauser die Augen öffnete. »Ich habe uns einen Kaffee gemacht.«

»Anna?«, fragte Hauser und setzte sich auf. »Ah, ich erinnere mich.«

»Ich bin schon netter begrüßt worden«, sagte Gidion mit gespielter Empörung.

»Danke, das ist lieb von dir«, sagte Hauser und nahm die Tasse. »Hast du gut geschlafen?«

»Ja, bestens«, sagte Gidion. »Nach der Nacht. Wie hätte ich da schlecht schlafen können?«

»Du bist bezaubernd«, sagte Hauser lächelnd und nippte an seinem Kaffee.

»Danke für das Kompliment«, sagte Gidion und gab Hauser einen Kuss.

»Wie geht es mit uns nun weiter«, fragte Gidion.

»Wie meinst du das?«, fragte Hauser überrascht. »War das für dich nur eine einmalige Sache?«

»Nein, nein«, sagte Gidion abwiegelnd. »So habe ich das nicht gemeint. Ich finde dich bereits seit unserer ersten Begegnung sehr anziehend, sonst wäre ich gestern nicht spontan vorbeigekommen. Aber ich bin formal deine Chefin. Schon vergessen? Da müssen wir überlegen wie wir das in der Öffentlichkeit handhaben. Wir können angesichts der Lage nicht einfach hier als Paar herumspazieren.«

»Warum nicht?«, sagte Hauser verschmitzt lächelnd, um gleich anzufügen. »Ich weiß, was du meinst. Du hast Recht. Das würde unsere beiden Positionen schwächen.«

»Eben«, sagte Gidion.

»Dann gibt es nur eine Lösung«, sagte Hauser. »Wir behalten das Ganze für uns und wann immer es das Projekt zulässt, treffen wir uns. Besser noch. – Wir können auch Meetings ansetzen, in denen wir uns offiziell abstimmen, um uns zu sehen.«

»Ist ein bisschen wie früher in der Schule«, sagte Gidion. »Aufregend!«

»Und nach dem Projekt sehen wir eh, wie es weitergeht«, sagte Hauser.

»Wie meinst du das?«, fragte Gidion, die nun ihrerseits irritiert war.

»Na ja, nur theoretisch«, sagte Hauser. »Nicht dass wir hier einem andersgearteten Stockholm-Syndrom aufsitzen.«

»Ach so«, sagte Gidion erleichtert. »Ich weiß, dass das nicht der Fall ist.«

2. September, Berlin – NOCH 60 TAGE

Wow, dachte sich Hauser, als er den großen Meeting-Bereich betrat. Da haben die Innenarchitekten ja ganze Arbeit geleistet. Sieht klasse aus.

Hausers Wunsch entsprechend wurde direkt vor dem Abfertigungsgebäude ein Meeting-Bereich aus Zelten aufgebaut. Um den riesigen Meetingraum herum waren unzählige kleinere Räume für Besprechungen gruppiert. Das Meeting-Zelt war mit einem breiten eingehausten Gang mit der Tempelhof-Abfertigungshalle verbunden. Durch die geschickte Anordnung von Innenhöfen war der Bereich von Licht durchflutet. Aufgelockert wurde das Ganze von Sitzecken und Arbeitsinseln. Alles war bunt. Holz war das vorherrschende Baumaterial. Durch drei große Doppeltüren ging es in die zentrale Vortragsarena.

Nicht zu fassen, dachte sich Hauser, als er eine der Schwingtüren öffnete und eintrat. Ich komme mir vor wie ein Zirkusdirektor.

Als Hauser sich einmal um die eigene Achse drehte, wusste er warum. Das Bauteam hatte ein echtes Zirkuszelt aufgebaut. Einziger Unterschied war, dass statt der üblichen Sägespäne ein Holzboden aus Grobspanplatten verlegt war. In dem Teil, der normalerweise als Ein- und Ausgang der Artisten und Tiere diente, war eine Bühne errichtet worden. Darüber, wo sonst das Zirkusorchester platziert war, hing eine riesige Leinwand. Hauser schaute sich um.

Wie viele Leute wohl hier reinpassen, fragte er sich. 3.000 Zuhörer sind es sicherlich.

»Es sind 4.500 Sitzplätze«, sagte eine Stimme hinter ihm.

Hauser drehte sich um und sagte erfreut.

»KK, kannst du Gedanken lesen? Exakt die Frage habe ich mir gestellt. Schön dich zu sehen! Großes Kompliment!«

»Nach so vielen Meetings mit dir sollte ich wissen was, dich beschäftigt«, sagte Knoll und gab Hauser die Hand. »Ja, das Team hat tolle Arbeit geleistet! Freut mich, dass es dir gefällt. Geht mir genau so. Die Kuppelhöhe beträgt mehr als 12 Meter. Es ist eines der größten Zelte, die aufzutreiben waren. Da sollten alle unterkommen. Und schau mal da.«

Knoll zeigte auf den Bereich links neben der großen Leinwand.

»Da habe ich eine Digital-Uhr aufgehängt. Die macht in jedem Meeting deutlich, wie viel Zeit uns bis zum 1. November bleibt.«

»Klasse Idee«, sagte Hauser. »Es bleiben weniger als 60 Tage. Das wird hart.«

»Ihr schafft das«, sagte Knoll mutmachend. »Wir haben unser Bestes gegeben, um das Arbeiten so angenehm wie möglich zu machen?«

Hauser nickte.

»Komm«, sagte Knoll. »Ich weise dich in die Technik ein. Schließlich bin ich deswegen ja hier. Damit du eine gute Show beim Kick-off hinlegen kannst.«

Hauser hatte für 9 Uhr zum Kick-off eingeladen. Tagelang hatte er sich darauf vorbereitet. Die Story war klar. Aber er wollte auch über seine Vortragsart motivieren. Er hatte als Professor kein Problem damit, vor einer großen Gruppe zu sprechen. Doch statt Stoffvermittlung an Studenten musste er jetzt eine perfekte Motivationsrede halten. Stundenlang hatte Hauser sich daher Videos anderer Produkt- und Visions-Reden im Internet angeschaut. Immer wieder hatte er vor dem Spiegel geübt, oder sich mit dem Handy gefilmt. So feilte er an seiner Mimik und Gestik. Auch von Gidion hatte Hauser

Feedback eingeholt. Ein netter Nebeneffekt aus seiner Sicht war, dass die Sessions, bedingt durch das ein oder andere Glas Wein, nicht selten im Schlafteil des Mobilheims endeten.

Gut, dass ich kein Fußballer bin, dachte sich Hauser. Enthaltsamkeit im Trainingslager ist nicht so mein Ding.

Die Arena war gut gefüllt als Hauser auf die Uhr schaute. 8.55 Uhr. Noch 5 Minuten bis zum Beginn.

»Viel Erfolg«, rief Gidion ihm von weitem zu, bevor sie sich in den Bereich setzte, den man im Zirkus Loge nannte. Leo, Fach und Berger hatten sich ebenfalls hier niedergelassen.

9 Uhr. Das Licht wurde gedimmt. Nur die Projektionswand hinter Hauser war hell. In großen Buchstaben war zu lesen: HERZLICH WILLKOMMEN BEI *ULTIMATUM E*. Es herrschte gespannte Ruhe. Hauser schaltete sein Head-Set-Mikrofon an.

So, jetzt zeig, was du drauf hast, dachte er sich.

»Herzlich willkommen«, rief Hauser mit lauter Stimme. »Herzlich willkommen«, wiederholte Hauser bewusst, »zu diesem denkwürdigen Tag. Einem Tag der später in den Geschichtsbüchern als Startpunkt der Wiedergeburt der deutschen Wirtschaft beschrieben werden wird. Denn hier und heute legen wir alle zusammen den Grundstein dafür, dass wir uns beim Thema E-Mobilität die Führung holen. Bewusst habe ich nicht das Wort *wieder* verwendet. Warum? Ganz einfach. Weil wir die Führung bei dem Thema nie hatten. Zu lange haben wir uns auf den grandiosen Erfolgen beim Verbrennungsmotor ausgeruht. Wir haben uns in Sicherheit gewogen und dachten, nur weil die Erfinder des Automobils aus Deutschland kommen, haben wir die Vorherrschaft beim Thema individueller Mobilität für immer gepachtet. Hätten wir lieber alle Geschichte studiert. Dann wäre uns schnell aufgefallen, dass keine Vorherrschaft in Stein gemeißelt ist. Früher oder später sind alle großen Reiche untergegangen oder Monopole gesprengt worden.

Meist spielte Selbstgefälligkeit eine entscheidende Rolle. Wer selbstgefällig ist, verliert die Sensibilität für Gefahren. Wenn sich zum Bruder Selbstgefälligkeit noch die Schwester Arroganz gesellt, dann ist das die Mischung, aus der Untergänge gemacht sind.«

Hauser machte eine kurze Pause. Er wollte die Stimmung der Zuhörer spüren. Die gespenstische Ruhe im inzwischen voll besetzten Auditorium wertete er als gutes Zeichen. Auch die Tatsache, dass es im Zuschauerraum dunkel war, beruhigte ihn. Niemand schien durch sein Handy abgelenkt.

»Die vergangenen Wochen und Monate haben uns dann leider auf dramatische Weise gelehrt, dass wir uns keine Schwächen bei dem Thema E-Mobilität leisten können. Ich glaube, niemand zweifelt mehr daran, dass wir unsere Lektion gelernt haben. Zu hoch war der Preis, den wir bisher bezahlen mussten. Vor allem die Kolleginnen und Kollegen, die schon im Camp Astrid dabei waren, wissen wovon ich spreche. Aufgrund des Zeitdrucks mussten wir hohe Risiken eingehen, die einige von uns leider mit dem Leben oder mit schwersten Verletzungen bezahlt haben. Lasst uns mit einer Schweigeminute an sie denken.«

Alle im Saal standen auf. Kein Laut, keine Stimme war zu hören. Hauser lief ein Schauer über den Rücken als er mit gesenktem Kopf auf der Bühne stand.

»Vielen Dank«, durchbrach Hauser wieder die Stille.

»Genug des Rückblickes«, sagte Hauser und klickte auf die nächste Seite seiner Präsentation. »Lasst uns den Blick nach vorne richten! Wir haben 60 Tage á 24 Stunden, um das Blatt zu wenden. Ich bin mir sicher, dass wir das schaffen! – sonst wäre ich nicht angetreten und hätte die Verantwortung für dieses Projekt übernommen.«

Mit einem weiteren Klick kam er auf die nächste Seite auf der *Aktuelle Assets* stand.

»Lasst uns zunächst anschauen, wo wir stehen«, setzte er seine Rede fort. »Was sind unsere Stärken, die wir in die Waagschale werfen können. Das ist zum einen sicher die Qualität unserer Wissenschaftler. Also Ihr! Top ausgebildete Leute mit Tatendrang. Hoch intelligent. Eine der wichtigsten Voraussetzungen, um das Rennen zu gewinnen. Was haben wir noch? Wir haben in den letzten Monaten im Bereich der Materialforschung große Fortschritte gemacht. Wir wissen, dass eine Vielzahl von Materialien geeignet ist, um damit den Akku der Zukunft zu bauen. Materialien, die umfassend verfügbar sind. Auch wenn wir noch nicht exakt wissen, welche Zusammensetzung die Richtige sein wird. Die Grundlagen sind gelegt. Wir beginnen nicht von null.«

Hauser war bisher auf der Bühne hin und her gelaufen, den Blick in die oberen Ränge der Zuschauerreihen gerichtet. Nun blieb er stehen und schaute bewusst in die vorderen Reihen. Denn dort konnte er die Gesichter erkennen. Als er zustimmendes Kopfnicken sah, fuhr er fort.

»Stellt sich die Frage. Wenn wir so fähige Leute haben und Fortschritte machen, warum hat es dann bisher nicht geklappt? Warum haben wir keinen konkurrenzfähigen Akku für das Auto der Zukunft? Warum ist unsere Antwort bei E-Autos bisher so einfallslos? Akzeptieren wir die Realität: Seit dem China-Akku sind unsere aktuellen E-Autos nicht konkurrenzfähig. Die Reichweite des China-Mobils macht alle anderen Vorteile zunichte. Und die Reichweite lässt sich mit einem Akku, dessen Grundaufbau vor 20 Jahren erfunden wurde, nicht mehr signifikant steigern. Er mag für das Handy passen, aber nicht für das Auto. Jeder der bei minus 20 Grad sein Mobilgerät genutzt hat, weiß warum. Also zurück zu meiner Frage. Warum ist es uns bisher nicht gelungen, aus dem E-Auto ein WOW-Produkt zu machen?«

Hauser machte wieder bewusst eine Pause, um seiner Antwort Bedeutung zu geben.

»Meine Antwort ist zweigeteilt. Zum einen haben wir noch zu wenig Ressourcen. Und zum anderen sind wir falsch organisiert. Was heißt das? Lasst mich mit den Ressourcen anfangen.«

Hauser klickte weiter.

»Wenn wir uns anschauen, wie viel Geld und Material in der Vergangenheit in die Entwicklung von Verbrennungsmotoren gesteckt wurde, ist das, was wir an Mitteln haben immer noch ein Tropfen auf dem heißen Stein. Der Etat unseres Projektes belief sich bis vor kurzem auf 200 Millionen Euro. Schlimmer noch! Bis zur Ankündigung des chinesischen Wunder-Akkus gab es namhafte Batteriezellenforschungsstandorte in Deutschland, die mit einem Jahresetat von 20 Millionen Euro zurechtkommen mussten. Wer es nicht glaubt. Fragt den Kollegen Ernst Fach hier vorne. Im Fußball heißt es zwar immer. Geld schießt keine Tore. Aber wir wissen alle, dass in der Wissenschaft Geld einen Unterschied macht. Und glaubt mir. Die Chinesen investieren seit Jahren Milliarden-Summen in E-Antrieb und Akkus. Warum? Weil sie wissen, dass sie nur damit eine Chance haben, zu einer automobilen Weltmacht aufzusteigen. Ihr Investment scheint sich auszuzahlen.«

Hauser legte erneut eine kurze rhetorische Pause ein.

»Wie erwähnt. Geld ist nur ein Grund. Der zweite Grund ist die Art, wie wir organisiert sind. Im Kern zu schwerfällig. Es braucht zu viele Abstimmungen bis man auf einen Nenner kommt. Dadurch brauchen wir zu lange, um zu erkennen, ob der eingeschlagene Weg erfolgversprechend ist. Würde ein Investor sein Portfolio so managen, wie wir die diversen Forschungsstränge, dann wären die meisten längst pleite.«

Die in den letzten Wochen verpflichteten Investmentbanker klatschten spontan Beifall. Hauser nutzte die Zeit, um einen Schluck Wasser zu trinken.

»Gut!«, bestätigte Hauser. »Stellt sich die Frage. Was jetzt? Eine Lösung: Wir besorgen uns einfach mehr Geld und organisieren uns anders. Dann passt das schon. – Sicher nicht verkehrt. Aber reicht das aus? Ich glaube nicht. Denn aus dem Sport wissen wir, dass man damit zwar ganz gut im Mittelfeld mitspielen kann. Aber um wirklich exzellent zu werden, um wirklich Hochleistung zu bringen braucht es mehr.«

»Es braucht eine Vision«, rief einer der Zuhörer spontan. »Wir müssen alle wissen, vorauf wir hinarbeiten.«

»Genau«, bestätigte Hauser und nahm den Faden auf. »Ich bin auch der Meinung, dass es etwas mehr braucht als ein klares Ziel. Jeder muss wissen, warum wir das machen und welches langfristige Ziel, also welche Vision wir erreichen wollen. Ich habe da mal was vorbereitet.«

Hauser klickte eine Folie weiter auf der *I have a Dream…* zu lesen war.

»Ich weiß«, fuhr er fort. »Der Beginn ist nicht von mir. Ich habe das mit Stolz von Martin Luther King kopiert. Vielleicht ist es mir eingefallen, weil meine Tochter seine Rede erst Anfang des Jahres in der Schule auswendig lernen musste. I have a dream…«

Hauser klickte weiter.

»…dass wir eines Tages unendlich weit vollelektrisch fahren können, weil wir das Fahrzeug während der Fahrt ständig aufladen und für Zeiten in denen kein Licht zur Verfügung steht, unser Akku so leistungsstark und leicht ist, dass er mindestens 1.000 Kilometer Reichweite hat und in der üblichen Benzinbetankungszeit, also innerhalb von 5 Minuten, geladen werden kann!«

Ein Raunen ging durch die Menge.

»Ok, das ist dann doch mehr, als ich mir vorgenommen hatte«, rief einer der Zuhörer.

Gelächter durchbrach die Spannung im Raum.

»Das freut mich«, sagte Hauser. »Das freut mich!«

Er machte erneut eine Pause, um seine Vision wirken zu lassen.

»Auch wenn das jetzt für den ein oder anderen von euch abgehoben klingt, was hier steht. Ehrlich! Ich bin fest davon überzeugt, dass wir das schaffen können. Es gab Zeiten, da konnte sich kein Mensch vorstellen, dass tonnenschwere Maschinen, genannt Flugzeuge, durch die Luft schweben. Und heute ist Fliegen alltäglich. Und wenn wir die Vision für das E-Auto erfüllt haben, werden wir bald auch vollelektrisch fliegen. Das garantiere ich euch!«

Hauser wusste, dass er hier dick auftrug. Aber in so einem Rahmen sind knackige Botschaften wichtig. Er trank wieder einen Schluck Wasser, stieg von der Bühne, um den nächsten Teil seiner Ansprache im Auditorium fortzusetzen.

»Kommen wir nun zum leichten Teil«, sagte er mit hörbarem Schmunzeln in der Stimme. »Mit welcher Strategie lassen wir die Vision Wirklichkeit werden?«

Er klickte auf die nächste Folie.

»Wenn ihr euch umschaut, werdet ihr feststellen, dass wir in den letzten Wochen viele neue Kollegen und Kolleginnen aus unterschiedlichsten Bereichen eingestellt haben. IT-Spezialisten, Design Thinker, Luftfahrtingenieure, Produktionsspezialisten, und, und, und. Das war wichtig. Denn wir brauchen diese Diversität. Wofür? Ganz einfach. Wir werden gemischte Teams aufstellen, die wie Startups um die richtige Lösung ringen. Das bedeutet: Jedes Team hat alle Fähigkeiten, die es braucht, um ein voll funktionierendes Fahrzeug inklusive vollfunktionsfähigem Akku, Antrieb und Ladetechnik zu bauen. Einziger Unterschied zwischen den Teams ist, dass jedes Team sich auf einen speziellen Material-Ansatz bezüglich Anoden- und Katoden-Material fokussiert. Welcher Ansatz grundsätzlich Erfolg verspricht, legen die Grundlagenforscher fest. Immer wenn es dort neue Erkenntnisse gibt, starten wir ein neues Team. Auf die genaue Teamzusammenstellung wird Ernst nachher eingehen. Wir stellen sicher, dass viele verschiedene Erfahrungen und Sichtweisen in den Teams vereint sind. Luftfahrtingenieure werden mit Venture

Capitalists und Design Thinkern zusammenarbeiten. Ergänzt werden die Teams um die besten IT-Spezialisten, die wir in diesem Land haben. Selbstredend sind Feststoffexperten und andere Koryphäen der Batterieforschung mit an Bord. Ich möchte, dass wir neue Ansätze prüfen, Querdenken, Unmögliches diskutieren. Es wird keine Tabus geben. – Wie schon erwähnt. Alle Teams sind maximal autonom. Die einzige Synchronisation, die stattfindet, ist der morgendliche Stand-up-Talk aller Teamleader und das wöchentliche Sync-Meeting - immer freitags. Dort kann jedes Team anmelden, was in der kommenden Woche an Kapazitäten, Ressourcen oder sonstigem gebraucht wird, um die Ziele der nächsten Woche zu erreichen. Wir werden dann von zentraler Seite bis spätestens Montag alles zur Verfügung stellen. Was denkt ihr? Kann das klappen?«

»Denke schon«, sagte einer der Zuhörer. »Das wird sich aber erst im täglichen Arbeiten herausstellen. Auf ein paar Folien klingt das immer alles super.«

»Absolut«, bestätigte Hauser. »*Execution* heißt das Zauberwort.«

»Und wir erhalten alles, was wir brauchen«, fragte ein anderer Zuhörer ungläubig.

»Ja!«, bestätigte Hauser.

»Auch Drogen?«

Lachen erfüllte den Saal.

»Du bist IT-ler, oder«, fragte Hauser. »Ein Chemiker fragt das nicht. Der macht sich die Drogen selbst.«

Und zu Leo schauend sagte Hauser weiter.

»Aber ja. Auch Drogen. Wir haben gute Kontakte zu den Sicherheitsdiensten. Die haben bestimmt von der letzten Razzia noch was im Lager. Leo hier vorne ist unser Drogenbeauftragter!«

Hauser fuhr fort.

»Spaß beiseite. Wir machen alles möglich. Wichtig ist aus meiner Sicht vor allem, dass ihr die Zeiten für die zwei Quantencomputer anmeldet. – Jaaa, die zwei, die es in Deutschland gibt, stehen UNS zur Verfügung. Wenn noch jemand gezweifelt hat, dass wir entschlossen sind, zu liefern: Das sollte als Beweis genügen. Mit den Teilen werden wir unsere Geschwindigkeit in den Versuchsreihen vertausendfachen!«

Hauser merkte, wie ihn diese Frage emotional berührte. Er war stolz darauf, dass er dies möglich gemacht hatte. Der Einsatz der Quantencomputer für die Testreihen erhöht nicht nur die Geschwindigkeit, sondern auch die Sicherheit. Gefährliche Material-Test konnten hiermit zum Großteil durch superschnelle Computer-Simulationen ersetzt werden.

»Ich habe noch was, das bezüglich Verfügbarkeit der Ressourcen jeden Zweifler überzeugen sollte«, sagte Hauser und freute sich auf die von ihm gleich erwarteten Reaktionen wie ein Kind vor Weihnachten auf die Geschenke. »Wenn wir den Durchbruch schaffen und bis Ende Oktober ein vollfunktionsfähiges Fahrzeug mit den vorhin genannten Komponenten entwickeln, dann ...«

Hauser machte eine Pause, um die Spannung zu erhöhen, und um parallel die Zahl, die er gleich verbal verkünden würde auf der Leinwand zu zeigen.

»… zahlt uns die Regierung eine Prämie von 1 Milliarde Euro!«

Nach dem es kurz ruhig war, brach nach ein paar Sekunden tosender Beifall los.

»Können wir gleich anfangen?«, rief ein begeisterter Zuhörer.

Hausers versuchte erst gar nicht, zu antworten. Niemand hätte sie verstanden, so laut war es. Er hatte Mühe, die verbale Kontrolle über die viertausend Projektmitarbeiter zurückzubekommen.

»Es freut mich, dass die Freude so groß ist«, sagte Hauser, als sich der Lärmpegel gelegt hatte. »Ich denke, am Ende sollte es nicht nur das Geld sein, was euch motiviert! Forscht für unser Land und die Zukunft unserer Familien und Kinder!«

Der tosende und minutenlange, zum Schluss rhythmische, Applaus machte Hauser stolz.

»Gut gemacht«, sagte Fach anerkennend, als er an Hauser vorbei auf die Bühne ging, um zu übernehmen. »Da hast du dir sicher das ein oder andere im Silicon Valley abgeschaut, oder?«

»Danke«, sagte Hauser. »Das Valley hat mich zwar auch inspiriert. Aber in meinem Alter denkt man bei wegweisenden Reden eher an die Ruck-Rede des ehemaligen Bundespräsidenten Roman Herzog Ende der 1990er Jahre. – Kennst du?«

»Klar«, sagte Fach.

Hauser hatte sich nach seiner Rede mit Gidion und Leo vor der Vortragsarena getroffen, um noch ein paar Punkte abzustimmen. Bei der Teameinteilung musste er nicht dabei sein. Als Hauser nach einer Stunde wieder die Vortragsarena betrat, war Fach gerade dabei die Teilnehmer zu verabschieden, um dann das Wort noch einmal an Hauser zu übergeben.

»Den Ausführungen von Ernst habe ich nichts hinzuzufügen«, sagte Hauser. »Daher bleibt mir nur euch zuzurufen! Make it possible – create the future!«

Die ersten Zuhörer verließen schon den Saal, um sich gleich an die Arbeit zu machen, da schaltete Hauser nochmals sein Mikrofon ein und sagte.

»One more thing!«

Wie eingeübt, waren alle mit einem Schlag wieder still und maximal auf Hauser fixiert.

»Ich bitte alle Personen mit Leitungsfunktion, hier im Raum zu bleiben.«

Nachdem sich der Raum größtenteils geleert hatte, begann Hauser.

»Ich will euch nicht lange festhalten. Ich habe noch eine Ankündigung. Heute Abend haben wir ein Teambuilding der etwas anderen Art vorbereitet. Nicht das was man sich in normalen Zeiten vorstellen würde. Also kein Klettergarten oder sowas. Wir laden euch zu einem Ausflug ins Zentrum von Berlin ein. Wir machen dort einen Nachtspaziergang. Ziel ist eine Bar in der Nähe des Brandenburger Tors.«

»Das ist nicht dein Ernst«, rief Matthias Stark, einer der Investment-Banker. »Was soll das bringen? Ist ja nicht so, dass es aktuell besonders einladend da draußen ist und wir uns einen gechillten Abend bei zwei bis drei Bierchen machen. Ich brauche kein Teambuilding. Wir sollten lieber gleich anfangen zu arbeiten.«

»Danke für dein Feedback, Matthias«, blieb Hauser freundlich.

Klar in der Sache fügte er an.

»Basierend auf deiner Aussage ist das Teambuilding für dich besonders wertvoll.«

Murmelndes Gelächter.

»Du hast den Grund schon genannt. Ich möchte dass sich alle über den Ernst der Lage bewusst werden und fühlen, wie schlecht es den Menschen da draußen geht und dass wir alle begreifen, dass wir ihre einzige Hoffnung sind. Wir treten hier an, um dieses Elend zu beseitigen. Um diesem Land wieder eine Zukunft zu geben! Ich möchte, dass wir alle fühlen, wie schwierig die Lage ist und wir uns dessen im Klaren sind, was auf dem Spiel steht! Wir treffen uns um 21 Uhr im Hauptgebäude. – und zieht euch lieber etwas Unauffälliges an. Ich habe drei Mannschaftswagen der Polizei geordert. Die bringen uns nach Berlin Mitte.«

»Geht klar«, klang es vereinzelt aus der Menge.

Wer hätte gedacht, dass das im Volksmund Hungerkralle genannte Luftbrückendenkmal mal eine doppelte Bedeutung bekommen würde, dachte sich Hauser, als er im Mannschaftswagen sitzend den Mehringdamm entlangfuhr und die lange Schlange an der lokalen Essensausgabe sah.

»Die Leute stehen hier Tag und Nacht an«, sagte Leo, der sich neben Hauser gesetzt hatte und seinem Blicken folgte. »Manche holen sich was und stellen sich direkt wieder hinten an, weil sie wissen, dass es drei Stunden dauert bis sie wieder dran kommen. Und das obwohl die Ausgabestelle ausschließlich nachts zwischen 2 und 5 Uhr für Reinigungsarbeiten geschlossen ist.«

Außer Leo sprach niemand. Alle schauten hinaus. Klar hatten einige bereits bei der Anreise gesehen, dass es den Menschen nicht gut ging und erste Eindrücke vom aktuellen Elend bekommen. Für viele war es allerdings das erste Mal, dass sie nach ihrer Zeit im früheren Camp und einer behüteten Reise im Helikopter mit der bitteren Realität konfrontiert wurden.

Hauser erschrak. Zwei kurze heftige Schläge erschütterten die Fenstergitter des Busses auf der rechten vorderen Seite.

»Was war das?«, fragte Martina Straus, eine der Design Thinkerinnen, die schräg hinter Leo saßen.

»Nichts Außergewöhnliches«, sagte Leo gelassen. »Steinewerfer. Polizeifahrzeuge sind ein beliebtes Ziel.«

»Krass«, sagte Straus.

»Leider normal«, sagte Leo resigniert. »Da die Polizisten die einzigen sind, die halbwegs für Recht und Ordnung sorgen, sind sie bei vielen nicht sonderlich beliebt.«

»Beliebt waren sie hier in Kreuzberg noch nie«, warf Hauser ein, als sie am Halleschen Tor vorbeifuhren.

»Auch wahr«, pflichtete Leo ihm bei.

»Das sah früher hier auch irgendwie anders aus«, sagte Hauser. Sie bogen in die Lindenstraße ein.

»Du meinst die Zelte, die hier überall auf dem Gehweg stehen?«, fragte Leo.

Überall waren Ein- beziehungsweise Zwei-Personen-Zelte zu sehen, die wie an der Schnur aufgereiht auf den Gehwegen standen. Viele waren geschlossen. Vor einigen saßen Leute.

»Ne, das meine ich nicht«, sagte Hauser. »Hier standen früher einmal Bäume.«

»Ach, das meinst du«, sagte Leo. »Ja klar. Die wurden abgeholzt. Die Leute brauchen ja Brennholz zum Kochen oder wärmen.«

»Bier und Schnaps haben sie noch«, sagte Hauser, der weiter die Szenerie draußen betrachtete.

»Schwarzmarkt!«, sagte Leo. »Schwarzmarkt! Und sind wir ehrlich. Für viele ist das aktuell die einzige Beschäftigung!«

»Und das Hochstrecken des Mittelfingers«, sagte Hauser und zeigte auf einen vor einem Zelt stehenden Mann mit einer Schnapsflasche in der Hand, der wild gestikulierend Fuck-you in Richtung Mannschaftswagen zeigte.

»Ich kann mich nur wiederholen«, sagte Stark, der ebenfalls in Hausers Bus saß. »Ich halte den Ausflug für eine bescheuerte Idee. Wer entwickelt die Batterie der Zukunft, wenn wir alle vom Mob gelyncht werden?«

»Jetzt übertreibst du maßlos«, sagte Hauser gelassen. »Die Innenstadt in der Nähe des Regierungsbezirkes wird gut geschützt.«

»Stimmt«, sagte Leo. »Wir fahren ja nicht umsonst mit der Wanne durch die Gegend.«

»Wanne?«, fragte Stark.

»So heißt unser Mannschaftstransporter im Berliner Volksmund«, entgegnet Leo.

»Wir sind da«, sagte Hauser, nachdem der Kleinbus an der U-Bahn Haltestelle Stadtmitte angehalten hatte. »Das letzte Stück auf der Friedrichstraße gehen wir zu Fuß.«

Den Teammitgliedern war anzusehen, dass sie größten Respekt hatten, sich von nun an ungeschützt auf der Straße zu bewegen. Wie eine Gruppe Pinguine scharten sich alle um Hauser. Nur wenige Menschen hatten sich um diese Zeit hierher verirrt. Und diejenigen die unterwegs waren, sahen im Vergleich zu Personen, die man auf der Fahrt beobachtet hatte, recht harmlos aus.

»Lasst uns Richtung Unter den Linden gehen«, rief Hauser, der merkte, dass ohne eine konkrete Aufforderung von ihm sich niemand vom Fleck bewegen würde.

Die Schaufenster der ehemaligen Nobelboutiquen, an denen sie auf ihrem Weg vorbeikamen, waren mit Brettern vernagelt. Lediglich der Markenname an den Fassaden ließ Rückschlüsse darauf zu, welche Luxusartikel einst ausgestellt waren. Vor einer Shopping-Mall hatten sich nach Ladenschluss schwer bewaffnete Sicherheitsleute postiert.

»Seit wann dürfen Wachdienste schwere Waffen tragen«, fragte Hauser Leo.

»Das Gesetz wurde erst kürzlich geändert«, sagte Leo. »Die dürften jetzt theoretisch mit ´ner Panzerfaust hier stehen. Die neue Regelung haben gleich einige Clans, die eh in der Sicherheitsbranche tätig waren, genutzt um aufzurüsten. Du weißt: Absicherung illegaler Geschäfte.«

Bisher läuft alles nach Plan, dachte sich Hauser, als er an der Spitze der Gruppe von der Friedrichstraße auf Unter den Linden in Richtung Brandenburger Tor abgebogen war. Dort können wir dann im eher abgesicherten Bereich um den Reichstag und das Regierungsviertel in Ruhe ein Bierchen nehmen, plante er gedanklich weiter. Schön dass sich die Teilnehmer angeregt unterhalten, dachte er.

»50 Meter nach der Polizeisperre auf der rechten Seite ist eine Bar«, sagte Hauser zu Fach, der inzwischen neben ihm lief. »Da war ich vor Jahren. Ich gebe eine Runde aus.«

»Das klingt nach einem ...«

Fach konnte seinen Satz nicht zu Ende sprechen. Denn wie aus dem Nichts sprang ein verwahrloster Mann aus einem Hauseingang auf den Gehweg und Riss Fach zu Boden.

»Ihr Lügner, ihr Schweine, ihr elendigen Verräter«, schrie der Mann und prügelte auf Fach ein. Fach war so überrumpelt, dass er die Schläge fast wehrlos über sich ergehen ließ. Als der Angreifer gerade zu einem weiteren Fausthieb auf Fachs Kopf ansetzen wollte, kam Leo ihm zuvor. Er hechtete sich von der Seite auf den auf Fach sitzenden Mann. Keine zehn Sekunden später hatte Leo den Angreifer mit einem Betäubungsgriff am Hals bewusstlos gemacht, auf den Bauch gedreht und ihm mit Kabelbindern die Hände auf dem Rücken gefesselt.

»Der greift keinen mehr an«, sagte Leo außer Atem und sichtlich zufrieden.

»Wie geht es dir?«, fragte Hauser Fach und reichte ihm die Hand zum Aufstehen.

»Mein Kiefer tut weh«, sagte Fach mit schmerzverzerrtem Gesicht.

Er stand auf.

»Und beim Hinfallen habe ich mir meine Schulter geprellt. Mist!«

»Kommt«, sagte Leo. »Lasst uns hinter die Polizeiabsperrung gehen. Da sind wir sicher.«

Und an die Gruppe gerichtet, von denen einige den Vorfall gar nicht mitbekommen hatten, sagte Leo.

»Keine Panik. Wir haben alles unter Kontrolle. Lasst uns in Ruhe weitergehen. Seht ihr den Check Point da vorne. Dahinter sind wir sicher.«

»Ich sag den Kollegen Bescheid, dass sie uns durchlassen sollen und sich dann um den Angreifer kümmern«, sagte Leo zu Hauser und rannte in Richtung Check Point.

»Ja, ich kümmere mich um Fach«, sagte Hauser.

Puh, noch mal gut gegangen, dachte sich Hauser, als sie die Polizeiabsperrung passiert hatten und die Gruppe vor der Bar stand.

»Lasst uns reingehen«, rief Hauser in die Runde. »Die erste Runde geht auf mich!«

»Na dann scheint sich der Ausflug doch zu lohnen«, rief Stark.

Techno-Beats wummerten aus den Boxen, als die Gruppe die Bar betrat. Sie war voll. So voll, dass Hauser und seine Leute Mühe hatten, an der Bartheke vorbei, in den hinteren Bereich zu kommen. Dort hatte er eine Lücke ausgemacht, die zumindest einem Teil der Leute Platz bot. Die ganze Bar war in blaues Neonlicht getaucht. Die eigentliche Bartheke mit unzähligen Alkoholsorten vor einem riesigen Spiegelregal war hell ausgeleuchtet. Der gegenüberliegende Teil war eher in schummrigem Licht gehalten. Die Tanzfläche lag im hinteren Bereich. Der DJ thronte auf einer kanzelartigen Empore in der Mitte des Raumes. Hauser hatte den Eindruck, dass sich alle Gäste wie in Trance zu den Elektro-Beats bewegten. Einzige Ausnahme waren die vielen Pärchen, die sich in der Lounge-Area auf den Sesseln und Sofas eng umschlungen abwechselnd die Zunge in den Hals steckten oder sich gegenseitig die Genitalien rieben. Dass dabei ab und an im Eifer der körperlichen Bewegungen eine Flasche Champagner vom Tisch fiel, störte sie nicht weiter. Sie sahen nicht so aus, als ob Geld bei ihnen der Engpass war.

»So schlecht scheint es der Republik nicht zu gehen«, sagte Berger, der sich inzwischen zu Hauser gestellt hatte.

Mit seiner Nickelbrille und dem biederen Jackett wirkte er deplatziert.

»Im Schutze des Regierungsviertels scheint ja noch genug für alle da zu sein.«

»Ja«, sagte Hauser. »Ich bin zugegeben auch überrascht. Ich hatte den Laden anders in Erinnerung.«

»Das konterkariert dein Ziel, allen zu zeigen wie schlimm es um Deutschland steht«, sagte Berger.

»Nicht unbedingt«, sagte Hauser. »Wenn man es positiv sieht, ist diese Dekadenz auch Ausdruck der Hoffnungslosigkeit. Wenn es kein Morgen gibt, dann genieße ich das Heute.«

»Auch wahr«, sagte Berger.

»Dann Prost«, sagte Hauser zu Berger, als er seinen Wodka Red Bull bekommen hatte. »Auf gutes Gelingen!«

»Ja, Prost«, sagte Berger beim Anstoßen. Und mit Blick auf Hausers Glas fuhr er fort. »Das ist mal ´ne nette Deko. Zwei aufspießte Gummibärchen. Habe ich noch nie gesehen.«

»Möchtest du?«, fragte Hauser und hielt Berger den Spieß hin.

»Gerne«, sagte Berger und strich die Gummibärchen vom Holzspieß mit seinen Zähnen in den Mund.

Fünfzehn Minuten standen Hauser und Berger an der Bar, als Berger anfing, sein Jackett auszuziehen und die Krawatte abzustreifen.

»Na jetzt machst du dich aber locker«, sagte Hauser.

»Ja, mir ist total heiß«, sagte Berger mit einem Strahlen im Gesicht. »Meinst du, ich kann mein Hemd ausziehen?«

»Ähh«, stammelte Hauser. »Wie, dein Hemd ausziehen?«

»Ja, mein Hemd halt«, sagte Berger und begann die Knöpfe zu öffnen.

»Nun«, versuchte sich Hauser aus der Affäre zu ziehen. »Das musst du wissen.«

Auffallen wird es hier nicht, dachte er.

Doch als er sah, dass Berger nichts darunter anhatte und mit seinem stark behaarten und schwabbeligen Oberkörper vor ihm stand, bereute er seine Aussage.

»So ist es besser«, sagte Berger und grinste entspannt über das ganze Gesicht. »Endlich frei. Ich stehe so unter Druck.«

»Wie unter Druck?«, fragte Hauser.

»Ach, egal«, sagte Berger. »Ich gehe tanzen!«

»Was ist denn in dich gefahren?«, wurde Hauser ernst.

»Wieso?«, fragte Berger entspannt. »Alles gut. Will mich nur amüsieren.«

Komisch, dachte sich Hauser. Irgendwas stimmt da nicht. Haben sie ihm was ins Getränk getan?

Leo, der bisher weiter weg auf einem Hocker saß, war inzwischen in Richtung Bar gegangen und fragte Hauser.

»Alles ok bei Euch? Warum hat sich Theo ausgezogen?«

»Er sagt, ihm sei heiß«, schrie Hauser gegen die Musik an. »Ich glaube eher, sie haben ihm was ins Getränk gemixt.«

»Ich rieche nix«, sagte Leo, nachdem er an Bergers Glas gerochen hatte. »Hat er was gegessen?«

»Zwei Gummibärchen«, sagte Hauser.

»Ja dann ist es klar«, sagte Leo. »Das ist Cannabis in konzentrierter Form. Sie verarbeiten es zu harmlos aussehenden Gummibärchen.«

»Oh, Mist«, sagte Hauser. »Das wusste ich nicht!«

»Zumindest hat er jetzt Spaß«, sage Leo, als er den halb nackt tanzenden Berger sah. »Dein Teambuilding ist bei ihm schon ein voller Erfolg.«

»Hast Recht!«, sagte Hauser. »Lass uns zu den anderen gehen und feiern. Das wird für die nächsten zwei Monate eh das letzte Mal sein!«

»Ich bestelle uns noch zwei Mojito«, sage Leo. »Muss heute ja nicht mehr fahren.«

3. September, Berlin

»Guten Morgen Theo«, begrüßte Hauser Berger kurz vor dem morgendlichen Check-in Meeting. »Alles ok bei dir?«

»Oh, Mann war das peinlich«, sagte Berger und lief leicht rot an. »Entschuldige bitte mein Verhalten.«

»Schon ok«, sagte Hauser. »Wer weiß, vielleicht hätte ich auch so reagiert, wenn ich Gras in Gummibärchen-Form genommen hätte. Da du sie gegessen hast, hast eher du mich vor einer Peinlichkeit bewahrt.«

Das Morgen-Briefing lief erwartungsgemäß. Es gab keine größeren Hindernisse. Die Teams hatten ihre internen Kick-offs. Dort besprachen sie, wie sie sich für die heiße Phase von knapp zwei Monaten aufstellten. Immer wieder bezogen die Teams Hauser in einzelne Besprechungen ein. Sein Rat war geschätzt. Zu organisatorischen Punkten, aber auch zu wissenschaftlichen Fragen. Besonders Letzteres freute ihn, weil es ihm zeigte, dass er unter den Kollegen immer noch einen ausgezeichneten Ruf als Wissenschaftler genoss.

Hauser saß gerade im Meeting des Merkur-Teams, das sich mit einem Graphen-Akku beschäftigte, als sein Handy klingelte.

Tom war auf dem Display zu lesen.

»Sorry, da muss ich ran. Ist wichtig!«, sagte Hauser, stand auf und verließ den Raum.

Hausers Herz klopfte, als er abhob.

»Hallo Tom«, sagte Hauser. »Was gibt es?«

»Gute Nachrichten!«, sagte Tom mit hörbar erfreuter Stimme. »Ach was sage ich. – Super Nachrichten! Schalt die Videofunktion ein!«

»Hallo Dad«, kam es aus der Leitung.

Hauser konnte es nicht fassen. Es war Mirellas Stimme, die er da hörte.

Endlich, endlich, dachte er.

Die Tränen schossen ihm in die Augen, so dass er kaum antworten konnte, als er Mirella nun auch auf dem Bildschirm sah. Sie hatte zwar noch immer einen Kopfverband und überall waren Kabel angeschlossen. Aber sie war tatsächlich wach und ansprechbar.

»Mirella, mein Engel«, sagte Hauser mit tränenerstickter Stimme. »Wie geht es dir? Es ist so schön, dich zu sehen und deine Stimme zu hören.«

»Passt schon«, sagte Mirella noch mit geschwächter Stimme. »Ich mache das Beste aus der Situation. Wie läuft es bei dir?«

Ist ja schon wieder fast wie früher, dachte sich Hauser. Immer straight forward und keine Anzeichen von Wehleidigkeit.

»Ganz gut«, sagte Hauser. »Wir kommen gut voran.«

»Tom hat mir alles erzählt«, sagte Mirella. »Um mich brauchst du dich nicht kümmern. Ich bin gut versorgt. Tom ist super. Ihr schafft das. *Tschacka, Probe her*!«

Trotz Tränen in den Augen musste Hauser lachen. Denn *tschakka, Probe her*, war der Spruch, den er immer benutzte, wenn bei Mirella eine Schulaufgabe an stand. Er versuchte sie dann immer zu motivieren, was ihm natürlich meist nicht gelungen war.

»Ja, *tschakka, Probe her*!«, erwiderte Hauser mit wieder festerer Stimme. »Du hast Recht. Wir schaffen das. Du versprichst mir, dass du ganz gesund wirst und ich sorge dafür, dass wir hier alle eine gute Zukunft haben.«

»Deal!«, bestätigte Mirella und warf Hauser einen Kuss zu: »Moa. Ich habe dich lieb!«

»Ich dich auch«, sagte Hauser und gab den Kuss zurück. »Ich dich auch!«

Nachdem Mirella Tom wieder das Handy übergeben hatte, sagte er.

»Bleib dran. Ich gehe kurz raus.«

Und zu Mirella gerichtet sagte Tom.

»Ich bin gleich wieder da. Ich muss ein paar Formalien mit Martin besprechen.«

»Das sind ja erfreuliche Nachrichten«, sagte Hauser. »Tom, ich bin dir so dankbar, dass du dich kümmerst.«

»Ja, ich freue mich auch, dass Mirella aufgewacht ist. Ich sage dir, wenn du hier jeden Tag sitzt. Irgendwann verzweifelst du. Sie ist zwar noch schwach und braucht viel Ruhe. Man darf ihr auch noch nicht alles glauben, was sie sagt. Sie ist noch mit Morphium zugepumpt. Aber alles wird gut.«

»Ja«, bestätigte Hauser. »Alles wird gut!«

»Ein Problem haben wir dennoch«, sagte Tom. »Die Versorgung hat sich in den letzten Tagen deutlich verschlechtert.«

»Verstehe«, sagte Hauser.

»Wir sollten sie verlegen«, sagte Tom. »Ich habe gehört, in Bad Wiessee gibt es eine Klinik, in der Regierungsmitglieder behandelt werden. Dort soll die Versorgungslage noch gut sein. Sie wird von der Bundeswehr betrieben. Kannst du da was machen?«

»Ich kümmere mich«, sagte Hauser. »Melde mich heute noch bei dir!«

»Super«, sagte Tom. »Bis dann!«

»Tschau«, sagte Hauser und legte auf.

»Doktor Anna Gidion anrufen«, sprach Hauser in sein Handy.

»Ah, Martin, perfekt dass du anrufst«, sagte Gidion, als sie abhob. »Das war Gedankenübertragung. Ich wollte dich auch gerade anfunken.«

»Hallo Anna«, sagte Hauser. »Ich zuerst!«

»Ok«, sagte Anna.

»Stell dir vor. Mirella ist aus dem Koma erwacht!«, sagte Hauser.

»Nein!«, antwortete Gidion. »Das ist ja eine super Nachricht! Erzähl!«

Hauser berichtete Gidion kurz vom Telefonat mit Mirella und Tom.

»Und deshalb muss ich mit dir sprechen. Kannst du dafür sorgen, dass Mirella nach Bad Wiessee verlegt wird. Entfernungstechnisch ist das überschaubar. Ich könnte eh Leo fragen, ob er den Krankentransport begleitet. Aber es braucht halt einen Platz für sie.«

»Krieg ich hin«, sagte Gidion. »Gib mir die Nummer von Tom. Ich regele alles Weitere. Morgen ist sie dort. Kannst dich drauf verlassen!«

»Du bist der Wahnsinn«, sagte Hauser. »Ich liebe dich!«

»Ich dich auch«, sagte Gidion.

»Also dann mach's gut«, sagte Hauser und wollte auflegen.

»Halt, halt«, rief Gidion. »Ich habe auch einen Punkt.«

»Ah, stimmt, sorry«, sagte Hauser.

»In einer Woche, am 10. September, muss ich vor dem erweiterten Sicherheitskabinett einen aktuellen Statusbericht abgeben. Die werden langsam nervös, weil es weniger als zwei Monate bis zum Ende des Ultimatums sind. Ich möchte, dass wir das zusammen machen. Richte dir das bitte ein. Genaue Uhrzeit und Ort schicke ich dir. Entweder im Bundeskanzleramt oder im Bundestag.«

»Alles klar«, sagte Hauser.

»Tippi, Toppi«, erwiderte Gidion. »Bis dann!«

»Sehen wir uns heute Abend?«, fragte Hauser.

»Glaube eher nicht«, sagte Gidion. »Ich will noch ein paar Sachen fertig machen. Wird spät.«

»Ok«, sagte Hauser enttäuscht. »Bis bald.«

Die nächsten Tage verliefen wie von Hauser erwartet. Vor allem die Quantencomputer zeigten ihre Wirkung. Die Teams konnten mit nie dagewesener Geschwindigkeit unterschiedliche Materialzusammensetzungen und Batterie-Architekturen simulieren. Ohne physisches Fehlversuchsrisikos. Hausers Plan, verschiedenartiges Know-how und diverse Charaktere in den Teams zusammenzubringen, ging auf. Die Kreativität hatte deutlich zugenommen.

Die Situation mit Mirella, die begleitet von Tom und Leo inzwischen gut in der Klinik am Tegernsee angekommen war, hatte Hauser zu einer weiteren Maßnahme animiert. Jeder Camp-Mitarbeiter konnte bei Bedarf seine Familie und enge Angehörige ins Camp holen. Hauser ließ dafür einen extra Familien-Bereich im Camp einrichten.

Auch Leo kam mit seinen Ermittlungen voran. Zwar gab es noch keine konkreten Ergebnisse. Es verdichteten sich aber die Hinweise, dass Russland seine Finger im Spiel hatte. Es war nur nicht klar, über welche Kanäle das lief. Leo war es gelungen, im Zuge weiterer Neueinstellungen einige Ermittler unter fremder Identität ins Camp einzuschleusen. Sie sollten die Augen und Ohren offenhalten und Verdächtiges und Auffälliges melden. Obwohl Hauser diese Vorgehensweise bezüglich Teamgeist und Vertrauen als äußerst fragwürdig ansah, ließ er sich von Leo überzeugen, dass dies angesichts der Bedrohungslage unerlässlich war.

10. September, Berlin

»Herzlich willkommen«, begrüßte die Bundeskanzlerin die anwesenden Mitglieder des erweiterten Sicherheitskabinetts im großen Sitzungssaal des Kanzleramtes. »Wir treffen uns heute hier, um von der Projektverantwortlichen Frau Doktor Gidion und dem Projektleiter, Herrn Professor Doktor Martin Hauser zu erfahren, wie der aktuelle Status beim Projekt *ULTIMATUM E* ist.«

Mit Blick auf Gidion und Hauser fügte sie an. »Auch Sie heiße ich herzlich willkommen. Wir sind gespannt auf Ihren Bericht. Bitte legen Sie gleich los.«

»Gerne«, sagte Hauser, der inzwischen seine Präsentation geöffnet hatte. »Ich habe ein paar Folien vorbereitet.«

Hauser wiederholte im Wesentlichen die Präsentation des internen Kick-off-Meetings. Außerdem stellte er kurz vor, an welchem Akku-Material-Mix welches Team aktuell arbeitete und wie hier der Stand der Forschung war.

»Ich weiß, dass wir keine zwei Monate mehr Zeit haben, bis das China-Ultimatum greift«, sagte Hauser ernst. »Doch die Wahrheit ist: Wir haben den Durchbruch bisher nicht erreicht. Wir machen erfreuliche Fortschritte. Wir probieren viel aus. Wir lassen der Kreativität freien Lauf. Das Einengen der Teams auf einen Standard würde nichts bringen. Dazu ist es noch zu früh. Die vor uns liegenden Probleme sind immer noch groß. Was uns fehlt, ist vor allem Zeit. Materiell sind wir mittlerweile gut ausgestattet. Wir bekommen die Hilfe, die wir brauchen. Doch ein paar Monate sind für ein Gebiet, in dem die Forschung normalerweise Jahre braucht, einfach zu knapp.«

»Wie schätzen Sie die Erfolgswahrscheinlichkeit ein, dass wir bis Anfang November einen eigenen überlegenen Akku haben?«, fragte Adler-Stein.

»Aktuell weniger als 50 Prozent«, sagte Hauser.

»Das macht mir eher Angst, als Hoffnung«, fuhr Adler-Stein fort. »Sie wissen, wie viele Arbeitsplätze schon verschwunden sind. Wenn wir die mit einer neuen Technologie nicht zurückholen, dann ist das dramatisch.«

»Wir sind uns der Verantwortung bewusst«, sagte Gidion.

»Dann hat die Aussetzung der Erfolgsprämie von 1 Milliarde Euro – aus meiner Sicht eine unverschämt hohe Summe – bisher nichts gebracht«, bohrte Adler-Stein weiter nach.

»Wenn Sie es so sehen wollen«, sagte Hauser. »Stimmt. Bisher nicht. Aber es war aus meiner Sicht der einzige Weg, manche Leute überhaupt zu bekommen und zu motivieren. Bei unserer Teamstärke sind das für jeden gerade mal 250.000 Euro. Die IT-Spezialisten, die wir brauchen, könnten woanders ein Vielfaches verdienen.«

»Was sind denn die Probleme, die zu Ihrer Vision vom Auto mit 1.000 Kilometer Reichweite und kurzen Ladezeiten noch überwunden werden müssen«, wollte die Wirtschaftsministerin Müller wissen.

»Die sind vielfältig«, sagte Hauser. »Das ganze Thema ist die Quadratur des Kreises. Will man die Ladezeiten verkürzen, geht die Akkutemperatur nach oben. Das heißt, wir haben noch keine Lösung wie wir schnell laden können, ohne dass der Akku zu großen Schaden nimmt. Wenn wir eine hohe Reichweite wollen, müssen wir einen Akku mit hoher Energiedichte haben, um das Fahrzeuggewicht im Griff zu haben. Und last, but not least steht noch das Thema Wirtschaftlichkeit im Lastenheft. Denn der tollste Akku nützt nichts, wenn er in der Herstellung zu teuer ist und damit das ganze Fahrzeug für den Normalkunden unbezahlbar wird. Man dreht an einer Schraube und muss aufpassen, dass sich nicht gleich zwei andere Schrauben in die falsche Richtung mitdrehen.«

»Entschuldigung, dass ich hier einhake«, unterbrach Baumer Hausers Ausführungen. »Herr Professor – bei allem Respekt vor Ihrer Arbeit. Wir haben Sie nicht engagiert, damit Sie uns die Probleme aufzeigen. Sie sollen Lösungen liefern. Und zwar schnell.«

»Das ist mir bewusst«, antwortete Hauser äußerlich gelassen, obwohl er innerlich kochte, sobald Baumer nur den Mund aufmachte. Zu gerne hätte er ihm einmal die Meinung gesagt.

»Und warum tun Sie es dann nicht?«, provozierte Baumer weiter. »Sie sehen doch, wie dramatisch die Lage in unserem Land ist. Da brauchen wir Ergebnisse und keine Durchhalteparolen.«

Der letzte Satz war zu viel für Hauser. Er schrie.

»Eine solche Unverschämtheit ist mir schon lange nicht mehr untergekommen. Statt mir und dem Team Untätigkeit vorzuwerfen, sollten Sie sich lieber an die eigene Nase fassen. Sie und Ihr rechtes Gesocks sind es, die die Leute aufwiegeln und die Zukunft schwarzmalen. Anstatt Halt zu geben, schüren Sie Unsicherheit.«

»Wenn ich mir Ihren Statusbericht anhöre, dann habe ich allen Grund an Ihrer Entschlossenheit zu zweifeln«, unterbrach Baumer.

»Beruhige dich Martin«, versuchte Gidion zu schlichten.

»Dieser Arsch«, Hauser zeigte mit dem Finger auf Baumer, »und seine Konsorten sind mit Schuld daran, dass Mirella schwer verletzt wurde«, fuhr Hauser nun Gidion an. »Da soll ich mich beruhigen?«

»Meine Herren«, schritt die Kanzlerin ein. »Das bringt uns nicht weiter. Wir nehmen den Bericht so, wie er ist. Ich habe für mich mitgenommen, dass Sie alles haben, was Sie brauchen. Wir können eh nicht mehr tun. Vielen Dank.«

Die Kanzlerin drehte sich in Richtung Wirtschaftsministerin Müller.

»Dann bleibt noch eine Frage für die Runde hier offen. Die geht an die Wirtschaftsministerin. Wie steht es bei den Verhandlungen mit China?«

»Es gibt noch keine Ergebnisse,« sagte Müller. »Wie zu erwarten war, gibt es wenig Entgegenkommen von chinesischer Seite. Aber wir bleiben dran.«

Mit Blick in Richtung Hauser und Gidion fügte sie lächelnd an. »Mit einem bahnbrechenden E-Auto würde uns das leichter fallen. Aber das bekommen wir ja bald.«

Hauser und Gidion lächelten gezwungen zurück.

Hauser war immer noch sauer, als er wieder im Tempelhofer Camp ankam. Und das, obwohl der verbale Schlagabtausch mit Baumer schon mehr als eine Stunde her war.

Was für ein Arschloch, sagte er immer wieder zu sich, um sich wenigstens gedanklich abzureagieren. Ich verstehe gar nicht, was der überhaupt dort zu suchen hat. So einer ist Mitglied im Geheimdienstausschuss des Bundestages. Der ist selbst eine Gefahr und müsste vom Geheimdienst überwacht werden, schimpfte er vor sich hin. Da macht man doch den Bock zum Gärtner.

So sehr Hauser überzeugter Demokrat war. Dass man sich mit solchen Leuten auseinandersetzen musste. Das gehörte aus seiner Sicht eindeutig zu den Schattenseiten des Systems.

Kaum war Hauser aus dem Wagen ausgestiegen, kam Knoll zu ihm. Nachdem der Umbau des Camps fertig war, hatte er die Rolle des Facility-Managers für Tempelhof übernommen.

»Martin«, sagte Knoll. »Hast du kurz? Ich will dir was zeigen. Wir haben ein Problem.«

»Noch eins!?«, seufzte Hauser.

Ein Baumer kommt selten allein, dachte er sich.

»Warum?«, fragte Knoll interessiert.

»Ach, nix«, wiegelte Hauser ab. »Nicht hier im Camp. Politik!«

Hauser folgte Knoll schweigend in den Bereich der Wohn-Container für die Familienangehörigen. Als sie an einem Container neben der Geländemauer angekommen waren, dessen Tür mit Trafostation beschriftet war, sagte Knoll.

»Schau, hier unten. Siehst du es? Die Kabel! Das sind zusätzliche Kabel für die Stromversorgung der Wohncontainer. Die haben wir erst vor Kurzem legen lassen.«

Hauser sah, was geschehen war. Die armdicken Kabel waren an etlichen Stellen angefressen. Dünnere Kabel waren durchgebissen.

»Wie ist das passiert?«, fragte Hauser.

»Ratten!«, sagte Knoll. »Die haben die Kabel abgenagt! Einige von den Drecksviechern lagen hier noch rum. Sie haben einen Stromstoß bekommen, als sie die Isolierung durch hatten.«

»Habe ich es denn heute nur mit Ratten zu tun«, entfuhr es Hauser.

»Wie meinst du das jetzt?«, fragte Knoll überrascht. »Heute sprichst du irgendwie in Rätseln.«

»Äh, nix, nix«, wiegelte Hauser erneut ab. »Die Isolierung scheint den Ratten zu schmecken. Ihr müsst die Kabel besser schützen, oder?«.

»Genau das ist der Punkt«, sagte Knoll. »Die Isolierung ist extra mit einem Stoff ausgestattet, der den Nagern nicht schmeckt. Wir gehen davon aus, dass die Kabel erst nach dem Verlegen so präpariert wurden, dass sie die Ratten mögen. Ich sage es nicht gerne, Martin. Aber es sieht nach Sabotage aus. Die Auswirkungen halten sich zwar in Grenzen, weil die Daten zu den Quantencomputern über Satelliten gehen und die Stromversorgung für die Teamräume und Labore über die Kabel der Abfertigungshalle läuft. Aber wir haben einen Saboteur in unseren Reihen!«

»Danke für die Info«, sagte Hauser. »Gib es doch bitte an den Sicherheitsdienst weiter. Die sollen die Augen offenhalten.«

Bewusst verschwieg bewusst Hauser, dass er schon länger Indizien für Sabotage hatte.

Ich weiß ja nicht, wem ich in einer solchen Situation noch trauen kann und wem nicht, dachte Hauser.

»Und was macht ihr jetzt?«, fragte Hauser.

»Wir bauen ein Metallgehäuse drum herum«, sagte Knoll. »Das ist die einzig wirksame Lösung. Alternativ könnten wir einen Rattenkleber aufbringen. Aber das ist illegal. Du weißt: Tierschutzgesetz!«

»Tierschutz für Ratten?«, fragte Hauser ungläubig. »Aber gut. Alles muss ich ja nicht verstehen! Ja, baut einen Stahlpanzer drum herum.«

Meine Strategie geht auf, dachte er sich, als er zurück in den Meetingbereich ging. Seitdem wir keine Großversuche mehr haben, muss der Täter auf die Zerstörung von Stromkabeln zurückgreifen.

16. September, Berlin – NOCH 45 TAGE

Zwei Wochen waren seit dem Kick-off vergangen. Es war also Zeit, dass sich Hauser, Fach und Berger in diesem ersten Sprint-Review einen gemeinsamen Überblick über den Fortschritt der Teams bei Forschung und Marktreife verschafften. Sie hatten daher alle Teams eingeladen, ihre Ergebnisse in einem 15 Minuten-Pitch zu präsentieren. Fach war schon da, als Hauser die Vortragsarena betrat.

»Guten Morgen«, sagte Hauser zu Fach, der am Rednerpult stand und den Präsentationsrechner einrichtete.

»Gleichfalls«, sagte Fach, als er kurz aufschaute. »Gut geschlafen?«

»Ja, geht so«, antwortete Hauser. »Wo ist Theo?«

»Hat sich vorhin abgemeldet«, sagte Fach. »Ihm geht es nicht gut. Irgendwas mit Magen-Darm, sagte er.«

»Ah«, sagte Hauser, setzte sich in die erste Stuhlreihe und begann, an seinem Rechner die vorab von den Teams hochgeladenen Unterlagen zu studieren.

«Nette Idee von dir, den Teams Planetennamen zu geben», sagte Hauser.

»Die Idee kam von den Teams«, reichte Fach das Kompliment weiter und fügte mit einem Lächeln hinzu. »Aber ja, gefällt mir auch gut.«

»Und was hättest du gemacht, wenn wir mehr als acht Teams hätten?«, wollte Hauser wissen.

»Dann hätte ich Pluto wieder zum Planeten ernannt«, witzelte Fach.

Nachdem alle Teamleads und die meisten Teammitglieder anwesend waren, eröffnete Fach das Meeting. Er erläuterte kurz das Format und betonte nochmals, dass es nicht darum ging, alle Details mit höchster wissenschaftlicher Präzision dazuzustellen. Ziel war es vielmehr, in einer Art Elevator Pitch kurz den technologischen Aufbau des Akkus beziehungsweise die Idee dahinter vorzustellen, um dann auf die aktuellen Herausforderungen einzugehen. Final sollte jedes Team über die Fortschritte der letzten zwei Wochen berichten, um dann einen kurzen Einblick in die Ziele auf die kommenden 14 Tage zu geben.

»Team Merkur fängt an«, gab Fach den Startschuss. »Und dann von der Sonne aus gesehen machen wir analog der Reihenfolge der Planeten weiter.«

»Hallo zusammen«, startete Thomas Hambacher, der Teamleiter Team Merkur. »Wir forschen an einem Graphen-Akku. Genauer gesagt an einem Superkondensator, der aus Graphen, also einer hauchdünnen Schicht von Kohlenstoffatomen, gefertigt wird.«

Hambacher präsentierte Details zum Aufbau und zur Funktionsweise.

»Die Vorteile sind: Super Leitfähigkeit. Außerdem ist schnelles Laden möglich«, sagte er. »Unsere größte Herausforderung besteht in der Produktion. Das ist das Feld, auf das wir uns die kommenden zwei Wochen fokussieren. Denn die Maschinenbauexperten im Team tüfteln bereits an einer Maschine, die die Produktionskosten extrem senken kann.«

Der Applaus der Kollegen, von Fach und von Hauser freute ihn sichtlich.

»Spannend«, sagte Hauser anerkennend. »Viel Erfolg weiterhin.«

»Da kann ich nahtlos anknüpfen«, sagte Christian Arbolt, Teamleiter vom Team Venus. »Auch wir arbeiten mit Kohlenstoff. Allerdings forschen wir an einem Lithium-Schwefel-Akku. – Und um es vorwegzunehmen. Wir haben den Durchbruch geschafft.«

Arbolt genoss das Klatschen der Kollegen.

»Unser größtes Problem war die niedrige Speicherkapazität«, fuhr Arbolt fort. »Um dies zu lösen, haben wir ein dünnes schwammartiges Gewebe aus Kohlenstoff entwickelt. Auf dieses haben wir dann ein schwefelhaltiges Gel aufgetragen. Dieses Gel ist gleichzeitig Kathode und Anode. Damit erzielen wir eine fünffach höhere Energiedichte als herkömmliche Lithium-Ionen-Akkus. Der Vorteil unsers Lithium-Schwefel-Akkus ist zum einen die große Speicherkapazität. Zum anderen ist Schwefel günstig, weil zahlreich vorhanden. Er entsteht in Raffinerien, wo er dem Erdöl entzogen wird. In der Simulation hat der Akku mehrere hundert Ladezyklen überstanden.«

»Und was ist euer Fokus für die kommenden zwei Wochen?«, wollte Fach wissen.

»Es ist wie bei den Kollegen vom Team Merkur«, sagte Arbolt. »Auch wir werden uns auf die Produktionstechnik fokussieren. Wir müssen das Zeug günstig herstellen können.«

»Dann machen wir gleich weiter«, sagte Simone Teske, Teamleiterin vom Team Erde, während sie auf die Bühne stürmte. »Wir arbeiten an der Entwicklung einer Sauerstoff-Batterie. Der Laie würde ihn als Luft-Akku bezeichnen.«

»Luft gibt es ja genug«, warf Arbolt, der auf dem Weg zurück zu seinem Platz war scherzhaft ein.

»Wahnsinns Erkenntnis«, sagte Teske scherzhaft genervt. »Gut, dass wir solche Koryphäen wie dich haben.«

»Die gefällt mir«, sagte Hauser zu Fach. »Immer schön den Männern Paroli bieten.«

»Zur Sicherheit sei nochmals erwähnt«, fuhr Teske unbeirrt fort. »Unser Lithium-Luft-Akkumulator gehört nicht zu den Lithium-Ionen-Akkus im herkömmlichen Sinne. Wir verwenden die Umgebungsluft als Oxidator. Das macht den Speicher so faszinierend. Denn damit können wir eine 20-fach höhere Dichte erreichen. Zur Erinnerung: Moderne Lithium-Ionen-Akkus erreichen maximal drei Prozent der Energiedichte von Benzin. Mit unserem Akku könnten wir nach Adam Riese 60 Prozent der Energiedichte von Kraftstoff erreichen. Zieht man weiter in Betracht, dass Elektromotoren doppelt so effizient sind wie Verbrennungsmotoren, dann haben wir damit für das Gesamt-Fahrzeug-System aus Motor und Akku Werte wie beim herkömmlichen Verbrenner. Dass das Prinzip mit Luft funktioniert zeigen die Zink-Luft-Akkus, die als Einmalbatterien schon heute in Hörgeräten im Einsatz sind.«

»Das ist beeindruckend«, warf Hauser ein. »Vor allem weil der Akku chemisch gesehen mit der Wasserstoff-Brennstoffzelle vergleichbar ist. Nur dass der Wasserstoff durch Lithium ersetzt wird und die ganze Reaktion wieder umkehrbar sein muss. Es sollte niemand wundern, dass ich bei der Nähe zu meinem früheren Kernthema angefixt bin.«

»Jepp«, sagte Teske. »Daher lohnt es sich an den nicht wenigen technischen Herausforderungen dranzubleiben.«

»Welche das sind, wirst du uns sicher gleich verraten«, drückte Fach aufs Tempo. »Die technischen Details zum Aufbau haben wir gelesen. Kannst gleich zu den Problemen kommen.«

»Klar«, sagte Teske. »Wie gesagt – faszinierende Akkuform. Leider ist das Biest störrisch. Ich zähle nur die zentralen Herausforderungen auf. Das entstehende Lithiumoxid leitet den Strom schlecht und behindert die chemische Reaktion. Der aus der Umgebungsluft entnommene Sauerstoff enthält meist Feuchtigkeit und damit kommt es zu einer Beeinträchtigung der galvanischen Zelle. Beim Laden korrodiert die Kathode. Die Lebensdauer verringert sich dadurch extrem. Und zu guter Letzt kann es an der Elektrode zu Kristallwachstum kommen, was zu inneren Kurzschlüssen führt.«

»Ja«, sagte Fach. »Das klingt nach Arbeit! Danke für die Einblicke und viel Erfolg weiterhin.«

»Danke euch«, sagte Teske und ging wieder zu ihrem Team.

»Dann macht der Mars weiter«, sagte Fach und gab damit das Zeichen für die Präsentation von Mark Kern, Teamleiter des Mars-Teams, das sich zum Ziel gesetzt hatte, einen Feststoff-Akku zu entwickeln. Technisch handelte es sich um einen klassischen Lithium-Ionen-Akku. Der Unterschied war: Statt einem flüssigen Elektrolyten wird ein Polymer, also ein spezieller Kunststoff, verwendet.

»Liebe Kolleginnen und Kollegen«, startete Kern seinen Pitch. »Zugegeben. Auf den ersten Blick ist unser Projekt wenig spektakulär. Alter Wein in neuen Schläuchen, wird der ein oder andere denken. Und allen Zweiflern sei zugerufen. Auch wenn unser Akku auf den ersten Blick Ähnlichkeiten mit den China-Akku hat. Wir denken, dass mit unserem Feststoff deutlich bessere Leistungswerte erzielt werden können und unser Gesamtpaket den Akku der Chinesen um Längen schlägt. Ich garantiere euch - wir sind aktuell dem Ziel am nächsten.«

»Sei dir da mal nicht so sicher«, witzelte Stark, der inzwischen Teamleiter von Team Jupiter war. »Du hast ja unsere Präsentation noch nicht gesehen. Ich würde mir an deiner Stellen noch keinen Ferrari bestellen.«

»Ich lass dich dann auch mal damit fahren«, frotzelte Kern zurück. »Spaß beiseite. Unser Ziel ist es eine konkurrenzfähige Feststoffbatterie im industriellen Maßstab herzustellen. Diesem Ziel sind wir sehr nah gekommen. Der Schlüssel zum Erfolg war die Einzigartigkeit des Materials. Wir haben sowohl Anode als auch die Kathode und den Elektrolyten aus Phosphat-Verbindungen hergestellt. Die Passung war entscheidend. Das Trägermaterial ist ein fester Elektrolyt. Die Phosphat-Elektroden wurden im Siebdruckverfahren aufgebracht. Das Gute ist: Das Material ist leicht zu verarbeiten. Die Anschaffungskosten sind günstig. Beides ist ideal für die Massenfertigung vor allem im Kleinwagensegment. Wir sind überzeugt, dass der Durchbruch auf diese Art gelingen kann!«

»Einfach aufdrucken«, sagte Fach. »Clever!«

»Jetzt kommt das Beste«, fuhr Kern stolz fort. »Nach 500 Ladevorgängen, was 400.000 Kilometer Reichweite entsprechen würde, hat der Akku immer noch mehr als 80 Prozent der Kapazität. Wir sind überzeugt, dass wir den Wert auf über 95 Prozent steigern können!«

»Super!«, sagte Fach. »Danke Mark!«

An Stark gewandt fuhr er fort.

»Nun sind wir alle gespannt, was das Team Jupiter zu bieten hat.«

»Könnt ihr sein«, rief Stark, während er seine Präsentation öffnete. »Schnallt euch an, damit es euch nicht vom Hocker haut«.

»Komm – leg los«, drängte Hauser.

»Gerne«, sagte Stark. »Ich fang gleich mal mit dem Thema an, mit dem Mark aufgehört hat. Der Kapazität nach vielen Ladevorgängen: Wir haben bei unserem Akku bisher 1.200 Ladungen und Entladungen simuliert. Und ich sage euch. Die Kapazität ist immer noch bei 99 Prozent. Bäng! Da schaut ihr – ok – ich mach es jetzt seriöser.«

»Schadet vielleicht nicht«, rief Teske.

»Ok! Also, wir arbeiten auch mit einem festen Elektrolyten. Nur ist dieser bei uns nicht aus Kunststoff, sondern aus Glas. Kurzschlüsse und Brände sind damit faktisch ausgeschlossen. Durch das Glas können wir außerdem leistungsfähigere Kathoden und Anoden aus Alkalimetallen verwenden. Die Energiedichte steigt. Die Lebensdauer ebenfalls. Gleichzeitig sinkt der Produktionsaufwand, denn statt dem teuren Lithium können wir mit günstigem Natrium arbeiten. Das gibt es auf der Erde faktisch unbegrenzt.«

Stark machte eine kurze Pause, um seinen folgenden Ausführungen mehr Gewicht zu verleihen.

»Jetzt kommt das Beste«, fuhr Stark fort. »Wie wir alle wissen, nimmt die Leistungsfähigkeit der Akkus bei kühlen Temperaturen stark ab. In Folge dessen sinkt die Reichweite extrem. Nicht so bei unserem Glas-Akku. Der ist bei minus 20 Grad Celsius noch voll leistungsfähig. Generell arbeitet er bis zu – haltet euch fest – bis zu minus 60 Grad Celsius.«

»Gelungene Verkaufspräsentation«, sagte Hauser und lächelte Stark verschmitzt an. »Du hast noch gar nichts zu den Herausforderungen gesagt.«

»Es gibt keine«, sagte Stark.

Als er Hausers erstauntes Gesicht sah, fügte er an.

»Spaß! – Natürlich haben wir auch Challenges. Da ist zum einen das Gewicht zu nennen. Die Dinger sind sauschwer. Und die Energiedichte macht uns Kopfzerbrechen. Doch da sind wir dran!«

»Ok, danke«, sagte Fach während, er aufstand und aufs Podium ging. »Das hat mir gut gefallen. Ich denke wir haben alle gesehen, dass es Fortschritte gibt. Es liegt aber noch ein gutes Stück Arbeit vor uns. Daher will ich euch nicht länger aufhalten und das Meeting hiermit beenden. Wir sehen uns in diesem Format in zwei Wochen zum nächsten Sprint-Review wieder. Dann mit weniger Grundlagen-Informationen. Die haben wir jetzt. Wir sollten uns mehr auf die Arbeitsergebnisse fokussieren. Schönen Tag!«

»Na, das nenne ich einen gelungenen Auftakt«, sagte Hauser sichtlich zufrieden. »Für 2 Wochen Arbeit nicht übel. Und da behaupte noch einer, Elektrochemie sei die Reiswaffel unter den Naturwissenschaften – trocken und fad!«

1. Oktober, Berlin

»6 Uhr«, sagte der Sprecher, als Hausers Radio-App ihn weckte. »Heute ist Sonntag, der 1. Oktober. Sie hören die Nachrichten von Radio Berlin.«

Oh ne, dachte sich Hauser. Ich Idiot. Jetzt wollte ich einmal länger schlafen und dann vergesse ich, den Alarm auszuschalten.

Hastig versuchte er, auf seinem Handy den Aus-Knopf zu drücken.

»Berlin«, fuhr der Radiosprecher fort. »Heute wird es in der Hauptstadt wieder zu Massenkundgebungen kommen. Verschiedene Gruppierungen haben zu Protesten gegen den Untergang der deutschen Wirtschaft aufgerufen. Anlass ist das Importverbot Chinas für Verbrennungsmotoren, welches am 1. November unwiderruflich in Kraft treten wird. Vor allem die ZD, zu deren Kundgebung 500.000 Menschen vor dem Brandenburger Tor erwartet werden, will mit dem Protest auf die Unfähigkeit der Bundesregierung hinweisen. Laut ZD werden bisher kaum Maßnahmen unternommen, um den Chinesen Paroli zu bieten. Diese Untätigkeit werde nicht länger hingenommen. Parteiangaben zufolge wird der Partei- und Fraktionsvorsitzende der ZD, Karl Maria Baumer, zu Neuwahlen aufrufen. Umfragen entsprechend würde die Partei aktuell eine absolute Mehrheit der Stimmen bekommen. Gegendemonstrationen sind angekündigt. Die Polizei befürchtet gewalttätige Zusammenstöße rivalisierender Organisationen, weshalb sie trotz Überlastung weitere Kräfte aus dem ganzen Bundesgebiet zusammenzieht.«

Hauser hatte inzwischen seine Hand wieder zurückgezogen, um die Meldung bis zum Ende zu hören.

Was für eine Frechheit zu behaupten, dass die Bundesregierung untätig ist, regte sich Hauser innerlich auf. Ok, dass aktuell der Durchbruch fehlt, kann ich ja als Vorwurf noch hinnehmen. Aber zu verbreiten, dass nichts getan wird – unverschämt dieser Baumer. Wo er als Ausschussmitglied doch weiß, dass dem nicht so ist, steigerte er sich gedanklich weiter rein. Die wollen nur die Leute aufwiegeln und für ihre nationalistischen Parolen instrumentalisieren, dachte er.

»Wo willst du denn hin«, fragte Gidion überrascht.

Sie wollte gerade bei Hauser klopfen und fragen ob sie gemeinsam frühstücken, als dieser mit seiner Jacke auf dem Arm den Vorhang und die Schiebetür vom Mobilheim zurückzog, um rauszugehen.

»Ach, du hier!?«, sagte Hauser verdutzt. »Ich muss zur ZD Demo in die City!«

»Oh, schade!«, sagte Gidion sichtlich enttäuscht. »Dann wird das nix mit zusammen frühstücken? Habe Brötchen dabei!«

»Ah, das tut mir leid«, sagte Hauser. »Heute ist es schlecht. Ich muss los. Die Kundgebung der ZD fängt in einer Stunde an und ich werde sicher so lange brauchen bis ich dort bin.«

»Warum musst du denn da hin?«, fragte Gidion. »Haben sie dich eingeladen?«

»Na du bist lustig«, sagte Hauser. »Als ob die mich nach dem was im letzten Meeting passiert ist einladen. – Ne, ich will da hin und diesen Dumpfbacken reinen Wein einschenken. Dieser Baumer Arsch verbreitet allen Ernstes die Nachricht, dass nichts getan wird, um einen konkurrenzfähigen Akku zu entwickeln. Kam heute Morgen im Radio. Und dass, obwohl er genau weiß was getan wird und was wir leisten. Der will nur Unruhe stiften. Das werde ich verhindern.«

»Überschätzt du dich da nicht?«, fragte Gidion.

»Was soll denn der Kommentar«, sagte Hauser gereizt. »Findest du es gut, was da abgeht?«

»Martin!«, sagte Gidion. »Bleib sachlich! Klar finde ich das genauso frustrierend wie du, was da passiert. Aber dort hinzurennen und zu denken, du könntest den Anhängern deinen Standpunkt erläutern und dann ist alles gut, ist naiv.«

»Wenn ich es nicht mache«, sagte Hauser trotzig, »dann macht es keiner. Ich muss los. Wir können ja am Nachmittag zusammen Kaffee trinken.«

»Ich halte das für keine gute Idee, was du da machst«, unternahm Gidion einen letzten Versuch.

»Tschau«, sagte Hauser, gab ihr einen flüchtigen Kuss und drückte sich an ihr vorbei.

»Nimm wenigstens Leo mit«, rief Gidion ihm besorgt hinterher.

»Ja, ja«, rief Hauser. »Ich schau, ob er da ist. Glaube, er hat heute frei. Mir tut schon keiner was.«

Hauser hatte nicht vor, Leo zu kontaktieren.

Da wird so viel Polizei unterwegs sein, dachte sich Hauser. Was soll da schon passieren?

Hauser hatte Glück. Kaum war er aus dem Camp-Tor an den Wachen vorbei auf der Straße, da gelang es ihm, eine der vielen illegalen Mitfahrservices zu ergattern. Illegal deswegen, weil die Fahrer im Gegensatz zu Taxis keine Lizenz zur Personenbeförderung besaßen. Die Fahrer, meist arbeitslos aber im Besitz eines Autos, versuchten sich so etwas dazuzuverdienen. Erkennen konnte man die Autos an einem schwarzen aus Klebeband geformten Kreuz auf den rechten Außenspiegel. Auffällig genug, dass es ein potenzieller Kunde sehen konnte. Aber auch schnell entfernbar, so dass im Falle einer möglichen Kontrolle der Beweis zum illegalen Transport von Personen schnell vernichtet werden konnte.

»Zum Brandenburger Tor bitte«, sagte Hauser, als er hinten ins Auto stieg.

»Ok«, sagte der Fahrer. »Das kann dauern. Is mal wieder Demo.« Sein Berliner Akzent war deutlich zu hören.

»Da will ich hin«, sagte Hauser.

»Ah«, sagte der Fahrer. »Ich schau, dass ich außen rum fahre. Geht schneller.«

»Das überlasse ich Ihnen«, sagte Hauser und schaute aus dem Fenster.

Nach zwanzig Minuten Fahrt hielt der Fahrer an.

»Warum halten wir hier?«, fragte Hauser erstaunt. »Bis zum Brandenburger Tor ist es noch weit!«

»Ich weiß«, sagte der Fahrer. »Ich dachte, ob Sie Bedarf an einem Haarschnitt haben?«

»Wie bitte?«, fragte Hauser. »Wie kommen Sie denn darauf?«

»Wissen Sie«, sagte der Fahrer kleinlaut. »Mein Bruder ist Friseur. Er hatte seinen eigenen Salon. Leider musste er den schließen. Es hat ja keiner mehr das Geld sich die Haare schneiden zu lassen. Und da versuche ich, ihm zu helfen und schaue, ob meine Fahrgäste nicht einen Haarschnitt brauchen.«

Hauser kam sich vor wie bei der versteckten Kamera.

»Hören Sie, guter Mann«, sagte Hauser und versuchte professoral souverän zu wirken.

Nur nicht eskalieren, sagte er sich. Sonst kommst du hier nie weg.

»Ich brauche keinen Haarschnitt. Und es tut mir leid für Ihren Bruder. Und ich habe es eilig. Ich schlage Ihnen einen Deal vor. Sie starten wieder den Motor. Sie fahren mich auf dem schnellsten Weg in die Nähe des Brandenburger Tors. Und wenn wir dort sind, gebe ich Ihnen ein ordentliches Trinkgeld, das Sie dann entweder mit

Ihrem Bruder teilen oder ihm komplett geben können. Wie klingt das?«

»Na gut«, sagte der Fahrer zerknirscht, ließ den Motor an und fuhr wieder los.

Nach einer Weile sagte er zu Hauser.

»Ich wollte Sie nicht verärgern. Verstehen Sie! Ich dachte, das ist eine gute Idee, dass ich meinem Bruder Kundschaft verschaffe. Wissen Sie. Ich habe erst kürzlich eine Doku über Marrakesch gesehen. Da kam, dass die lokalen Taxi-Fahrer immer wieder bei dem ein oder anderen Verwandten anhalten, der was zu verkaufen hat. Da dachte ich mir, das könnte hier auch klappen. War nicht böse gemeint!«

Na super, dachte sich Hauser. Wer hätte gedacht, dass bei uns jemals orientalische Verhältnisse Einzug halten. Aber ja, wenn es den Menschen schlecht geht, werden sie erfinderisch.

»Ja, passt schon«, versuchte Hauser das schlechte Gewissen des Fahrers zu beruhigen. »Wenn ich es nicht so eilig hätte. Wer weiß, vielleicht hätte ich mir von ihrem Bruder die Haare schneiden lassen.«

Nach weiteren zwanzig Minuten, der Fahrer war inzwischen über diverse Schleichwege nah an das Regierungsviertel rangefahren, hielt er an.

»So«, sagte der Fahrer. »Weiter komme ich nicht. Hier ist Endstation!«

»Was bekommen Sie«, fragte Hauser.

»Mit dem versprochenen Trinkgeld…«, sagte der Fahrer und überlegte kurz. »Wenn Sie mir nen Hunni geben, wäre das ausreichend.«

»100 Euro«, entfuhr es Hauser. »Für eine Stadtfahrt?«

»Unter erschwerten Bedingungen«, fügte der Fahrer hinzu. »Und mit Trinkgeld! – Kommen Sie, Sie sehen so aus, als ob Sie es sich leisten könnten. Schließlich arbeiten Sie in dem Batterie-Camp wo alle Millionen verdienen!«

Ah, so ist das Bild der Camp-Mitarbeiter in der Öffentlichkeit, dachte sich Hauser.

Widerwillig zückte er seinen Geldbeutel und sagte.

»Ok, weil Sie es sind. Ich gebe Ihnen 90 Euro. Keinen Cent mehr. Wie in Marrakesch. Da bekommt auch keiner das, was er als ersten Preis gefordert hat. Und geben Sie ihrem Bruder was ab – wenn es ihn überhaupt gibt?«

»Vielen, vielen Dank«, sagte der Fahrer. »Das gibt gutes Karma.«

»Hoffentlich«, sagte Hauser und machte sich auf den Weg in Richtung Kundgebung.

Der Fahrer hatte Hauser in der Französischen Straße abgesetzt. Hauser kannte die Gegend, weil er vor nicht allzu langer Zeit von einem Interessensverband der Automobilindustrie eingeladen war, um über die Zukunft des Wasserstoffantriebs zu sprechen. Er konnte sich daher gut erinnern, weil er sich damals sehr aufgeregt hatte. Es wurde taktiert, dass sich die Balken bogen. Keiner wollte sich in die Karten schauen lassen. Vordergründig priesen alle das hohe Lied der Kooperation. Insgeheim gab aber jeder intern die Losung aus, keine Details an die Konkurrenz zu geben.

Aber was soll's, dachte Hauser. So ist die Branche groß geworden. Auge um Auge. Zahn um Zahn. Fressen und gefressen werden. Eine solche Haltung ändert sich nicht von einem auf den anderen Tag. Die Verantwortlichen zahlen gerade ohnehin genug Lehrgeld, gab er sich innerlich versöhnt. Ich muss mich jetzt darum kümmern, dass dieser Baumer nicht noch mehr Schaden anrichtet.

Nachdem Hauser das Denkmal der ermordeten Juden in Europa erreicht hatte, bog er in die Ebertstraße ein. Er konnte schon die Bühne mit dem Rednerpult erkennen. Baumer hatte sich eben dahinter aufgestellt und sein Manuskript sortiert, als Hauser den Administratoreneingang und damit die Security erreichte.

Ok, jetzt gilt es, dachte er sich. Reiß dich zusammen und mach das, was du dir auf der Fahrt überlegt hast.

»Guten Tag«, sagte Hauser, als er am Tor angekommen war zu dem Security-Bär, der ihn mit finsterer Miene anstarrte. »Mein Name ist Professor Doktor Martin Hauser. Ich bin Leiter des Projektes *ULTIMATUM E*. Herr Baumer erwartet mich.«

Um seine Worte mit Autorität zu hinterlegen, hatte Hauser parallel zu seinen Worten seinen Geländeausweis vom Camp Tempelhof hochgehalten.

Der Security-Bär schaute kurz auf den Ausweis, um dann wieder Hauser zu fixieren. Er sagte nichts.

Mist, dachte sich Hauser. Klappt doch nicht. Ok, Martin, ruhig bleiben und entschlossen schauen.

»Ok«, sagte der Security-Bär zu seinem Kollegen, der direkt innen am Tor zum Gelände stand. »Darf passieren!«

Hauser musste sich zusammenreißen, um seine Euphorie zu verbergen.

Das ging ja leicht, ging es ihm durch den Kopf. Hätte nicht gedacht, dass sich meine Nebenrolle im Schultheater jemals auszahlt. Jetzt direkt auf die Bühne, bevor Baumer seine Begrüßung beendet hat.

Hauser stürmte auf die Bühne und stellte sich direkt neben den verdutzt schauenden Baumer. Als dieser ihn erkannte, sagte er.

»Was machen Sie denn hier?«

»Karl Maria«, duzte Hauser Baumer, während er ihn zur Seite schob und ins Mikrofon sprach. »Sorry, ich weiß, dass ich zu spät bin. Der Verkehr. Du weißt schon. Du und die ZD habt so viele Leute mobilisiert, da konnte mein Fahrer nichts machen. Jetzt bin ich da.«

Hauser war der Überraschungscoup gelungen. Baumer hatte es kurzzeitig die Sprache verschlagen. Und als er etwas sagen wollte, konnte es keiner hören. Denn Hauser stand so nah vor dem Mikrofon, dass Baumers »Gehen Sie sofort vom Mikro weg, sonst muss ich die Security rufen.« für die Zuschauer ungehört verhallte.

So, dachte sich Hauser. Rasch die wichtigsten Botschaften platzieren.

»Lieber Karl Maria«, blieb Hauser bei seiner Linie größter Vertrautheit. »Vielen Dank, dass du mich eingeladen hast, um kurz zu berichten, wie es mit dem Batterie-Forschungs-Projekt *ULTIMATUM E* steht. Ich habe erfreuliche Nachrichten. Wir kommen schnell voran. Ich bin mir sicher, wir haben bald ein Ergebnis. Dann wird es für alle aufwärts gehen. Die Regierung hat alles in die Wege geleitet, was notwendig war. Wir werden die Früchte ...«

Hauser konnte nicht weiterreden. Ein dicker Arm legte sich um seinen Hals. Die Armbeuge drückte ihm die Kehle zu. Gleichzeitig wurde ihm der Mund zugehalten, als er vom Mikrofon weggezogen wurde. Ohne dass er es bemerkt hatte, hatte Baumer zwei Männer der Security auf die Bühne gewunken und ihnen deutlich gemacht, dass der Auftritt Hausers nicht abgesprochen war und sie ihn entfernen sollten. Während sie Hauser rückwärts von der Bühne schleiften, ergriff Baumer wieder das Wort.

»Liebe Mitkämpfer, entschuldigt die Störung«, sagte Baumer. »Ich kann euch versichern. Ich habe Hauser nicht eingeladen. Er ist illegal eingedrungen. Wahrscheinlich will er Lügen verbreiten, weil sein Projekt *ULTIMATUM E* kurz vor dem Scheitern ist. Denn seine Aussagen entbehren jeder Grundlage. Ich habe erst kürzlich an einem Treffen teilgenommen, auf dem Zwischenergebnisse präsentiert wurden. Die bisherigen Ergebnisse sind niederschmetternd. Die schaffen das nie. Die Regierung hat versagt!«

Die Kundgebungsteilnehmer johlten und klatschten.

Hauser war inzwischen hinter die Bühne geschleift und zu Boden geworfen worden. Einer der beiden Männer hatte sich mit seinem gesamten Gewicht auf ihn gehockt und drückte sein Knie so fest auf Hausers Nacken, dass er kaum atmen konnte. Als ob das nicht schon genug wäre, verpasste ihm der andere Security-Bär seitlich einen heftigen Tritt in die Nieren.

»Ah«, schrie Hauser. »Lasst mich los! Ich zeige euch wegen Körperverletzung an.«

»Ach ja? Das wollen wir mal sehen«, sagte der auf ihm kniende Security-Bär. »Wo willst du uns denn anzeigen? Hier ist weit und breit keine Polizei!«

»Da hast du dich getäuscht mein Lieber«, hörte Hauser eine vertraute Stimme. »Lasst sofort den Mann los. Sonst nehme ich euch fest!«

Der Bär stand auf, so dass Hauser sich umdrehen konnte.

»Leo«, rief Hauser erfreut.

Leo stand vor ihm. In der einen Hand hatte er seinen Dienstausweis. Mit der Waffe in der anderen Hand hielt er die beiden Security-Leute in Schach.

»Wo kommst du denn her? Dich schickt der Himmel!«

»Der Himmel heißt Anna«, sagte Leo trocken. »Komm! Steh auf! Wir gehen!«

Und an die beiden Security-Bären gewandt.

»Und ihr rührt euch nicht von der Stelle. Sonst mache ich euch die ganze Veranstaltung dicht!«

»Danke«, sagte Hauser, als sie in Leos Auto saßen. »Ich weiß, es war blöd von mir alleine zu gehen.«

»Gut, dass du es wenigstens einsiehst«, sagte Leo. »Beim nächsten Mal sagst du mir gefälligst Bescheid, wenn du so was vor hast. Das regt mich am meisten auf. Dass du mir nicht vertraust!«

»Ok«, sagte Hauser kleinlaut.

»Und, war es das wert?«, fauchte Gidion Hauser an.

Sie war immer noch stink sauer auf ihn, als sie seine von den Tritten tiefblau unterlaufene Prellung an den Lenden mit Salbe einrieb.

»Wie blöd bist du denn, zu glauben, du könntest da einfach auf die Bühne spazieren und Baumer wird dich locker flockig 30 Minuten auf seiner Veranstaltung reden lassen«, schimpfte sie weiter. »Wenn dich Leo da nicht rausgeholt hätte, dann lägst du jetzt im Krankenhaus. Das wäre es dann gewesen mit *ULTIMATUM E*.«

»Ich habe doch gesagt, dass es mir leid tuuuut – aua«, schrie Hauser und verzog das Gesicht vor Schmerz, als Gidion fester die Salbe in die Haut einrieb. »Nicht so fest!«

»Ach, eben noch der testosterongeschwängerte Held und plötzlich eine Memme!«, regte sich Gidion weiter auf. »Gerade von dir hätte ich das nicht erwartet. Ich dachte, du bist einer, der zuerst denkt und dann handelt und sich nicht so ohne weiteres von seinen Gefühlen überwältigen lässt!«

»Bei dir habe ich mich ja auch von meinen Gefühlen überwältigen lassen«, versuchte Hauser die Wogen weiter zu glätten. »Ich verspreche es dir! Es wird nicht wieder vorkommen!«

Hausers Worte zeigten Wirkung.

»Ok«, sagte sie versöhnlich. »Dann glaube ich dir mal.«

»Mach mal lauter«, sagte Hauser und zeigte auf die Fernbedienung vom Fernseher. »Da kommt ein Bericht von der Kundgebung heute.«

»Auf der heutigen Kundgebung der ZD in Berlin, zu der sich mehr als 500.000 Menschen vor dem Brandenburger Tor versammelt hatten, kam es zu einem Zwischenfall. Professor Martin Hauser, weithin bekannt als Projektleiter des *ULTIMATUM E*-Projektes, betrat laut Aussagen der Veranstalter unerlaubt die Bühne. Offensichtlich wollte er von großen Projekt-Fortschritten und dem baldigen Durchbruch berichten. Leider konnte Karl Maria Baumer, der selbst Mitglied des Kontrollgremiums von *ULTIMATUM E* ist, dies nicht bestätigen. Baumer bekräftige, dass man von einem Erfolg so weit entfernt sei, wie die Erde vom Mond. Außerdem äußerte er die Vermutung, dass Hauser unter Drogen stand, ohne die er dem öffentlichen Erfolgsdruck wohl nicht gewachsen ist.«

»Kannst ausmachen«, sagte Hauser betrübt. »Ich habe genau das Gegenteil von dem erreicht, was ich erreichen wollte. Ich sehe schon, Politik ist nichts für mich. Ich forsche lieber weiter!«

»Weise Worte«, sagte Gidion und drückte ihn. »Weise Worte!«

Hauser schaute auf die Uhr. 22 Uhr.

»Ich werde dann zurück zu mir gehen«, sagte er zu Gidion und befreite sich sanft aus ihrer Umarmung. »Morgen muss ich früh raus. Das erste Meeting habe ich um 6.30 Uhr. Endspurt! War schön, dass wir mal wieder Zeit hatten zu reden.«

»Ja, fand ich auch«, bestätigte Gidion und gab ihm einen langen Kuss, um dann wieder aufs Bett zu sinken. »Ich bin auch müde. Schlaf gut!«

»Bis morgen«, sagte Hauser.

Was für ein Tag, dachte sich Hauser als er die Tür hinter sich zu machte. Alles nur, weil ich den Wecker nicht ausgeschaltet hatte. Ich werde noch eine Runde um den Block gehen, um den Kopf frei zu kriegen. Kaum war er ein paar Schritte gegangen, dachte er: Ist mir noch gar nicht aufgefallen, dass die Wege hier Namen haben. Da wohne ich seit ein paar Wochen im Wasserstoff-Weg und weiß es nicht einmal, war er innerlich erstaunt. Ich gehe in Richtung Sportanlagen.

Hauser war gerade in den Sauerstoff-Weg eingebogen als er in einem Mobilheim am Ende der Straße Licht sah.

Schlafen doch noch nicht alle, ging es ihm durch den Kopf.

Als er näher kam, sah er Berger am Tisch vor seinem Laptop sitzen.

Ach, da klopfe ich mal kurz an, überlegte er.

Doch bei genauerem Hinsehen kamen ihm Zweifel, ob Klopfen eine gute Idee war. Hauser blieb im Halbdunkel stehen und schaute seitlich zum Fenster rein, so dass Berger ihn nicht, Hauser aber Berger gut sehen konnte. Berger war nicht alleine. Ein Hauser unbekannter Mann mittleren Alters mit schwarzer Lederjacke, weißem Hemd und Jeans saß neben Berger. Er konnte die wenigen Sätze, die die beiden wechselten, nicht verstehen. Vorsichtshalber drehte sich Hauser um, um seinerseits sicherzugehen, dass er nicht beobachtet wurde.

Wenn ich nur sehen könnte, was sie auf dem Laptop anschauen, dachte Hauser. Mist, dass die Mobilheime auf der Rückseite, außer in den Bädern keine Fenster haben. Aber vielleicht habe ich Glück und sie setzen sich um, so dass ich auf den Bildschirm sehen kann.

Doch Hausers Hoffnung erfüllte sich nicht.

Ok, dachte sich Hauser. Ich geh da rein. Mich interessiert, wer da mit Berger am Tisch sitzt.

Er klopfte an die Tür. Stille.

»Herein«, rief Berger nach ein paar Sekunden. Hauser öffnete die Tür.

»N'Abend«, sagte Hauser, als er eintrat. Und mit Blick auf die Laptops, die Berger und sein Besucher vor sich hatten, fügte er an. »Na, noch fleißig?«

»Martin«, sagte Berger. »Was machst du denn so spät noch hier?«

»Och, nur einen Spaziergang«, sagte Hauser. »Da habe ich bei dir Licht gesehen und da dachte ich, ich sag kurz Hallo. Ich hoffe ich störe nicht!?«

»Ne, alles fein«, sagte Berger. »Wir machen eh gerade Schluss. Ist schon spät.«

»Wer ist denn wir?«, sagte Hauser mit Blick auf Bergers Nebenmann. »Du hast uns noch gar nicht vorgestellt. Kennen wir uns?«

»Hallo, ich bin Sascha«, sagte der bis dahin Fremde. »Sascha Iwanow. Nein wir kennen uns nicht. Ich bin im Team Mars für die Entwicklung der Steuerungssoftware zuständig.«

»Ich bin mit Sascha noch ein paar Punkte durchgegangen«, ergänzte Berger.

»Ach so«, sagte Hauser. »Ja, dann will ich nicht länger stören. Tschau.«

»Bis morgen«, sagte Berger, als Hauser schon fast die Tür zum Mobilheim geschlossen hatte. »Man sieht sich!«

Hauser ging um die Ecke, so dass Berger und Iwanow ihn weder hören noch sehen konnten. Er rief Leo an. Als nur die Sprachbox dranging, sagte er.

»Leo, hier ist Martin. Überprüf mal Sascha Iwanow. Ich kenne ihn nicht. Vielleicht ist er die gesuchte Verbindung nach Russland. Vom Namen her könnte es passen. Aber vielleicht ist es auch nur ein Zufall und ich übertreibe mit den Verdächtigungen.«

16. Oktober, Berlin – NOCH 15 TAGE

»Guten Morgen«, begrüßte Hauser die Teamleads beim Morgenbriefing. »Ernst, Theo und ich wünschen uns heute ein ausführliches Briefing. Wir haben nur noch fünfzehn Tage Zeit. Wir müssen einen Überblick bekommen, wo wir stehen.«

Zustimmendes Kopfnicken.

»Bevor Ernst in Details einsteigt«, fuhr Hauser fort, »will ich euch über eine aktuelle Entwicklung der letzten Nacht informieren. Uns ist es gelungen, einen der Drahtzieher der Sabotageakte im Camp festzunehmen.«

Ein Raunen ging durch die Menge. Hauser wurde konkreter.

»Leider«, sagte Hauser hörbar betrübt, »mussten wir heute Nacht Sascha festnehmen. Ein herber Rückschlag für Team Mars. Ich weiß. Wir gehen davon aus, dass er für die Sabotage der Versuche im Camp Astrid verantwortlich war. Leo und seine Kollegen vom BKA haben eindeutige Hinweise auf seinem Rechner gefunden. Nicht nur das. Er hat uns ausspioniert und Daten an die Russen übermittelt. Die Ermittlungen laufen noch. Ihr solltet das aus erster Hand erfahrt.«

»Auch für mich ist das ein schwerer Schlag«, bestätigte Berger. »Ich hatte ihm vertraut. Ich hätte mir das nie vorstellen können. Unfassbar! Das muss ich erst einmal verarbeiten. Wie du weißt Martin, saß ich mit ihm erst gestern zusammen.«

»Die Wahrheit ist manchmal bitter«, klinkte sich Fach ein. »Ich weiß. Doch wenn es ok ist, würde ich gerne mit meinen Punkten weitermachen. Die Zeit drängt.«

Zustimmendes Murmeln.

»Ihr erinnert Euch sicher an unsere Vision«, fuhr Fach fort.

Er schaltete den Beamer ein und die beim Kick-off gezeigte Vision erschien.

»Die Frage heute ist«, sagte Fach. »Wie nah sind wir unserer Vision, nach 5 Minuten Ladezeit mehr als 1.000 Kilometer weit zu fahren, gekommen? Wo stehen wir?«

»Na dann fange ich mal an«, sagte Stark. »Um es kurz zu machen. Wir haben aktuell nichts, was der Vision nahekommt. Unser Glas-Akku hat unstrittig viele Vorteile. Ich hatte sie ja in einem der letzten Meetings genannt. Ladezeiten von einer Minute, keine Brandgefahr und auch bei unter null Grad noch leistungsfähig. Das Hauptproblem ist das Gewicht im Verhältnis zur Energiedichte. Um auf 1.000 Kilometer zu kommen, wäre unser Akku so schwer, dass faktisch jeder mit einem LKW herumfahren müsste. Ich muss zugeben. Soweit waren wir schon vor einem Monat. Wir treten auf der Stelle. Das Team ist recht frustriert, weil wir eigentlich dachten, dass wir das Rennen machen.«

»Vielen Dank für den ehrlichen Statusbericht«, sagte Hauser. »Wie sieht es denn bei den Anderen aus?«

Bei den anderen Teams sah es ähnlich düster aus. Für sich genommen hatten alle Fortschritte vorzuweisen, doch von einem fahrbaren E-Auto, dass in seinem komplexen Zusammenspiel aus Gewicht, Sicherheit, Platzbedarf und Reichweite in sich stimmig gewesen wäre, war man weit entfernt.

»Das ist ernüchternd«, durchbrach Fach als erster die Stille, nachdem das letzte Team sein Ergebnis gezeigt hatte. »Da brauchen wir nicht drumrumreden. Versteht mich nicht falsch. Das ist nicht anklagend gemeint, jedoch sollten wir der Realität ins Auge sehen.

Wenn wir so die letzten fünfzehn Tage weitermachen, dann wird das nix.«

»Ich schlage vor, wir unterbrechen kurz«, sagte Hauser. »Die Stimmung ist eh am Boden. Lasst uns in einer viertel Stunde wieder hier treffen.«

Und zu Fach und Berger gewandt fuhr er fort.

»Können wir uns zusammensetzen. Wir brauchen ein neues Setting. Ich habe da eine Idee. Die würde ich gerne mit euch besprechen.«

Bei einer viertel Stunde war es nicht geblieben, als Hauser wieder das Wort ergriff.

»Sorry, für die Verspätung«, startete er. »Wir haben für unsere Beratung länger gebraucht. Dafür glauben wir, dass wir eine Lösung gefunden haben, wie wir unsere Effizienz erhöhen können.«

»Bin gespannt«, warf Stark gewohnt provozierend ein.

»Kannst du sein«, gab Hauser schlagfertig zurück.

»Also – schaut her«, fuhr Hauser fort. »Unserer Ansicht nach haben wir in den einzelnen Teams gute Fortschritte gemacht. Doch wie wir alle gesehen haben: Es fehlt immer noch die Gesamtlösung. Warum? Wir haben keine Integrationsebene. Uns fehlt der Teil, der die Einzelteile miteinander verknüpft. Das hat mit Kommunikation zu tun. Aber ebenso mit Nähe. Daher werden wir alle von nun an hier im zentralen Meetingraum in einem War Room zusammenarbeiten. Die Analogie stimmt ja. Wir sind in einem Wirtschaftskrieg. Wir nehmen die Stühle raus, ziehen mit unseren Schreibtischen und mit allem was wir sonst brauchen hier ein. Dann verknüpfen wir die Teams. Theo hat dafür schon einen Plan aufgestellt. Außerdem arbeiten wir von nun an im Zwei-Schicht-Betrieb. Somit können wir die Zeit bis Ende Oktober faktisch nochmals verdoppeln. Ich weiß, das wird körperlich anstrengend. Energy-Drinks werden wir ausreichend beschaffen. Wer härtere Aufputschmittel braucht, kann sich bei mir melden!«

Hauser schaute in die Runde.

»Was denkt ihr?«, fragte er.

»Lass uns loslegen«, fasste Stark die Stimmung der übrigen Kollegen zusammen. »Wann können wir hier einziehen?«

»Heute Nachmittag«, sagte Hauser. »Ich spreche gleich mit Knoll, dass er uns beim Umbau unterstützt.«

Hauser war beeindruckt, als er am Abend den neuen War Room betrat. Knoll hatte alle Sitzreihen entfernt und Arbeitsinseln einrichten lassen. Es sah so aus, als hätten alle hier schon die letzten Wochen zusammengesessen und gearbeitet. Die Teams hatten sich jeweils einen Bereich als Teamspace eingerichtet und ihre Rechner, unzähligen Projektwände und Übersichtstafeln aufgebaut. Wer im zentralen Raum keinen Platz fand, war in den angrenzenden Meetingräumen untergebracht. Kurze Wege waren somit garantiert. Nur die Quantenspezialisten blieben im Hauptgebäude, da ein Umzug aus technischen Gründen nicht möglich war.

An Besprechungsinseln wurde fleißig mit anderen Gruppen an technischen Herausforderungen und ihren Lösungen getüftelt. Alle drei Stunden kamen die Kontaktpersonen aus jedem Team zusammen, um, angeleitet von den Design Thinkern, weitere Kommunikationsformate zu planen. So wechselten sich ruhigere Arbeitsphase mit Phasen hektischen Treibens ab. Hin und wieder waren aus einem Team heftige Flüche oder Jubelschreie zu hören. Meist hatte eine Simulation mit den Quantencomputern eine gute oder schlechte Nachricht gebracht.

Für Hauser waren die Tage eine Berg- und Talfahrt. Schlafen konnte er eh kaum noch. Zu groß war der Druck, der auf ihm lastete. Außerdem machte er sich Sorgen, wie lange seine Leute noch durchhalten würden. Immer wieder brachen Teammitglieder völlig erschöpft zusammen und mussten vom Notarzt versorgt werden. Der eingerichtete Notfallraum war durchgehend belegt.

29. Oktober, Berlin – NOCH 3 TAGE

Hauser, Fach und Berger hatten gestern vereinbart, sich gleich nach dem Morgenbriefing im Hauptgebäude zu treffen, um die Ergebnisse zu sichten.

»Wo ist Berger?«, fragte Hauser Fach, als er den Raum betrat und nur Fach sah.

»Der hat sich heute Morgen krank gemeldet«, sagte Fach. »Magen-Darm, sagte er. Ich vermute aber, es ist eher der Stress rund um den russischen Spion. In seinem Alter steckt man das nicht mehr so leicht weg.«

»Oh, schade«, sagte Hauser, um dann aber gleich zum Tagesgeschäft überzugehen. »Wie ist dein Eindruck vom aktuellen Status?«

»Wie deiner«, mutmaßte Fach. »Wenig euphorisch.«

»Ja, leider«, antwortete Hauser frustriert. »Schöner Scheiß. Aber das kann doch nicht sein. Es muss doch einen Weg geben! Die Einzelergebnisse sind ja gut.«

»Auf was referenzierst du?«, wollte Fach wissen.

»Schau hier«, sagte Hauser und zeigte auf seinen aufgeklappten Laptop. »Der Glas-Akku unseres Freundes Stark wäre einsetzbar.«

»Ja«, stimmte Fach zu. »Leider ist die Energiedichte zu gering. Wenn wir den in den Unterboden einbauen, dann wiegt das Auto 4 Tonnen. Wir können nicht jeden mit einem XXL-SUV durch die Gegend fahren lassen.«

»Schau weiter«, ließ Hauser nicht locker. »Der Luft-Akku hat ebenfalls erhebliche Fortschritte erzielt. Der von ihnen entwickelte Hochleistungsfilter hält beim Ansaugen der Luft 99 Prozent der Feuchtigkeit ab. Klar, mit dem Temperaturmanagement haben sie noch ihre Herausforderungen. Das muss doch lösbar sein.«

»Nur nicht in zwei Tagen«, gab Fach weiter den Bedenkenträger.

»Was ist denn mit dem Solarlack?«, fragte Hauser. »Team Venus wollte sich darum kümmern, nachdem sie ihre Schwefel-Akku-Pläne aufgegeben haben. Ist der einsatzbereit?«

»Gib mir eine Minute«, sagte Fach.

Als er ein paar Ergebnisse gecheckt hatte, fuhr er fort.

»Sieht so aus, als ob das Verfahren zur Aufbringung des Lackes ausgereift ist. Sollten wir nutzen können.«

»Gut«, sagte Hauser.

Während Fach weiter im Laptop Ergebnisse studierte, stand Hauser auf und ging im Raum auf und ab.

»Wir denken zu linear«, sagte Hauser. »Zu stark in der Logik wie das Auto einst erfunden wurde.«

»Wie meinst du das?«, fragte Fach.

»Nah, das erste Auto war eine Kutsche, in die ein Motor eingebaut wurde«, sagte Hauser. »Statt Pferd – Motor. Doch schau dir die Autos von heute an. Die haben mit Motor-in-Kutsche nicht mehr viel gemeinsam. Das sind voll integrierte mobile Maschinen.«

»Das ist es«, rief Fach und sprang auf. »Du sagst es. Wir sollten keine Batterie in ein Auto einbauen, sondern in einer Batterie fahren. Wir bauen einen fahrenden Akku!«

Hauser schaute kurz verdutzt, bevor ihm klar wurde, was Fach meinte. Still ging er weiterhin im Raum auf und ab.

»Genial«, sagte Hauser nach einer Weile. Er nahm sich einen Stift, ging zum Flipchart und schrieb XJ12 Serie 3 darauf.

»Weißt du, was das ist?«, fragte Hauser. Man sah ihm an, dass er auf seinen Einfall und das Rätsel für Fach mächtig stolz war.

»Keine Ahnung«, sagte Fach und zuckte mit den Schultern. »Die Bezeichnung einer Brennstoffzelle, die du einmal entwickelt hast?«

»Falsch!«, sagte Hauser. »Denk nach. Du weißt es. Ich gebe dir ein Stichwort: Oldtimer!«

Fach legte die Stirn in Falten.

»Oldtimer, Oldtimer«, sagte er laut vor sich hin, bevor er rief.

»Ach, jetzt! Das ist die Typenbezeichnung für einen Jaguar. Ist das nicht der mit den zwei Tanks? Der verbraucht so viel Sprit, dass ein Tank für eine längere Fahrt nicht ausreicht. Deswegen kann man auf einen zweiten Tank umschalten, wenn der Erste leer ist.«

»Exakt«, bestätigte Hauser.

»Und was willst du mir damit sagen?«, fragte Fach ungläubig.

»Ganz einfach«, sagte Hauser. »Wir wenden das gleiche Prinzip an. Wir bauen zwei Akkusysteme ein.«

Fach schaute skeptisch.

»Pass auf«, fuhr Hauser fort und begann am Flipchart zu zeichnen. »Den Fahrzeugrahmen, bauen wir aus stabilen, bienenwabenförmigen Elementen. Unser Grundmaterial ist Kunststoff. In diesen Waben verbauen wir dann den Luft-Akku. Somit haben wir ein stabiles Chassis. Unseren fahrenden Akku, mit 1.000 Kilometern Reichweite.«

»Soweit klar!«, bestätigte Fach. »Und wie löst du das Wärmemanagement für deine Chassis-Batterie.«

»Mit dem zweiten Tank«, sagte Hauser. »Will sagen mit dem zweiten Akku. Der Glasbatterie. Nur dass wir die Glasbatterie nicht als ein Stück verbauen, sondern die Scheiben nutzen. Scheiben brauchen wir ohnehin. Insofern haben wir netto nicht mehr Gewicht als bei einem normalen Fahrzeug.«

»Genial!«, rief Fach begeistert. »Und mit dem Solarlack sorgen wir dafür, dass der Scheiben-Akku permanent geladen wird.«

»Genau«, bestätigte Hauser.

»Lass uns gleich die Eckdaten in unser Simulationsprogramm eingeben«, sagte Fach und begann mit den Berechnungen. »Wenn das klappt, dann fress ich einen Besen.«

»Musst du nicht«, sagte Hauser grinsend. »Ich kann dir auch was kochen, wenn du Hunger hast.«

30. Oktober, Berlin – NOCH 2 TAGE

Den ganzen restlichen Tag und die darauffolgende Nacht hatten Hauser und Fach zusammen von den Teams Venus, Erde und Jupiter die Quantencomputer mit ihrem Fahrzeugaufbau und der Batteriearchitektur gefüttert und diverse Simulationen durchgespielt. Als sie um 8 Uhr zum Morgenbriefing mit den anderen Teams zusammenkamen, hatten manche kaum eine Stunde geschlafen. Hauser und Fach waren gar nicht ins Bett gegangen. Sie hätten eh nicht schlafen können – so aufgeregt waren sie. Eine Dusche und ein starker Kaffee als Wachmacher mussten reichen.

»Freunde«, sagte Hauser euphorisch, als er vor die Teams trat. »Heute ist ein guter Morgen. Denn ich kann euch bestätigen. Wir haben den Durchbruch ...«

Wie einst Genscher auf dem Balkon der deutschen Botschaft in Prag, konnte auch Hauser seinen Satz nicht vollenden. Zu laut war der Jubel, waren die Schreie und die Pfiffe, als dass jemand verstanden hätte, was er sagen wollte. Alle waren erleichtert. Wie beim erlösenden Tor in einem wichtigen Spiel rannten manche auf Hauser zu, rissen ihn zu Boden und warfen sich auf ihn. Es dauerte über eine halb Stunde, bis sich alle wieder beruhigt hatten und Hauser, äußerlich sichtlich ramponiert mit zerzausten Haaren und dennoch überglücklich seine Ansprache fortsetzen konnte.

»Ich finde es mega-geil«, sagte Hauser, »dass wir heute, einen Tag vor Ende des Ultimatums so weit sind. Allerdings gibt es noch eine

Kleinigkeit zu lösen. Dazu später. Erst will ich euch die Lösung im Detail vorstellen.«

Hauser nahm sein Flipchart von gestern und erklärte den Teams den Gesamtaufbau. Immer wieder baute er die Ergebnisse aus den Computersimulationen ein, um Aufbau, Funktionsweise und technische Daten zu erläutern. Dann kam er zu den wesentlichen Leistungsdaten.

»Der zur Kühlung und zur Stromversorgung der Bordelektronik genutzte Scheiben-Akku entspricht dem, was heute in modernen Sportwagen verbaut ist. Er hat 96 Kilowatt-Stunden und eine Ladeleistung von 350 Kilowatt. Das reicht für den Einsatzzweck aus. Sollte der Hauptakku doch einmal leer sein, kann er sogar für den Fahrzeugantrieb verwendet werden.«

»Krass«, sagte Stark zu Kern, der neben ihm saß. »Bis vor kurzem wurde das Setting noch als Heilbringer der Elektromobilität gepriesen und nun ist das nur der Hilfs-Akku. Gefällt mir!«

Kern grinste und nickte.

»Das Schöne ist«, fuhr Hauser fort. »Der Scheiben-Akku kostet nur zehn Prozent mehr als ein normaler Scheibensatz für ein heutiges Auto. Wirtschaftlich sind wir damit voll im Plan. Wir haben auch eine erste Skizze für eine Fertigungslinie erstellt. Die können wir der Industrie dann gleich mitliefern, sodass sie es finalisieren.«

Hauser schaute ins Publikum. Als die Maschinenbauer-Gilde einhellig nickte, fuhr er fort.

»Kommen wir zum Haupt-Akku. Bevor ich hier auf die Eckdaten des Luft-Akkus eingehe, möchte ich erneut einen speziellen Dank an das Team Erde geben. Bitte alle nochmals einen donnernden Applaus für Simone und ihr Team. Es ist beeindruckend, was ihr geleistet habt.«

Hauser klatschte. Alle im Raum folgten seinem Vorbild. Als nach ein paar Minuten der immer noch andauernde Beifall in rhythmische Klatschen überging, fuhr er fort.

»Das war«, sagte er, »euer Applaus! Zurecht, wie ich meine. Ihr habt ihn verdient. Denn wenn im Vorfeld jemand gewettet hätte, welcher Akkutyp das Rennen macht. Ihr wärt nicht weit oben auf der Favoritenliste gestanden. Warum? Weil das Problem der Oxidation schon massiv ist und viele Forscherteams vor euch daran gescheitert sind. Doch mit der Entwicklung des Hochleistungsfilters, der ein Ansaugen und Abgeben von Sauerstoff an die Umgebung ohne Feuchtigkeitszufuhr ermöglicht, war der Weg frei. So kommt es, dass wir die Möglichkeit haben, das gesamte Chassis als Akku zu gestalten. Um das Auto während der Fahrt aufzuladen, lackieren wir es mit einem Solarlack. Beide Akkus werden bei entsprechenden Lichtverhältnissen über den Lack geladen.«

Hauser öffnete eine Datei und projizierte den Inhalt seines Bildschirmes an die Wand.

»Wie ihr seht, sind die Leistungsdaten eindrucksvoll«, fuhr er fort. »Der Luft-Akku kann im Kleinwagen-Format sage und schreibe 250 Kilowattstunden Energie speichern. Damit käme ein hochmotorisierter Kleinwagen mehr als 800 Kilometer weit – im Normalbetrieb. Schraubt man die Motorenleistung auf das übliche Maß für ein solches Auto runter, dann sind mehr als 1.000 Kilometer Reichweite drin. Doch jetzt kommt erst das Beste. Der 250 Kilowattstunden-Akku kostet in der Produktion – ich schaue mal zu unseren Produktionskollegen – ja sie nicken – er kostet nur 25 Euro pro Kilowattstunde. Das sind 20-fach geringe Kosten als bei einem heutigen Akku. Damit kostet der gesamte Akku für einen Kleinwagen 6.250 Euro.«

Wieder gab es Szenenapplaus von den Teams.

»Das heißt in der Zusammenfassung. Mit unserem Paket kostet ein Elektro-Kleinwagen definitiv unter 15.000 Euro. Mit dieser Reichweite ist der Prototyp voll alltagstauglich! Die Pläne für das Akku-Chassis und die Karosserie sind fertig. Wir können sie als Grundplattform allen Autoherstellern zur Verfügung stellen. Damit haben sie die Grundlage, um ihr markenspezifisches Design und individuelle Ausstattung hinzuzufügen.«

»Und wo ist das Problem, von dem du gesprochen hast«, wollte Stark wissen.

»Das Schnellladen«, sagte Hauser. »Sollten wir über den Lack nicht genügend Strom für die Akkus erzeugen, müssen wir an die Steckdose. Dafür brauchen wir noch ein Ladegerät für zuhause und eine Lösung für die Steckerkühlung. Den Luft-Akku im Chassis bekommen wir runtergekühlt. Hier nutzen wir eine Mischung aus Luft-Kühlung und Kühlpaste. Aber für die 5 Minuten-Ladung fehlt uns noch die finale Idee.«

»Wir hätten da was«, sagte Hambacher vom Team Merkur.

»Echt!?«, fragten Hauser und Fach synchron.

»Ja«, bestätigte Hambacher. »Nachdem wir gemerkt haben, dass wir das Hauptproblem unseres Superkondensators, das Speichern der Energie über einen längeren Zeitraum, nicht in den Griff bekommen, sind wir andere Wege gegangen. Der Kondensator konnte leider bis zum Schluss die Energie nie länger als eine Woche halten und musste immer wieder nachgeladen werden. Für den Einsatz im Auto ist er daher ungeeignet. Wir waren uns im Team einig: Bevor wir einen inkontinenten Akku bauen, geben wir die Idee auf. Damit war der Weg frei, unabhängiger zu experimentieren.«

»Mach es nicht so spannend«, drängelte Fach. »Sag, was habt ihr?«

»Ist noch nicht ganz fertig«, gab sich Hambacher zurückhaltend. »Aber es sollte funktionieren. Ich zeige es euch.«

Hambacher ging zum Präsentationslaptop und öffnete eine Datei.

»Hier ist unser Hyper-Fill«, sagte Hambacher stolz.

Auf der Leinwand war eine Box zu sehen.

»Unser Hyper-Fill hat aktuell noch Abmessungen von einem mal einem mal einem Meter«, setzte Hambacher seine Ausführungen fort. »Mit einem Kubikmeter ist er leider noch zu voluminös, um ihn transportieren zu können. Wenn er noch kleiner wird, kann man den Hyper-Fill für lange und abgelegene Strecken auch als eine Art Reserve-Kanister mitnehmen. Doch das ist Zukunftsmusik. Im Inneren haben wir einen Superkondensator verbaut. Er kann 10.000-mal mehr Energie speichern als herkömmliche Akkus. Immer wenn er Energie verliert, lädt er automatisch nach. Dass er sich lädt, sieht man an den blinkenden LEDs. Blau heißt, der Hyper-Fill zieht Strom aus dem Netz. Rot bedeutet, er gibt die Energie an das Auto ab. Das Prinzip ist einfach. Du schließt den Hyper-Fill idealerweise an einen 16 Amper Starkstrom-CEE-Stecker an. Er lädt dann die notwendige Energie in die Box. Wenn man nach Hause kommt, schließt man das Auto daran an und es lädt in vier bis sechs Minuten.«

»Wow, imposant«, sagte Stark.

»Danke für das Kompliment«, sagte Hambacher. »Der Ladestecker und die Leitung zum Auto werden aktiv mit einer glykolbasierten Flüssigkeit gekühlt. Somit können wir mit hohen Ladeleistungen arbeiten.«

»Das ist ja spektakulär«, sagte Hauser.

Sichtlich beeindruckt hatte er die Ausführungen von Hambacher verfolgt.

»Eine Frage habe ich noch«, sagte Hauser. »Habt ihr kalkuliert, was euer Hyper-Fill kosten soll?«

»Grob ja«, sagte Hambacher. »In Großserie hergestellt, sollten wir den Hyper-Fill für 1.000 Euro anbieten können.«

»Das wäre super«, sagte Fach. »Dann könnte die Regierung überlegen, das Teil einmalig jedem Haushalt zu schenken. Somit müssten sich die Leute von ihrem Elektriker nur eine 16 Amper Steckdose installieren lassen.«

»Klasse!«, sagte Gidion, die bisher geschwiegen hatte. »Dann haben wir ja eine fertige Lösung. Wow! Ich bin schwer beeindruckt.

Ich werde das erweiterte Sicherheitskabinett informieren und sie morgen hier her bitten, damit wir die Ergebnisse zeigen können.«

»Gute Idee«, sagte Hauser. »Dann sehen sie gleich, an welchem Ort der historische Durchbruch gelungen ist.«

An die Teams gerichtet fuhr er fort.

»Euch bitte ich, die Ergebnisse sauber zusammenzutragen. Bitte prüft nochmals alles bis ins Detail, damit wir sicher sein können, dass wir nichts übersehen haben. Geht die Berechnungen erneut durch. Lasst die Quanten glühen. Ich hätte final gerne sämtliche Präsentationen und relevanten Dateien inklusive der technischen Einzelheiten bis morgen im zentralen Laufwerk. Denkt an die Verschlüsselung. Ich erstelle dann einen USB-Stick mit den Fahrzeug-Daten. Den können wir am Ende des Meetings symbolisch der Kanzlerin überreichen.«

Hauser schaute in müde Augen und fuhr fort.

»Aber geht bitte erst einmal schlafen. Wir machen dann am Nachmittag weiter. Und heute Abend, wenn dann alles steht, gebe ich schon mal eine Runde Champagner aus. Bis nachher.«

31. Oktober, Berlin – LETZTER TAG

Oh, Mann, dachte sich Hauser auf dem Weg in die Vortragsarena. Freu‘ ich mich, wenn das hier vorbei ist. Dann schlafe ich mich erst mal richtig aus. Und Mirella rufe ich auch an.

»Wir können gleich losgehen«, sagte Fach zu Hauser, als dieser den Raum betrat und zu Gidion und der Kanzlerin ging, die schon ins Gespräch vertieft waren. »Die Teamleads sind alle da.«

»Ok«, sagte Hauser. »Ich komme gleich vor. Ich begrüße nur kurz die Kanzlerin.«

»Na da bin ich gespannt welche Details Sie uns gleich zeigen werden«, nahm die Kanzlerin Hausers Begrüßung vorweg.

»Das können Sie sein, Frau Bundeskanzlerin«, sagte Hauser. »Ich glaube, es wird Ihnen gefallen.«

Auf Gidion blickend fügte er hinzu.

»Hoffentlich hat Frau Doktor Gidion nichts verraten. Sonst ist die Überraschung weg.«

»Ich habe nix gesagt«, beteuerte Gidion.

»Weiß ich doch«, antwortete Hauser mit einem Augenzwinkern.

Hauser drehte sich um und schritt Richtung Podium, welches Knoll und sein Team wieder aufgebaut hatten.

Ach, stimmt, Radikalinski ist auch da, dachte Hauser, als er Baumer in der ersten Reihe sitzen sah. Das hatte ich ganz verdrängt. Aber ok. Egal. Spätestens Morgen, wenn unsere Ergebnisse die Nachrichten dominieren, wird er als Lügner entlarvt sein. Und ich werde jedem Reporter gefragt oder ungefragt meine Meinung über diesen Vollidioten ins Mikro diktieren, nahm er sich vor.

»Herzlich willkommen«, eröffnete Hauser das Meeting. »Schön, dass Sie der Einladung von Frau Doktor Gidion gefolgt sind.«

Hauser machte eine kurze Pause. Gespannt waren alle Blicke auf ihn gerichtet.

»Ich nehme es gleich vorweg. Wir können heute den Durchbruch vermelden! Gerade rechtzeitig, würde ich sagen.«

Hauser schmunzelte und genoss den spontanen Applaus der Mitglieder des erweiterten Sicherheitskabinetts.

»Ich darf Ihnen das erste fertig konstruierte Elektro-Fahrzeug der Welt vorstellen, welches eine faktisch unbegrenzte Reichweite hat. Über einen Solarlack wird es permanent aufgeladen. Wenn es dann doch einmal an die Steckdose muss, ist der Akku innerhalb weniger Minuten vollständig für eine reale Reichweite von bis zu 1.000 Kilometern geladen.«

Erneut gab es spontanen Beifall.

»Danke, danke«, fuhr Hauser fort. »Heben Sie sich Ihren Applaus für später auf. Denn das Beste kommt noch!«

Hauser machte eine Pause, um die Spannung hochzuhalten.

»Die in unserem E-Auto verbauten Akkus bestehen aus Glas und Luft. Materialien, die ausreichenden verfügbar sind. Das heißt, die weltweite Konkurrenz kann sich keinen Vorteil erkaufen, indem sie sich durch langfristige Verträge Engpass-Rohstoffe sichert. – Jetzt können Sie klatschen! Für das Team!«

Selbst die sonst eher zurückhaltende Kanzlerin klatschte euphorisch.

Nur Baumer war anzumerken, dass ihm das Ergebnis nicht in den Kram passte. Hauser wunderte es daher nicht, dass Baumer als erster das Wort ergriff.

»Herr Professor Hauser«, begann Baumer. »Warum sollten wir Ihren Ausführungen glauben?«

»Denken Sie ich lüge?«, reagierte Hauser gereizt.

»Nun, die Möglichkeit besteht«, sagte Baumer reserviert. »Schließlich läuft heute Nacht die Frist ab. Da könnten Sie verleitet sein, uns mit gefälschten Ergebnissen hinzuhalten. Außerdem haben wir gerade nur Konstruktionszeichnungen und Computeranimationen gesehen. Ein reales Auto, das wir in den kommenden zwei Wochen testen könnten, steht nicht hier. Insofern wird eine kritische Frage erlaubt sein.«

War ja klar, dass Baumer wieder stänkert, dachte Hauser.

Doch das war es nicht, was ihn aufregte. Vielmehr sah Hauser in den Gesichtern der anderen Mitglieder des erweiterten Sicherheitskabinetts, das sie Baumers Fragen etwas Positives abgewinnen konnten.

»Sehen Sie!«, konterte Hauser. »Im Zeitalter der Quantencomputer – an dieser Stelle möchte ich mich erneut beim Verteidigungsminister bedanken, der den Einsatz ermöglicht hat – baut heute niemand mehr einen Prototyp. Alles wird am Rechner simuliert. Wir haben unser Modell mehrfach durchgerechnet. Es funktioniert. Der Bau eines Prototyps ist reine Formsache.«

»Ich würde Ihnen ja gerne glauben«, ließ Baumer nicht locker. »Allerdings: Ihre Aktion auf unserer Kundgebung, hat mein Vertrauen in Sie nicht gerade gestärkt. Ich denke, das sehen die anderen auch so.«

Bevor Hauser antworten konnte, schritt Fach ein.

»Herr Abgeordneter Baumer«, begann Fach. »Wenn Sie ihm nicht glauben, dann vertrauen Sie wenigstens mir. Ich kann die Aussagen des Kollegen Hauser bestätigen. Es ist, wie er es sagt. Der Durchbruch ist da. Es gibt keinerlei Zweifel!«

»Ich habe auch keinen Grund zu zweifeln«, schaltete sich die Kanzlerin in die Diskussion ein.

»Bei Ihrem generellen Optimismus hätte ich keine andere Aussage von Ihnen erwartet«, fuhr Baumer die Kanzlerin an. »In Ihren Augen ist immer alles machbar.«

»Dann fragen wir doch die anderen Ausschusskollegen«, antwortete die Kanzlerin scharf. »Wer ist davon überzeugt, dass das, was wir gehört haben, machbar ist?«

Die Kanzlerin schaute in die Runde. Alle Ausschussmitglieder außer Baumer hoben die Hand.

»Sehen Sie«, sagte die Kanzlerin an Baumer gerichtet. »Es gibt keinen Zweifel.«

Baumer ließ nicht locker.

»Ich verlange die Aushändigung der Ergebnisse, um diese von einer unabhängigen Kommission prüfen zu lassen«, sagte Baumer und streckte Hauser seine Hand hin. »Den USB-Stick! Sofort!«

»Na ausgerechnet Ihnen werde ich die Daten geben«, schrie Hauser empört. »Wir werden die Daten dem Kanzleramt und danach dem europäischen Forschungsverbund zur Verfügung stellen. Das war im Vorfeld vereinbart. Dann können alle deutschen und europäischen Automobilhersteller sie für eigene Prototypen nutzen.«

»Das werde ich zu verhindern wissen«, schrie Baumer. »Hier wird nichts veröffentlicht. Sie geben mir jetzt sofort den Datenstick! Sonst ...«

»... was sonst?«, schrie Hauser zurück.

»Sonst fangen Sie sich eine Kugel ein!«

Während Baumer das Wort Kugel aussprach, zog er eine Waffe aus der Hose, machte drei Schritte auf Hauser zu, packte ihn, zog ihn an sich und hielt sie ihm mit dem Finger am Abzug an die Schläfe.

»Keiner rührt sich«, schrie er in den Raum. »Sonst ist Hauser tot!«

Leo, Gidion, Teske und Stark waren aufgesprungen, um Hauser zur Hilfe zu kommen. Nachdem sie allerdings Baumers Waffe an

Hausers Kopf gesehen hatten, verharrten sie in ihren Positionen. Die übrigen Ausschussmitglieder und Teamleiter waren so geschockt, dass sie regungslos auf ihren Plätzen sitzen geblieben waren.

»Wie hat er eine Waffe hier reingebracht«, flüsterte der Außenminister dem neben ihm sitzenden Leo zu.

»Mitglieder des erweiterten Sicherheitskabinetts und ihre Begleiter werden hier am Camp-Eingang nicht nach Waffen durchsucht«, flüsterte Leo.

»Ein Fehler«, flüsterte der Außenminister zurück.

»Hättet ihr nicht gedacht, dass ich meine Forderung derart ernst meine«, sagte Baumer aggressiv. »Ihr unterschätzt mich immer wieder! Igor, Theo, steht auf! Helft mir!«

Igor, dachte Hauser. Wer zum Teufel ist das? Wir haben keinen Igor im Team. Und dass ein Ausschussmitglied so heißt, daran kann ich mich gar nicht erinnern.

Als Hauser sah, wer zusammen mit Berger aufstand und zu Baumer vorging, war klar, wer Igor war. Es war Baumers persönlicher Sekretär. Doch was hat Berger mit Baumer zu tun?

»Igor!«, befahl Baumer. »Du durchsuchst alle nach Waffen und nimmst ihnen die Mobiltelefone ab. Dann bringst du die Ausschussmitglieder in den Nachbarraum. Sie sollen sich auf den Boden setzen und still sein. Du passt auf, dass keiner abhaut.«

Und zu Berger gerichtet sagte Baumer.

»Und Theo, du bleibst bei mir. Wir werden die Ergebnisse sichern.«

»Hier«, sagte Igor zu Berger und hielt ihm Leos Waffe hin, die er ihm zuvor abgenommen hatte.

»Berger, nimm die Waffe«, befahl Baumer. »Du passt auf, dass Hauser keinen Blödsinn macht. Ich muss erst eine Nachricht über Twitter absetzen. Ich werde der Öffentlichkeit mitteilen, dass leider noch keine Ergebnisse vorliegen und ich mich mit dem Ausschuss nun in den nächsten Tagen im Camp höchst persönlich um den Fortschritt kümmern werde. Das verschafft uns Zeit, die Daten an die Russen zu übermitteln. Keiner wird Verdacht schöpfen und unsere Geldgeber können bestätigen, dass wir geliefert haben. Dann müssen auch sie ihr Versprechen einlösen.«

»Welches Versprechen?«, wagte Hauser trotz vorgehaltener Waffe zu fragen.

»Geht dich nix an!«, zischte Baumer zurück. »Wirst du früh genug erfahren!«

Igor hatte in der Zwischenzeit die Kanzlerin, alle Mitglieder des erweiterten Sicherheitskabinetts und Gidion durchsucht und ihnen die Handys abgenommen. Dann fesselte er sie mit Klebeband an den Händen. Anschließend nahm Igor einen der Stühle und schlug ihn so lange auf den Boden, bis er ein Stuhlbein wie einen Baseball-Schläger nutzen konnte.

»Alle mitkommen«, befahl Igor und deutete mit dem Stuhlbein auf die große Tür auf der rechten Seite des Raumes. »Wir gehen schön langsam in den Raum da drüben. Hier werdet ihr nicht gebraucht. Macht keinen Scheiß! Dann passiert euch nix. Andernfalls werdet ihr mit meinem neuen Freund…«, er fuchtelte mit dem Stuhlbein, »…Bekanntschaft machen.«

Nachdem Igor die Tür hinter sich geschlossen hatte, ergriff Baumer wieder das Wort.

»So ihr Superhirne«, sagte er provozierend. »Gebt mir den Stick mit den Daten. Je schneller ich die Infos übermittelt habe, umso schneller sind wir hier alle fertig.«

»Der Stick steckt im Präsentationsrechner«, sagte Hauser.

»Theo, hol ihn«, befahl Baumer.

Er hatte inzwischen wieder seine Waffe genommen und hielt nun, während Berger den USB-Datenspeicher holte, Hauser in Schach.

Als Berger den Datenträger hatte, setze er sich vor seinen Laptop und steckte den USB-Stick rein.

»Das geht nicht«, sagte Berger.

»Wie, das geht nicht?,« fragte Baumer.

»Der Stick ist verschlüsselt und braucht einen Code«, sagte Berger. »Ohne den komme ich nicht an die Daten ran.«

»Willst du mich verarschen«, rastete Baumer aus und packte Hauser am Kragen. »Wie lautet der Code?«

»Das weiß ich nicht«, log Hauser.

Zum Glück hatten nur er und Fach den Code im Kopf.

»Der ändert sich alle 30 Minuten. Daher weiß ihn keiner von uns«, log Hauser weiter. »Der aktuell gültige liegt im Safe in Fachs Büro.«

»Wer hat sich denn den Schwachsinn überlegt«, fauchte Baumer.

»Das BKA«, sagte Leo, um die Sache glaubwürdiger erscheinen zu lassen.

Fach realisierte sofort, dass Hauser mit der Sicherheits-Code-ist-im-Safe-Geschichte Zeit schinden wollte. Denn je länger es hier dauern würde, desto eher würde jemand nach ihnen suchen. Auch er wusste den Code. Und es gab einen Safe in einem Büro. Insofern musste er nur noch überlegen, wie er es schaffte es so aussehen zu lassen, dass er den Code aus dem Safe geholt hatte.

»Ich gehe kurz und hole den Code«, bot Fach seine Hilfe an.

»Das hättest du gerne«, schnauzte Baumer Fach an. »Ihr glaubt, ich falle darauf rein und lasse einen von euch alleine über das Gelände laufen damit er die Sicherheitskräfte alarmiert. – Ich komme mit!«

Hauser hatte den Dialog von Fach und Baumer genutzt, um den Code auf einen Zettel zu schreiben und ihn in seiner Hand zu verstecken. Nachdem Baumer und Fach zum Gehen aufgestanden waren und an Hauser vorbeikamen, riss er Fach an sich.

»Pass auf dich auf«, sagte Hauser zu Fach, umarmte ihn und steckte ihm den Zettel in die Außentasche seines Jacketts.

»Mach ich«, sagte Fach und deutete Hauser mit einem Augenzwinkern an, dass er die Zettel-Aktion realisiert hatte.

»Schluss mit den Kumpeleien«, sagte Baumer, stieß Hauser beiseite und Fach durch die Tür.

An Berger gerichtet fügte er an.

»Theo, du passt auf, dass die anderen keinen Blödsinn machen. Lass sie sich gegenseitig die Hände mit Klebeband fesseln. Wenn ich in einer halben Stunde nicht wieder zurück bin, dann schnappst du dir den Stick und verschwindest von hier. Sollen die Russen dann halt schauen, wie sie die Verschlüsselung knacken. Am besten bringst du ihnen mit dem Stick gleich Hauser. Dann haben sie ihn endlich.«

Kaum hatten Baumer und Fach den Raum verlassen, sagte Berger.

»Macht keinen Blödsinn. Ich will euch nichts tun. Ich habe mir den Ablauf auch anders vorgestellt. Hättet ihr auf Karl Maria gehört und seiner Prüfung zugestimmt, dann hätten wir uns das hier sparen können. Daher: Je mehr ihr kooperiert umso einfacher für uns.«

Berger war anzumerken, dass seine Sätze vor allem dazu dienten, sich selbst Mut zuzusprechen. Somit war es nicht verwunderlich, dass Hauser sich von Bergers Statement nicht beeindrucken ließ. Er kannte ihn lange genug, um zu wissen, wie er tickte und dass die aktuelle Situation ihn maximal überforderte. Er beschloss, ihn unter Druck zu setzen. Eventuell knickte er ja ein, während Baumer weg war.

»Spiel hier nicht den großen Helden«, sagte Hauser und ging auf Berger zu. »Ich bin schwer enttäuscht von dir. Ich hätte nie gedacht, dass du mit diesen rechten Fanatikern unter einer Decke steckst.«

»Was sollte ich denn machen«, rechtfertigte sich Berger. »Das sind die Einzigen die diesen Umweltschwachsinn, die Diesel-Hetze und die Verbannung der Verbrennungsmotoren nicht mitmachen. Die Einzigen, die die Interessen unseres Landes vertreten und sich nicht von den Amis und Chinesen einschüchtern lassen.«

Berger zeigte mit der Waffe auf den Raum, in dem die Mitglieder des erweiterten Sicherheitskabinetts gefangen gehalten wurden und fuhr fort.

»Der ganze Haufen im Nebenzimmer steckt mit der internationalen Umweltmafia unter einer Decke.«

»Ach und da machst du dann gleich mit den Russen gemeinsame Sache?«, sagte Hauser. »Das macht es nicht besser.«

»Warum?«, fragte Berger. »Russland ist das einzige Land, das ein ernsthaftes Interesse daran hat, am Bewährten festzuhalten. Mit ihnen hätte es gelingen können, den Wahnsinn beim Elektroauto aufzuhalten. Erst als die Chinesen den Importstopp angekündigt hatten, stieg der Druck. Kein Wunder: Denn auch Russlands Autoindustrie wurde plötzlich stark in Mitleidenschaft gezogen. Dieses Scheiß Ultimatum. Hätte es das nicht gegeben, wäre alles nicht so gekommen.«

»Das kapier ich nicht?«, stellte sich Hauser dumm, um mehr Details zu erfahren.

»Die ZD, Karl Maria und die russische Regierung haben schon seit Jahren enge Kontakte. Wir bekommen viel Geld aus Russland. Die Russen mögen uns. Das Ultimatum der Chinesen hat die ZD und Russland dann nur noch mehr zusammengeschweißt, aber auch den Druck auf mich und die ZD erhöht. Vor dem Ultimatum ging es darum, Russland mit Informationen über deutsche Elektro-Mobilitäts-Projekte zu versorgen. Ich war ja überall mit drin und sollte verhindern, dass schnell greifbare Ergebnisse erzielt werden können. Sie wollten ihre Industrie vor dem Wandel schützen. Ich unsere. Ein echtes Win-Win-Verhältnis. Das änderte sich mit dem Ultimatum schlagartig. Plötzlich gab es neue Anweisungen aus Moskau. Die ZD sollte den Durchbruch beim Projekt *ULTIMATUM E* mit allen

Mitteln verhindern. Das hieß sabotieren und alle Informationen an das russlandeigene Forschungsprojekt zur E-Mobilität weitergeben, damit sie einen besseren Akku entwickeln konnten. Deswegen hatte ich auch Ernst davon überzeugt, dass unser vorrangiges Ziel sein musste, erst mal einen gleich guten Akku wie die Chinesen zu bauen. Das hätte den russischen Kollegen Zeit verschafft. Im Gegenzug versprachen sie noch mehr Mittel für die ZD. Nach einer Phase der Destabilisierung hätte so die ZD bei den nächsten Wahlen an die Macht kommen können.«

»Wie jetzt?«, fragte Hauser. »Auf der einen Seite hast du sabotiert und auf der anderen Seite brauchten die Russen unsere Ergebnisse, um diese als ihre eigene Errungenschaft zu verkaufen.«

»Logisch!«, sagte Berger. »Wir fuhren eine Doppelstrategie. Seit dem Ultimatum brauchten auch die Russen einen Akku-Durchbruch. Daher ging es jetzt vor allem darum, die Infos abzugreifen und nach Russland zu schicken. Der ZD ging es darum, das Land möglichst lange instabil zu halten, um an die Macht zu kommen. Nach einem Machtwechsel hätte die ZD logischerweise ebenfalls voll auf Elektro-Antrieb umgestellt. Mit den hier erzielten, aber von Russland präsentierten, Ergebnissen wollte man der neuen ZD dominierten Regierung eine umfassende technologische Partnerschaft anbieten. Das hätte als erster Erfolg verkauft werden können. Parallel hätte die ZD die desolate Lage der deutschen Autoindustrie genutzt, um die Firmen zu verstaatlichen. Danach wären sie dann nach russischem Vorbild privatisiert worden. Alle Günstlinge der ZD hätten sich große Anteile an den Firmen gesichert. Es sollte ein deutsches Oligarchen-System aufgezogen werden. Gegen das was da geplant war, hättest du mit deiner Prämie von 1 Milliarde Euro einpacken können. Da wäre das ganz große Rad gedreht worden.«

Hauser musste sich bisher stark zusammenreißen, um Berger nicht zu unterbrechen. Doch jetzt platzte es aus ihm heraus.

»Ihr Verbrecher«, schrie er. »Du trägst eine Mitschuld an Mirellas Unfall. Aus purer Machtgeilheit nehmt ihr Tote in Kauf. Was bist du nur für ein erbärmliches Arschloch!«

»Was hätte ich denn machen sollen?«, fragte Berger. »Ich habe mein ganzes Leben dafür gebrannt, bessere Motoren zu entwickeln. Wir holen heute aus einem Liter Kraftstoff mehr Energie als je zuvor. Mit dem ganzen Elektroantriebskack war das plötzlich nichts mehr Wert. Die Russen gaben mir die Möglichkeit, wenigstens einen Teil meines Lebenswerkes zu retten. Was nach mir kommt, ist mir egal.«

»Das klingt reichlich egoistisch«, warf Stark ein.

»Das musst du sagen«, blaffte Berger ihn an. »Ein Investmentbanker wirft mir Egoismus vor!«

»Ich habe wenigstens im Sinne des Fortschritts gehandelt«, verteidigte sich Stark. »Und ich habe niemanden verraten oder sabotiert. Ich habe keine Menschenleben auf dem Gewissen!«

»Ich wollte nicht, dass jemand stirbt«, sagte Berger.

»Du hast es billigend in Kauf genommen«, rief Hauser. »Nicht nur mit deiner Unterstützung der ZD und ihrer Gewaltdemos. Auch bei der Sabotage im Camp.«

»Ja, ich habe sabotiert«, schrie Berger. »Das gebe ich ja zu. Aber ihr müsst mir glauben. Ich wollte nicht, dass Kollegen zu Schaden kommen. Ich konnte ja nicht wissen, dass in der Halle eine Sprinkleranlage verbaut war. Ich wollte keine Knallgasreaktion auslösen. Außerdem: Hätten die Russen bessere Arbeit geleistet und dich rechtzeitig abgefangen, dann hätte ich nicht den Druck gehabt, die Versuche im Camp Astrid zu sabotieren. Mit dir im Team wären die Russen eh schneller gewesen.«

»Du sprichst wieder in Rätseln«, sagte Hauser. »Was heißt rechtzeitig abgefangen?«

»Ganz einfach«, schaltete sich Leo ins Gespräch ein. »Der Typ mit dem schwarzen Anzug, der vor mir bei dir geklingelt hatte, war ein russischer Agent vom Auslandsgeheimdienst SWR. Er hatte den Auftrag, dich abzufangen und nach Moskau zu bringen.«

»Der SWR wollte mich entführen«, fragte Hauser weiter ungläubig.

»Nun«, fuhr Leo fort, »so hätten es die Russen nicht genannt. Sie hätten eher davon gesprochen, dass sie dich überzeugen wollten, dass du ihr E-Mobilitätsforschungsprojekt leitest. Wie Theo sagte. Sie haben ein eigenes Zentrum in der Nähe von Moskau aufgebaut.«

»Und warum ausgerechnet mich«, fragte Hauser. »Und woher wussten sie, dass ich abgeholt werden sollte?«

»Sie haben dein Handy abgehört«, sagte Leo.

»Du warst der einzige noch greifbare Wissenschaftler mit Expertise«, sagte Berger. »Die anderen waren ja alle in Camp Astrid. Da konnten sie ja nicht einfach hineinstürmen und alle nach Russland verfrachten.«

»Und wenn ich mich geweigert hätte sie zu unterstützen«, fragte Hauser weiter.

»So bitter es klingt,«, sagte Leo. »Dann hätten sie versucht, Mirella in ihre Gewalt zu bringen und dich mit ihr erpresst.«

»Schweine!«, schimpfte Hauser.

»Als du dann im Camp Astrid warst«, fuhr Leo fort, »haben sie ihre Strategie geändert und auf Sabotage umgestellt.«

Mit Blick zu Berger fügte er an.

»Stimmt's?«

»Ja«, gab Berger kleinlaut zu. »Ich sag ja. Mit dem Ultimatum begann erst der ganze Ärger. Aus Spionage ist Sabotage geworden und nun eine Geiselnahme. Schöne Scheiße. Das habe ich nie gewollt!«

»Und Sascha war dein Komplize«, wollte Leo wissen.

»Sascha?«, lachte Berger verächtlich. »Der ist ein armes Schwein. Ein Ablenkungsmanöver. Die Russen haben seinen Rechner manipuliert, um eine falsche Fährte zu legen und von mir abzulenken. Hat ja geklappt!«

»Und das BKA fällt darauf rein«, sagte Leo frustriert. »Unfassbar!«

»Und das hat alles Baumer eingefädelt«, wollte Hauser wissen.

»Ja, er war der Mittelsmann«, sagte Berger. »Was die ZD vertritt, finde ich gut. Er persönlich ist mir zu brutal. Der geht über Leichen. Doch der Erfolg gibt ihm recht. – Und was soll ich machen. Jetzt hänge ich mit drin.«

»Es ist nie zu spät auszusteigen«, versuchte Hauser Berger zu überzeugen. »Wir könnten alle bezeugen, dass er dich unter Druck gesetzt hat.«

»Ach komm – vergiss es«, wiegelte Berger ab. »Brauchst nicht versuchen mich auf deine Seite zu ziehen. Zu spät!«

»Schau«, ließ Hauser nicht locker. »Wie soll das denn nach der Aktion weitergehen. Ihr könnt doch nicht einfach hier rausspazieren und so tun, als ob nichts gewesen wäre. Ihr habt im Nebenzimmer einen Großteil der Bundesregierung als Geiseln. Die werden euch bis in den letzten Winkel verfolgen!«

»Die Russen werden sich was einfallen lassen«, sprach sich Berger selbst Mut zu. »Den amerikanischen Whistleblower schützen sie auch seit Jahren.«

»Ja«, sagte Hauser. »Weil den alle kennen. Und weil der nie Geiseln genommen hat. Aber bei dir? Wer kennt dich? Niemand?«

»Hör auf zu quatschen«, wurde Berger wütend. »Sonst knall ich dich ab.«

Ok, dachte sich Hauser. Er ist noch nicht soweit. Dann halte ich mich erst mal zurück.

Wo bleiben die nur, dachte sich Berger und schaute nervös auf seine Uhr. So weit ist es auch nicht bis zu Fachs Büro. Die sind sicher schon zwanzig Minuten weg. Ok, Theo, sprach er sich selbst Mut zu. Jetzt nur nicht hektisch werden. Ich bekomme das hin.

»Ich muss mal aufs Klo«, sagte Stark und stand auf.

»Bleib sitzen!«, fauchte ihn Berger an. »Pinkel in die Hose.«

»So weit kommt es noch«, blieb Stark hartnäckig und ging Richtung Tür. »Meine letzte Würde lass ich mir von dir nicht nehmen.«

Berger, der bisher auf einem Stuhl gesessen hatte, stand auf, um Stark den Weg zur Tür zu versperren.

»Setzt dich«, schrie Berger und richtete die Waffe auf Stark. »Sofort! Sonst ...«

»Was sonst?«, provozierte Stark weiter. »Erschießt du mich dann? Na los. Du traust dich eh nicht!«

Peng. Ein ohrenbetäubender Knall erschütterte den Raum. Was niemand erwartet hätte. Berger hatte tatsächlich geschossen. Doch statt auf Stark zu zielen hatte er einen Warnschuss an Stark vorbei auf die dahinterliegende Wand abgegeben. Biu, Biu, Biu. Ohrenbetäubender Lärm erfüllte den Raum.

»Wer hat denn den Feueralarm ausgelöst«, schrie Berger erschrocken.

»Das warst du, du Idiot«, lachte Stark. »Du hast mit deiner Kugel den Feuermelder getroffen.«

Doch das Lachen verging ihm schnell, als er merkte, dass die Sprinkleranlage ansprang und begann alles unter Wasser zu setzen.

Jetzt oder nie, dachte sich Leo. Das Chaos muss ich ausnutzen.

Er stand auf, nahm Anlauf und sprang Berger im Kung-Fu Stil an. Leo traf Berger mit seiner Fußsohle mitten ins Gesicht. Berger wurde durch die Wucht des Schlages um zwei Meter nach hinten an die Wand geschleudert. Sein Kopf donnerte auf die Befestigungsschelle eines Kabelkanals. Berger rutschte zu Boden und blieb bewusstlos liegen.

»Ist er tot?«, fragte Stark erschrocken.

Leo antwortete nicht und sagte zu Hauser.

»Schneide mein Klebeband durch.«

Leo hielt Hauser seine gefesselten Handgelenke hin.

»Hier, nimm die Reste des Stuhls, den Igor zertrümmert hat. Da ist eine scharfe Kante dran. Mit der kannst du das Klebeband durchschneiden. Mach schnell! Ich muss an die Waffe kommen. Igor oder Baumer können jederzeit hier sein.«

Doch Hauser zeigte keine Regung. Mit Beginn des Feueralarms hatte sich seine Mine verfinstert. Seine Gesichtszüge waren eingefroren. Sein Blick ging ins Leere.

»Martin, Martin«, rief Leo eindringlich. »Es gibt kein Feuer! Schneide mein Klebeband durch. Los. Schnell bevor Igor oder Baumer kommen.«

Hauser zeigte weiterhin keine Regung.

Mist, dachte sich Leo. Der ist wieder in seinem Feuertrauma gefangen. Ich muss ihn schocken, um ihn da rauszuholen. Aber wie? Mit gefesselten Händen kann ich ihm schlecht eine runterhauen. Ah, ok, jetzt habe ich eine Idee. Hoffentlich funktioniert es.

Leo ging auf Hauser zu und biss ihm so kräftig ins Ohr, dass zu bluten anfing.

»Autsch!«, schrie Hauser, als er zu sich kam. »Das tut weh! Bist du bescheuert?«

»Erklär ich dir später«, sagte Leo und deutete mit den Augen auf seine gefesselten Hände. »Los! Der Stuhlrest! Schneide meine Fesseln durch!«

Nun tat Hauser, wie ihm Leo befahl. Kaum hatte sich Leo des Klebebands entledigt, hechtete er zu Berger, um die neben ihm liegende Waffe zu nehmen. Gerade rechtzeitig.

»Was ist hier loo«, schrie Igor der, vom Schuss und dem Feueralarm aufgeschreckt, vom Nachbarraum hereingestürmt kam. Seinen Satz konnte er nicht beenden. Denn kaum hatte er die Tür geöffnet, da feuerte Leo ihm mit einem gezielten Schuss in den Kopf. Mit einem dumpfen Geräusch knallte er auf den Boden.

»Martin«, schrie Leo. »Fessle Theo! Sicher ist sicher - falls er nur bewusstlos ist. Igor wacht nicht mehr auf. Alle anderen gehen bitte da rüber.«

Leo zeigte auf die linke Ecke, die auf der gleichen Raumseite lag wie die Tür.

»Wenn Baumer gleich reinkommen sollte, dann kann er euch nicht verletzen, wenn ihr dort steht«, erläuterte Leo seinen Plan.

»Wo ist der Datenstick«, rief Hauser.

»In Theos Rechner«, schrie Stark. »Unter seinem Stuhl.«

Der Laptop von Berger hatte die Turbulenzen bisher gut überstanden. Während die Teamleads sich, wie von Leo befohlen, in der Ecke in Deckung brachten, zog Hauser den Stick aus Bergers Laptop, ging aufs Podium und holte seinen Rechner.

Ich muss die Dateien unbedingt den Kollegen im europäischen Wissenschaftsverbund schicken, ging es Hauser durch den Kopf. Wer weiß, wie das hier noch ausgeht. Wenn die Ergebnisse erst mal den EU-Kollegen bekannt sind, dann ist wenigstens nicht alles verloren. Hoffentlich ist mein Rechner vor lauter Wasser nicht abgesoffen, dachte sich Hauser weiter. Zum Glück hatte ich den Deckel zu.

Um den Laptop nicht noch mehr dem Wasser auszusetzen, riss er ein Flippchartblatt ab und legte es über den Bildschirm.

Komm schon, dachte sich Hauser weiter, als er den Rechner hochfuhr. Mach schon. Schneller.

Er schloss den Stick an und gab das Passwort ein.

»Keiner rührt sich«, schrie es durch den Raum. »Sonst ist euer Kollege tot.«

Baumer hatte mit Fach im Würgegriff den Raum betreten. Er hielt seine Waffe an Fachs Schläfe.

»Weg vom Rechner«, schrie Baumer und musterte Hauser, den er trotz Wassernebel recht gut erkennen konnte.

»Das kannst du vergessen«, rief Hauser ihm zu. »Dann musst du mich erschießen. Ich mache hier weiter. In spätestens zwei Minuten stehen die Daten allen relevanten EU-Wissenschaftler zur Verfügung. Dann können sich deine Russenfreunde ja dort hinwenden, wenn sie Details wissen wollen!«

»Du arroganter Sack«, schrie Baumer, nahm die Waffe von Fachs Schläfe und richtete sie auf Hauser.

Peng, dröhnte es durch den Raum. Baumer schrie auf und wurde nach hinten geschleudert. Hauser schaute erschrocken.

Ich lebe noch, dachte er sich erleichtert.

Leo hatte den Moment, als Baumer die Waffe von Fachs Kopf nahm genutzt und ihn in die rechte Schulter geschossen. Fach, ebenfalls kurz verwirrt, ergriff die Chance, schnappte sich Baumers Pistole und richtete sie auf ihn.

»Sicher ist sicher«, sagte er zu Leo, der sich inzwischen auf Baumer gekniet hatte und ihn fesselte. Dass Baumer vor Schmerzen schrie, interessierte ihn nicht, als er anderen Teamleads von ihren Fesseln befreite.

»Die Dateien sind online«, rief Hauser triumphierend.

Stark begann zu klatschen. Die anderen Teamleads ebenfalls.

»Martin, dein Traum ist in Erfüllung gegangen. Wir haben es geschafft!«, rief Stark triumphierend.

»Endlich«, sagte Hauser. »Es ist vollbracht!«

Nach einer kurzen Pause fügte er hinzu.

»Mit dem Abschlussfoto warten wir bitte. Da ziehen wir uns erst was Trockenes an. Auf die Schlagzeile: *Begossene Pudel schaffen den Durchbruch* habe ich keine Lust.«

7. November, Tegernsee

Hier ist es, dachte sich Hauser als er im zweiten Stock der Reha-Klinik in Bad Wiessee vor Mirellas Zimmer angekommen war.

Er klopfte an die Tür.

»Hallo Martin«, begrüßte ihn Tom, als Hauser eintrat.

»Tom!«, sagte Hauser. »Schön dich wieder zu sehen – und danke, dass du heute kommen konntest.«

Mirella saß auf dem Balkon und schaute auf den See.

»Hey, Dad«, rief Mirella und stand auf. »Endlich habe ich dich wieder. Ich hatte solche Vermissung!«

»Du kannst ja stehen«, rief Hauser erstaunt. »Das hast du mir gestern am Telefon gar nicht gesagt.«

»Überraschung«, sagte Mirella und fing an in Hausers Richtung loszugehen. »Nicht nur stehen! Auch gehen!«

Hauser kamen die Tränen, als Mirella langsam, aber schon recht sicher auf ihn zuging.

Mein Mädchen, dachte er sich, als er sie an sich drückte. Ich habe sie wieder!

»Es ist so schön, dich zu sehen«, fand Hauser als Erster seine Sprache wieder. »Seit wann kannst du gehen?«

»Seit letzter Woche. Kurze Strecken ohne Krücken«, sagte Mirella stolz.

»Wow«, sagte Hauser.

»Ich habe auch eine Überraschung für dich«, sagte Hauser.

»Echt«, fragte Mirella neugierig. »Was denn?«

Hauser ging zur Tür und öffnete sie.

»Darf ich vorstellen«, sagte Hauser zu Mirella. »Das ist Anna. Meine neue Freundin.«

Zu Gidion gerichtet, die inzwischen das Zimmer betreten hatte, fügte er an.

»Anna, das ist Mirella.«

»Hallo, freut mich dich kennenzulernen«, sagte Gidion und streckte Mirella die Hand hin. »Ich habe schon viel von dir gehört.«

»Echt jetzt? Hallo!«, sagte Mirella skeptisch, um an Hauser gerichtet anzufügen.

»Freundschaft plus oder richtige Freundin?«

»Mirella«, sagte Hauser entrüstet. »Richtig natürlich!«

»Ach so«, sagte Mirella weiter misstrauisch. »Und wo habt ihr euch kennengelernt. Dating-App?«

»Nein, bei der Arbeit«, sagte Gidion gelassen.

»Aber denk ja nicht du kannst dich wie meine Mutter aufspielen«, fauchte Mirella.

»Jetzt reichts!«, sagte Hauser. »Sei gefälligst netter! Sie hat eine Chance verdient.«

»Lass nur«, sagte Gidion zu Hauser. »Ich war früher auch so. Das wird schon. Teenager!«

Tom hatte die misslungene Überraschung Hausers bisher schweigend verfolgt.

»Tja, kannst eben nicht alle Probleme wissenschaftlich rational lösen«, sagte er zu Hauser. »Da hast du eine Baustelle geschlossen und schon geht die nächste auf. Es hört nie auf.«

Hauser schaute zerknirscht.

Aber gut, dachte er sich, das bekomme ich schon noch hin.

»Hallo, ich bin Tom«, sagte Tom, streckte Gidion seine Hand hin und löste damit das betretene Schweigen auf. »Schön, dass wir uns einmal persönlich kennenlernen. Telefoniert haben wir ja schon mal.«

»Hallo«, sagte Gidion. »Ich freue mich auch.«

»Mach den Fernseher lauter«, sagte Tom zu Mirella. »Da kommt eine aktuelle Meldung zu den Verhandlungen mit den Chinesen.«

»Berlin!«, sagte der Nachrichtensprecher. »Wie berichtet, gelang letzte Woche einer Gruppe von Forschern im Rahmen des Projektes *ULTIMATUM E* der Durchbruch beim Elektroauto. Mit dem neu entwickelten E-Mobil und der Hyper-Fill-Ladestation als Trumpf in der Hand nahm die Bundesregierung zusammen mit anderen EU-Autonationen unverzüglich Verhandlungen mit der chinesischen Regierung zum Import- und Zulassungsstopp auf. Ein umfassendes Abkommen zum Thema E-Mobilität zwischen Deutschland, der EU und China liegt unterschriftsreif vor. Darin regeln die Verhandlungspartner, dass es in den kommenden 25 Jahren keinerlei gegenseitige Importbeschränkungen im Automobilbereich geben wird. Alle Seiten verpflichten sich, Patente des jeweils anderen nutzen zu dürfen.

Die Bundeskanzlerin zeigte sich zufrieden mit diesem Ergebnis. Wie sie bei einer kurzfristig anberaumten Pressekonferenz mitteilte, können die deutschen und europäischen Hersteller ab sofort die chinesische Technologie, die zum Import-Ultimatum geführt hatte, lizenzfrei nutzen. Somit kann die Zeit bis zur vollständigen Serienreife des Martin-Mobils, die von Experten auf ein bis zwei Jahre geschätzt wird, genutzt werden, um deutsche Autos konkurrenzfähig auf den Markt zu bringen. In einem nächsten Schritt sollen auch die chinesischen Autohersteller die Möglichkeit bekommen, die Komponenten des bahnbrechenden Martin-Mobils für ihre Fahrzeuge einzusetzen. Somit ist laut Kanzlerin auf Jahre der freie Wettbewerb im Bereich der E-Mobilität gesichert. In ersten Stellungnahmen begrüßten die Gewerkschaften die Vereinbarung. Laut ihren Angaben können Produktionsarbeitsplätze in großem Umfang erhalten bleiben. Gleichzeitig haben sie beschlossen, bis auf weiteres alle geplanten Protestaktionen einzustellen und sich voll auf den Umbau der Fertigung zu fokussieren. Die Börsen hatten von der Einigung vorab schon Wind bekommen. Sie legten erneut deutlich zu. Die Kurse von Autoherstellern und Zulieferern, die über die letzten Monate zu Penny-Stocks verkommen waren, machten Kurssprünge von mehreren hundert Prozent.«

»Martin-Mobil?!«, sagte Tom, nachdem er den Ton wieder leiser gestellt hatte. »Nicht schlecht. Sie haben es nach dir benannt. Ich sehe schon das Zwei-M-Logo auf jedem Wagen.«

»Soweit wird es hoffentlich nicht kommen«, sagte Hauser bescheiden. »War nicht meine Idee mit dem Namen. Ihr wisst ja, wie die Medien sind. Die brauchen immer etwas Griffiges.«

»Und was bedeutet: Produktionsarbeitsplätze in großem Umfang erhalten bleiben«, wollte Tom wissen.

»Ach, schön«, zeigte sich Hauser zufrieden, »dass ich dir auch mal was erklären kann. Ganz einfach: Das von uns konstruierte Auto hat, wie der Verbrennungsmotor, eine nicht zu unterschätzende Komplexität. Alleine die Fertigung der in die Scheiben integrierten Glas-Akkus braucht viele Produktionsschritte. Die Maschinen dazu kommen von unseren Maschinenbauern. Somit ist die Gefahr gebannt, dass aufgrund der Einfachheit der E-Auto-Produktion keine Leute mehr in den Fabriken gebraucht werden. Du kannst deine Firmenbewertungen wieder nach oben schrauben.«

Hauser grinste zufrieden.

»So«, sagte Hauser zu Mirella. »Jetzt bist du endlich die Tochter eines berühmten Vaters.«

»Toll«, sagte Tom ironisch lächelnd. »Alle haben was. Nur ich hab nix.«

»Du hast doch uns«, sagten Mirella, Gidion und Hauser synchron.

Die nächsten Monate, Deutschland

Karl Maria Baumer wurde verhaftet und vor Gericht gestellt. Die Anklage lautete auf Hochverrat und Geiselnahme. Er wurde zu einer langjährigen Haftstrafe verurteilt. Die aufgedeckten Details zu seinen Machenschaften führten zu einem Absturz der ZD in der Wählergunst.

Leo bekam für seinen tapferen Einsatz den Verdienstorden der Bundesrepublik Deutschland. Er wurde zum Leiter der Abteilung *Polizeilicher Staatsschutzes* befördert.

Professor Doktor Theo Berger wurde mit schweren Schädelverletzungen in die Berliner Charité eingeliefert. Nach einer Notoperation wurde er ins künstliche Koma versetzt, aus dem er nicht mehr erwachte. Er starb im September des darauffolgenden Jahres.

Professor Doktor Ernst Fach kehrte an sein Forschungszentrum in Aachen zurück. Dort übernahm er die Leitung des nationalen Forschungszentrums für E-Mobilität, der Nachfolgeeinrichtung von *ULTIMATUM E*. Er wurde zum begehrten Vortragsredner und heiratete seine langjährige Assistentin Isabell Engel.

Doktor Anna Gidion wurde zur Chefin des nationalen Innovationsbüros der Bundesregierung ernannt. Auf ihren Wunsch hin wurde dies in München angesiedelt.

Professor Doktor Martin Hauser gönnte sich eine Auszeit mit Mirella. Sie flogen nach Hawaii. Nach seiner Rückkehr widmete er sich Forschungsprojekten zum Einsatz der Brennstoffzelle und des Wasserstoffantriebs im LKW, in Schiffen und in Zügen. Für seinen Erfolg wurde er mit dem Bundesverdienstkreuz geehrt.

Nachwort

Erste Handlungsideen zu *ULTIMATUM E* entstanden Anfang 2017. Im Sommer des gleichen Jahres wurden erste Diesel-Fahrverbote in deutschen Städten erlassen. Der Dieselskandal war damals das medienbeherrschende Thema in Deutschland. E-Mobilität führte in der öffentlichen Wahrnehmung ein Schattendasein. E-Autos waren nicht auf deutschen Straßen, sondern wenn überhaupt auf Automessen als Zukunftsstudien, zu sehen.

Angesichts dessen reiften in mir zwei Gedanken. Zum einen wollte ich einen Roman schreiben, der die Themen E-Autos, Akkuforschung und neuartige Zusammenarbeitsmethoden wie Agilität und Teamarbeit ins Bewusstsein der Allgemeinheit rückt. Zum anderen wollte ich anschaulich zeigen, dass zu wenig in die Akkuforschung investiert wurde. Bei gleichbleibendem technischem Fortschritt würde es noch Jahre dauern, bis ein technisch dem Verbrenner entsprechendes E-Auto entwickelt war.

Während der zweieinhalbjährigen Konzeptions- und Schreibarbeit an diesem Roman gab es (zum Glück) bei der E-Mobilität einige Fortschritte.

Aufgrund der Bedrohungslage für die deutsche Autoindustrie, ihre Zulieferer und die Arbeitsplätze beherrschten E-Autos im Herbst 2019 die Schlagzeilen. Im Oktober 2019 war die Thematik die Titelstory im *Spiegel*. Zeitgleich wurde der Produktionsstart eines neuen E-Modells gefeiert wie einst der einmillionste Käfer.

Auch die Politik hatte die Wichtigkeit mittlerweile erkannt. Subventionen für Batteriefabriken wurden verteilt. Der Kauf von E-Autos wurde stark bezuschusst. Es wurde zum E-Mobilitätsgipfel ins Kanzleramt eingeladen.

Bedauerlicherweise brauchte es dann aber erst die durch die Covid-19-Pandemie ausgelöste Wirtschaftskrise, um noch weitere Anstrengungen zu unternehmen. Die Kaufprämien für E-Autos wurden erhöht. Außerdem beschloss man eine umfassende Innovationsförderung auf dem Gebiet der E-Mobilität. Highlight war die Förderung von Quantencomputern.

Das E-Auto wird kommen und die Hersteller hierzulande werden in dem Markt mitmischen. Das ist die gute Nachricht und es freut mich sehr.

Gleichzeitig bedauere ich aber auch, dass sich der technische Fortschritt leider nur geringfügig beschleunigt hat. So sehr ich mir auch ein anderes Fazit wünschen würde: *Mitte des Jahres 2020 hat ein reines E-Auto für den Normalbürger, der sich nur ein Auto leisten kann und dieses nicht nur in der Stadt nutzen möchte, massive alltägliche Nachteile gegenüber einem Wagen mit Verbrennungsmotor.*

Solange der Produktnutzen des Autos – umfassende individuelle Mobilität – nur unzureichend gegeben ist, wird sich das E-Auto nicht massenhaft durchsetzen. Nur ein technischer Quantensprung im Bereich der Akkus wird dies ändern. Dann wird sich die E-Mobilität den breiten Durchbruch schaffen. So wie vor gar nicht allzu langer Zeit das Internet oder das Smartphone.

ULTIMATUM E ist kein reiner Wissenschaftsroman. Er enthält viele Elemente, die sonst in Politik- und Gegenwartsromanen zu finden sind. Dies macht aus meiner Sicht Sinn. Denn die

Wissenschaft ist keine losgelöste Dimension, sondern immer eingebettet in aktuelle politische und gesellschaftliche Strömungen. Der Roman spielt in der politischen Wirklichkeit Deutschlands der Jahre 2017 bis 2019.

Ich habe versucht, die Handlung so nah wie möglich an die Realität anzulehnen. Die erwähnten Akku-Forschungsansätze sind real. Trotzdem gilt: Wenn es um den Super-Akku geht, ist ULTIMATUM E reine (Science-)Fiktion. Zu Gunsten der Geschichte und im Sinne der schriftstellerischen Freiheit wurden Dinge verfremdet oder so zusammengefügt, dass sie einem Realitätscheck nicht standhalten würden. Um ein weiteres Beispiel zu nennen: Ein erweitertes Sicherheitskabinett gibt es nicht.

Die Geschmäcker sind verschieden. Daher meine Bitte: Wenn dir die Geschichte gefällt, freue ich mich über eine Weiterempfehlung. Wenn dir der Roman nicht gefällt: Schreibe mir gerne unter gro-max@web.de. Ich freue mich über jede sachliche Kritik.

Mein besonderer Dank gilt meiner Familie. Sie hat mir die Zeit geschenkt, an diesem Roman zu arbeiten. Auch bei dir, liebe Leserin oder liebe Leser, bedanke ich mich recht herzlich. Schön dass du Zeit investiert hast meiner Geschichte zu folgen. Ich hoffe, ich konnte mich mit Spannung, Wissen und Denkanstößen revanchieren.

Euer

MAX GRO, Juli 2020